.

NEVER
FORGOTTEN

未曾遗忘

刚雪印 著

湖南文艺出版社
HUNAN LITERATURE AND ART PUBLISHING HOUSE

博集天卷
CS-BOOKY

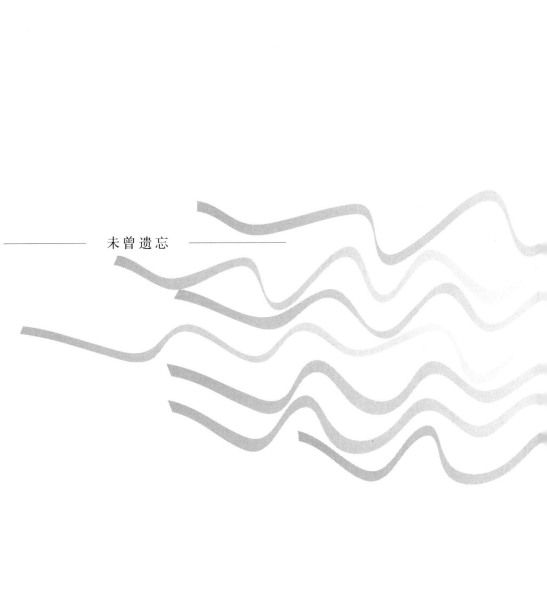

未曾遗忘

目　录

引　子 _001

世界上只有一种真正的英雄主义，

那就是在认清生活的真相之后，

依然热爱生活。

——罗曼·罗兰

引　子

骆辛。

骆辛那年 8 岁，一名反社会型的暴徒，借小学放学之际，驾驶车辆疯狂撞进走在人行横道上的孩子堆里，导致前来接骆辛放学的爷爷奶奶当场身亡，骆辛自己则因脑部遭受重创成为植物人，在病榻上昏睡长达三年。

奇迹苏醒之后，骆辛的生理机能、情绪沟通以及社会认知等方面均出现严重退化，却意外显现出超凡的阅读和记忆能力，相关医学专家经诊断，认定其罹患了"后天性学者症候群症"。

此后的十多年里，骆辛背负着"怪物与天才"的盛名，在各种审视、纠结、质疑、关切的目光下逐渐长大成人，并继承了母亲的衣钵，成为一名档案民警。而这并不是全部，他还充当着刑侦支队在侦办重大恶性案件时的顾问角色。

由于档案室工作的便利，骆辛有机会接触和翻阅到各式各样、五花八门的犯罪档案，又因为异于常人的大脑和天赋，他可以快速、准确无误地将各种犯罪资料储存在大脑中，然后通过归纳总结、科学演绎，以及创造性的思维方式，对案件进行分析和推理，从而对侦办现实正在发生的案件起到巨大的辅助作用。

母亲。

郑文惠曾经也是一名档案民警，但为了尽心尽力照顾成为植物人躺在病床上的儿子，以及身患绝症的老母亲，她只能无奈选择辞职。就在她老母亲过后不久，儿子从昏睡中奇迹苏醒的前几个月，她突然毫无预兆地消失了。当时对她的失踪出现很多流言，但始终没有任何确切消息，直至十多年后，她才再次现身，遗憾的是，她已经变成一堆白骨，赤裸裸地躺在一个大号旅行箱中。

尸体是在一处海滨悬崖下的溶洞中发现的，随身没有任何衣物，警方只在抛尸的旅行箱中发现一枚刻有樱花图案的装饰扣。经检测推断，其死亡时间在十年以上，系被钝器多次击打头颅致死，后法医经反复试验对比，发现凶器特征与当年警队配发的电警棍相匹配。而恰巧时任刑侦支队一大队大队长的郑文惠的丈夫骆浩东，他所配发的电警棍不知去向，加之经过多方追查，警方最终锁定案发第一现场为郑文惠与骆浩东夫妇的家中，由此，骆浩东被列为该案的第一犯罪嫌疑人。

父亲。

骆浩东独自坐在市中心医院的病房中，暗淡的灯光下，表情无比痛苦。被医院判定为植物人的儿子，神色安详地躺在病床上，如果不是鼻子上插着鼻饲管，看上去只是熟睡了一般。

"对不起，孩子，爸爸不是个好爸爸，没照顾好你和妈妈。"骆浩东握着儿子的手，面色愧疚，语气哽咽道，"爸爸不想骗你，妈妈已经离开我们了，是爸爸的错，妈妈太累了，太辛苦了，她应该只是想离开一段时间，休息一下。你不要怪妈妈，她真的很爱你。还有，你要相信，任何时刻，爸爸都是一个好警察。"

结束探视，走出病房，骆浩东忍不住又回头透过门上的玻璃窗朝病房里望了一眼，眼神中满是依依不舍。当然，此时他并未想到，这一别，竟成永别！

骆浩东从医院出来，坐进车里。与此同时，突然间右侧车门被猛地拉开，随即一个黑影利落地钻进车里。骆浩东未及反应，一把匕首已经抵在他的太阳穴上……

第一章

陈年往事

未曾遗忘

盛阳市，1993 年，夏。

黎明时分，天刚蒙蒙亮，寂静的巷口停着一辆黑色捷达轿车。车上坐着一老一少两个男人。老的抱着膀子靠在驾驶座上打盹，旁边的年轻人则一脸警惕地冲四周不住地张望。

年轻人叫骆浩东，一心想当刑警，所以争取了很长时间，终于从出入境管理支队调到市刑警队重案队，暂时跟着一位经验丰富的老刑警。这老刑警叫宁博涛，就是此时正在打盹的那位，年过四十了，仍是光棍一个，长着一张猪腰子脸，看着很显老。宁博涛这人，办案能力没的说，就是性子比较急，嘴里经常骂骂咧咧的，特别爱跟人抬杠，队里的民警大都不愿跟他搭档。前几年队里调来个北京小伙，按照名字谐音，给他起了个绰号叫"拧巴涛"，队里的人觉得十分贴切，于是这个绰号很快便传播开来。

天色越来越亮，熬了一夜的骆浩东也忍不住打了个哈欠，紧接着他从后视镜里看到一辆熟悉车辆的影子，便推推旁边的宁博涛："队里的兄弟来接班了。"

宁博涛不情愿地睁开双眼，抬手胡噜把脸上的汗珠，稍微缓了下神，随手操起放在手旁的对讲机，哑着嗓子冲着话筒里嘟哝了一句："给我盯紧点，妈了个巴子，就剩这一条线了，千万别给整丢了。"

喊完话，宁博涛发动起车子，轻踩一脚油门，一溜烟地把车开走了。

　　回到队里，正赶上吃早饭，宁博涛把手包扔到桌上，也不管桌上放的是谁的饭盒，拿起来就往嘴里划拉，顺手又拾起一根油条递给骆浩东。

　　"辛苦了，一晚上没动静是吧？"队长李津录从里间的办公室晃身走出来，把一盒"红塔山"扔到桌上，"听说顺手捞了个抢劫的，没惊着'小土豆'吧？"

　　宁博涛紧着喝了两口豆腐脑，把饭盒放到桌上，从烟盒里抽出一根"红塔山"叼到嘴上，一边点火一边说："应该没有，上半夜的事。"

　　"听说那小子身上有枪？"李队问。

　　"可不，妈了个巴子，子弹都上膛了，幸亏小骆动作快，没容那小子拔枪。"宁博涛深吸一口烟，瞄了眼长得高高壮壮、憨头憨脑的骆浩东，不咸不淡地说，"还行，是块料。"

　　李队抿抿嘴，冲骆浩东笑了笑。能从"拧巴涛"嘴里说出"还行"两个字来，说明小伙子有点能耐，先前还担心调来个关系户，怕是个废物，这下心里算是踏实多了。

　　骆浩东确实是走后门调来的，而且是走了政治处处长的门路。事情经过是这样的：几个月前的一个周末，骆浩东起床后百无聊赖地去逛早市，正巧遇到小偷在偷一个老阿姨的钱包，他冲上去将小偷制伏，帮老阿姨把钱包找回，随后和老阿姨一道把小偷扭送到附近派出所。等到两人做完笔录从派出所出来，老阿姨拽着骆浩东不让走，说她老公马上来接她，想亲自感谢感谢他。结果等来的是市公安局政治处的处长，处长握着骆浩东的手一通感谢，末了客套地说既然都在公安系统工作，以后有啥需要帮忙的尽管开口。骆浩东当即握紧处长的手，表示自己只有一个请求，那就是把他调到市刑警队重案队。于是他就真的被调来了重案队。

　　吃了早点，宁博涛和骆浩东各自找了个犄角旮旯开始补觉。才眯了一小会儿，骆浩东感觉有人推了他一把，迷迷糊糊中听到一个声音说："别睡了，赶紧起来出现场，有个杀人案！"

骆浩东第一次参与杀人案，心里多少有些紧张，穿鞋套时手忙脚乱，愣是连着撑破好几只，惹得宁博涛又忍不住骂娘，嚷嚷着让他稳当着点。

被害人是位成熟女性，穿着 V 领的吊带睡裙，仰倒在客厅长沙发上，血液从胸口漫延到睡裙，直至将沙发布也染红了一大片。被害人面部有多处划伤，脖颈部位有几处明显的血洞，似乎是想要堵住从血洞中喷涌而出的血，她本能地将一只手按在脖颈上，直到呼吸停止。想必在死亡的那一刻，她仍不敢相信眼前发生在自己身上的事，眼神中透着愕然，死死盯向天花板，不肯瞑目。

客厅中的电视屏幕还亮着，估计是从凶案发生时一直亮到现在。一名老法医和他的助手正围着尸体做初步勘查，队长李津录叉着腰站在一旁认真地注视着，队里另一名年轻民警何兵，正在给报案人录口供。骆浩东没啥现场经验，不知道自己该干点啥，便跟在宁博涛的屁股后面满屋子瞎转悠。

房子看着挺新的，进门是个小客厅，北边连着厨房，穿过客厅正对着的是卫生间，卫生间"挑着"南北两个卧室。整体面积不大，估摸着也就六七十平方米的样子。从现场遗留的痕迹来看，凶手杀人后进过卫生间做清洗，两个卧室里则没有任何被翻动过的迹象，而且地板上很干净，看不到一点一滴的血迹，说明凶手压根没进过两边的卧室，杀人动机明显不是为财。

再次回到客厅中，骆浩东才注意到电视屏幕处于蓝屏状态，旁边录像机的状态指示灯也是亮着的。他走过去，近距离观察，发现电视机和录像机按钮上，都不同程度地沾染了一些血迹，估计是被凶手触摸过。

他试着按下录像机的退带键，随即一盘录像带被吐出来，上面竟也有一些血迹。莫非凶手杀人后还留在现场看完一盘录像带才走？骆浩东脑袋里瞬间冒出一个不可思议的画面：凶手一边拿着拖把拖着地板，一边悠哉游哉地看着电视剧，就好像在自己家里做家务一样。

案发现场看上去确实有明显被清理过的痕迹。地板上的脚印全都被擦拭掉了，拖把放在门边，入门垫上有几处暗红色的污垢，显示出凶手是把鞋底摩擦干净之后才离开的。入门垫是丝圈材质，踩在上面不容易留下脚印，显然被凶手注意到了。这个凶手不光胆大，心思还挺缜密。

骆浩东正愣神思索，耳边突然传来宁博涛的一声惊叹："这啥玩意儿？"说这话时，宁博涛正蹲在沙发前的茶几旁，他注意到在茶几边缘干净的地方放着一张卡片，他把卡片拿在手中，翻转正反两面端详一阵，然后起身将卡片递给李队。

是一张明信片，正面印着风景画，看着没什么异常，但是背面的寄语却颇有些耐人寻味——"*人生苦短，有点希望，有些梦想，还有互道晚安*。"李队入神地盯着明信片，一脸疑惑地说："明信片上几乎没有折痕，而且上面很干净，没沾到血迹，说明是凶手杀人后留在茶几上的，可就现场这状况来看，明显是奔着杀人来的，干吗要多此一举？"

"这段话怎么写得这么莫名其妙？"骆浩东凑过身子，盯着明信片背面歪七扭八的一行字说，"看字体应该是用左手写的，估计是怕咱们比对笔迹，故意这么写的。"

"对，凶手就是故意的，整个作案都是有预谋的，而且杀人手法很老辣。"一旁的老法医接话道。这老法医姓张，干了大半辈子法医，就快要退休了，大家都叫他老张头，他指着被害人的脖颈部位说："凶手一上来就用凶器直接刺破喉头，令被害人瞬间失去呼救能力，既避免了噪声危机，又能快速致人死亡，显然是一个老手所为。"

"具体死因呢？"李队问。

"初步判断，是被锐器刺穿了气管和颈部大血管，导致血液大量涌入气管，造成外伤性窒息，从而引发死亡。死亡时间在昨夜9点到10点之间。其余的信息你们等尸检报告吧。"张法医回应说。

"那你紧溜点，别磨磨叽叽的，一天天等你个报告费老劲了。"宁博涛揉着眼睛，没好气地说，"妈了个巴子，右眼皮跳了好几天了，弄不好还得出大事。"

张法医熟悉他的脾气，赔着笑，没言语。

李队轻轻地摇摇头，苦笑着说："你这嘴，我品了，说好的没灵过，坏的全灵。"

被害人叫刘美娜，现年35岁，在春和街小学当老师。刘美娜离异多年，独自居住，老父亲隔三岔五会过来给收拾收拾卫生，帮着买点生活用品啥的。昨天是周日，本来说好了要回父母家吃晚饭，但是下午刘美娜给家里打电话，说是逛街逛累了，就不回去了。今天一早，老父亲不放心，过来这边查看，发现女儿被人杀了，便立马报了警。

收队之后，宁博涛开着新配给队里的捷达轿车，拉上骆浩东直奔春和街小学。说起这辆捷达轿车，算是宁博涛在队里唯一能看顺眼的物件，没事的时候便背着手在车边晃悠，出任务时也不摆谱了，总是抢着开车。

到了学校，通过保卫处的引见，两人见到了教务处主任。教务处是专门管理学校教职员工的部门，想必对每个老师的情况都比较了解。教务处主任是个中年男子，稍微有些秃顶，说话慢条斯理。据他介绍：刘美娜是五年级二班的班主任，1981年到学校实习，后来正式留校，至今也有十多年光景了，日常工作表现非常好，愿意和学生打成一片，班级师生相处得很融洽。

"和同事关系怎么样？"骆浩东问，"最近有没有和哪个同事发生过冲突或者争执什么的？"

"应该没有，反正我没听说。不过刘老师这个人吧，家庭条件比较优越，个性比较清高，行事风格有点我行我素，所以和同事之间总有些距离感。"教务处主任回应道，顿了顿，话锋一转，支吾地说，"主要是……主要是她在生活作风方面风评不是太好，有一些负面的传言，也导致很多同事不愿亲近她。"

"生活作风有问题？"宁博涛追问道，"能具体说说吗？"

教务处主任点点头，斟酌片刻，然后说："刘老师人长得漂亮，又很会打扮，在学校里特别惹眼，不过她来学校第二年就结婚了，早早地断了很多倾慕者的念想。八九年前，学校新分来一个叫张冲的美术老师，小伙子年轻，有才华，对刘老师一见钟情，而且无法自拔，明知道刘老师是已婚状态，还总找借口接近她。刘老师倒是不怎么搭理他，但这种事情在单位里但凡有点苗头，肯定会有人说三道四……"

教务处主任说了一大堆话，一直没说到点上，骆浩东沉不住气插话问："你们这也没啥实锤，都是些流言，凭啥说人家作风有问题？"

"不只是传闻，大半年后真出了一档子与两人有关的丑事。"教务处主任苦笑道，"张冲老家是外地的，学校照顾他，把后院锅炉房旁边一个小仓库腾出来给他当宿舍，有一天几个同事趁午休时间去他那里打扑克，结果有人不经意翻出一堆裸体肖像画。其中有单独的女性裸体画，也有男女交织在一起的，画中的人物形象栩栩如生，令人一眼便能看出男女主角就是刘老师和张冲。这也很容易让人联想到，肯定是两人干了那种事情，张冲才能画得那么真实。不过刘老师表示自己并不知情，而张冲也说那些画是根据自己的幻想画出来的，只是没人愿意相信，事情反而越传越邪乎，到最后张冲只能辞职走人。"

"辞职了？"骆浩东惊讶地说，"找个教师的工作不容易，说辞就辞，看来是有点做贼心虚。"

"他这属于识时务，80年代那会儿，严打得厉害，尤其社会风化问题，就算他没偷情，自己私藏那么多裸体画，还被别人拿来传阅，真把他送到公安局，定他个流氓罪判他几年，他也得受着。"宁博涛一副过来人的语气说。

"对，对，是这样。"教务处主任使劲点头说，"他自己很清楚其中的利害关系，辞职后连档案都没要就走了，学校这边也不想把事情闹大，他主动辞职学校也就顺水推舟批准了。"

"那后来刘美娜怎么样了？"骆浩东问。

"没怎么样啊，责任被张冲揽走了，学校没处理她，她也不在乎别人在背后嚼舌根子，继续我行我素。"教务处主任说。

"我们了解到刘美娜已经离异多年，跟这件事有关系吗？"宁博涛问。

"对，就是因为这件事，小两口心生嫌隙，吵吵闹闹了几年，最后以离婚收场。"教务处主任说。

宁博涛点点头，沉吟一下，继续说："这就是全部？所谓生活作风问题？"

"还有，学校里都传她前阵子交了一个男朋友，好像是工商所的，恰巧学校里有一个老师的丈夫也在那个工商所，说是那男的为了跟刘老师好，把自己的结发妻子给踹了。"教务处主任摇摇头，叹口气说，"也不知道咋了，刘老师怎么总能遇到这种说不清的事？也许真的是红颜薄命吧。"

"那男的是哪个工商所的？"骆浩东问。

"说是大东分局北站工商所的，姓姜。"教务处主任说。

"张冲辞职之后有消息吗？"宁博涛问。

"没有。"教务处主任干脆地说，"一点消息都没有。"

宁博涛略微想了下，说："那把他的档案给我们复印一份吧。"

"行，我让人事科找一下，不过恐怕你们得多等一会儿，毕竟过去这么多年了，找也需要时间。"教务处主任说。

"没事，你找你的，正好我们也想跟其他老师聊聊，你也给安排一下吧。"宁博涛客气地说。

"行，行，没问题。"教务处主任忙不迭点头说。

这边，何兵也没闲着。李队派给他的任务，是让他把凶手留在案发现场的那张明信片的出处和寓意搞清楚。

单说调查明信片的源头并不难，因为明信片上的风景画描绘的是一座三孔拱形石桥，而且画的底部有文字标识，表明这座桥名为"神桥"，是盛阳市著名景点皇陵公园的标志性古建筑之一。

这皇陵公园坐落在城北，顾名思义，原本是皇家陵寝，后来更辟为公园，园内有非常多的名胜古迹，是海内外游客来盛阳的必游之地。皇陵公园的明信片，除了在本地机场、火车站、客运站等交通枢纽场所有售卖的，在皇陵公园内自然也有卖的，而且卖的数量肯定是最多的，所以接到任务后何兵第一站便来到皇陵公园。

从公园的正门进去园内，需要走很长一段观景步道才能到达核心景区，不过沿途有诸多美不胜收的园林景观，走起来也算赏心悦目。道路两边还有很多小商小贩的摊位，有卖汽水和面包的，有卖水果和茶叶蛋的，有收费照相的，还有售卖公园纪念品的，等等。在几个卖纪念品的摊位中，何兵特意找了个年岁比较大的摊主上前询问，年岁大的见多识广，应该能把"神桥"的由来说得更明白。

"大爷，这种明信片，您这儿有卖的吗？"何兵把装在透明证物袋中的明信片举到摊主眼前。

大爷扶了扶架在鼻梁上的眼镜框，默默打量几眼，随即在摊位上开始翻找，须臾从一个封套中抽出一张明信片递给何兵："是不是这张？"

"对，对，一模一样，就是它。"何兵对比之后，兴奋地说。

"这个是一套的，涵盖了整个公园里最具有代表性的几处景观，总共十张，五块钱，来一套？"大爷以为何兵是买主，卖力地介绍着。何兵愣了下，随即反应过来，掏出五块钱递给大爷，心说来一套就来一套，反正回去让李队报销。何兵接过一整套明信片，看到外封上印着发行编号1987（0801-0010），估计是1987年8月出厂发行的，然后随口问道："您这生意怎么样？"

"一般，这不刚到学生放暑假时间，外地游客来得还不多，一天也卖不了多少货。"大爷说。

"本地游客没有买的吗？"何兵问。

"倒是也有，主要是些学生，尤其是外地来读书的大学生，买得比较多。"大爷说。

"那这套卖得好吗？"何兵晃晃手中的明信片，"最近一段时间卖出过几套？"

"卖得还可以，但最近没怎么卖过。"大爷回应说。

"这座神桥有什么特别的寓意吗？"何兵指着明信片上的风景画问。

"噢，这桥就是跟皇陵一块建的，一方面是为了美观，再一方面，这皇陵地势前低后高，遇到雨水多的年月，桥下的小河可以作为排水的渠道，对皇陵也能起到保护作用。"大爷内行地说道。

神桥是保护皇陵用的，跟刘美娜有什么关系？大爷的解释根本无法解开案子的疑点。何兵不甘心地问："近几年或者近段时间里，在这座桥上有没有发生过比较重大的社会事件或者奇闻异事什么的？"

"没有，肯定没有。"大爷斩钉截铁地说，"我几乎天天在这里，要是有，绝逃不过我的耳朵。"

何兵点点头，想了一下，将证物袋中的明信片背面举到大爷眼前："对了，这段文字和神桥有什么关系吗？您听说过吗？"

"人生苦短，有点希望，有些梦想，还有互道晚安。"大爷又扶着镜框凑近端详一阵，嘴里轻声念叨着，眼神逐渐放空，尽力在大脑中搜索着记忆，须臾缓缓摇头道，"关于神桥的文字记载和诗词歌赋，我大体知道一些，但这段文字我是真的没什么印象，估计跟神桥扯不上关系。"

"行，我知道了，那不打扰您啦。"几乎是一无所获，何兵满眼失望，收起明信片放回手包中，勉强挤出些笑容和大爷道别。

被害人刘美娜是语文老师，并且是语文教研组的组长，宁博涛和骆浩东跟教务处主任聊完，又找到语文教研组的几位老师聊了聊。几位老师的说辞和教务处主任差不多，没提到什么新的线索。随后两人又折回教务处，取了张冲个人档案的复印件，然后离开学校。

车开出没多久，骆浩东突然没来由地嘟哝一句："哼，追不上的就是骚。"

"说什么呢？"手握着方向盘的宁博涛斜了他一眼。

骆浩东凝神说："突然想起念书那会儿，我们这些男生，要是喜欢哪个女生，想去追人家，结果费劲巴拉没追上，就会给自己找台阶下，说人家女孩是骚货，追着没意思。尤其漂亮女生，身边追求的人多，拒绝的人也多，好像慢慢地就被传成真正意义上的骚货。所以我在想刘美娜是不是也是这种情况，同事们看她长得漂亮，衣着也光鲜，出于嫉妒心理，故意冤枉她。"

"不好说，反正这女人呢，不容易，在单位里能力出众招人妒，长得漂亮招人恨，长得既漂亮又能干那就是全民公敌了，谁都巴不得你出点事，出点事就埋汰死你。何况刘美娜和张冲那种半真半假的丑闻，即便他们浑身是嘴恐怕也难说清楚。"宁博涛先是感慨一番，然后说，"刘美娜私生活有没有问题还不一定，但那个张冲肯定不是啥好玩意儿，搞不好这么多年对刘美娜还念念不忘。"

"张冲，还有刘美娜的新男朋友，都应该查查。"骆浩东迟疑一下，接着说，"不过张法医说杀人的是个老手，可这两人也不像啊！起码在工商所工作的那个男朋友不会有案底，所以，我其实……"

骆浩东吞吞吐吐，宁博涛听出弦外之音，没好气地说："大老爷们儿，有啥屁痛快放。"

"我不大同意张法医的说法，从刘美娜脸上和脖子上分布的刺穿伤口来看，应该是凶手挥舞锐器胡乱捅刺造成的，有点像瞎猫撞上死耗子，稀里糊涂就把人捅死了，所以我感觉可能是一个愣头青干的。当然，也有可能他以前犯过别的案子，但没杀过人，所以手法比较激进。"骆浩东解释说。

宁博涛听完，没什么反应，沉默半晌，才未置可否地来了一句："他懂个屁！"

第二章

岁月变迁

—— 未曾遗忘 ——

金海市，现在，初秋。

阴冷的房间，绝望的气息，蒙着白布的躯体，惨白扭曲的面庞，爷爷、奶奶、爸爸、妈妈，以及曾经的搭档宁雪，这些已然阴阳分隔的亲友，在这个周末的清晨，再一次出现在骆辛的梦境之中。

猛然惊醒，彷徨和焦虑瞬间弥漫心头，凡是他在乎的，也同样在乎他的人，几乎都死了，这让骆辛觉得自己是一个不祥之人。他挣扎着从床上坐起来，细长的五根手指贴着右侧大腿，犹如弹钢琴般不可抑制地交替弹动起来。

翻身下床，洗漱，吃早点，穿戴停当，背上双肩包，骆辛走出家门，出了楼栋口，一眼便看见叶小秋开着黑色SUV已然如约停在街边。叶小秋24岁，比骆辛大2岁，面容清秀，个性阳光直率，自小便怀揣一个当刑警的梦想，先前在基层派出所锻炼过两年，本以为调回市局能如愿以偿分配到刑侦支队，没承想最后被打发到档案科，阴错阳差与身兼刑侦支队重案顾问的骆辛做了同事。当然，两人的渊源并不止于此，叶小秋其实是刑侦支队已故前支队长叶德海的女儿，叶德海又和骆辛的父亲骆浩东关系匪浅，两人曾经同期共事于刑侦支队一大队，平时来往密切，并以师兄弟相称，而他们共同的师父便是时任大队长、现任市公安局主管刑侦的副局长马江民。

马江民当年非常看重自己的两个徒弟，对他们的后人自然也是格外关照，他不让叶小秋进刑侦支队，是为了安抚叶德海老婆的情绪。老叶的老婆，也就是叶小秋的母亲，出于安全考虑，三番五次到局里找马江民，表示千万不要让叶小秋当刑警。另外，马江民极力鼓动现任一大队大队长周时好去做叶小秋的工作，让叶小秋顶替宁雪的角色，在做好档案科本职工作的同时，兼任骆辛外出协助刑侦支队办案时的助手。如此一来，两个孩子之间有了互动，骆辛在生活上能多个人帮衬，同时也算曲线帮助叶小秋实现她的刑警梦。

然而，与一位后天性学者症候群患者相处，并不是件容易的事。虽然骆辛在办案时展现出天才的一面，但同时他也是大多数人眼中的怪人。他性格孤僻，情感淡漠，极度以自我为中心，说话直言不讳，从不考虑别人的感受，所以最初和骆辛相处的那段日子里，叶小秋受了不少的窝囊气。好在磨合了几个月之后，她慢慢摸透骆辛的脾气秉性，如今共事起来已然没那么心累，就连骆辛的那张脸看着都比原来顺眼一些。

叶小秋默默注视着骆辛晃着如麻秆一样的身子向车子走过来，一成不变地，他穿了件浅蓝色的衬衫，衬衫上所有的扣子都系得紧紧的，看着像个老古板。或许是没休息好的缘故，他脸色尤为煞白，黑眼圈也格外重，配上那双圆鼓鼓的大眼睛，感觉更像螳螂了。叶小秋不免有些心疼，因为她知道骆辛正在经历着什么。

一晃神的工夫，骆辛已经钻进车里。像往常一样，他依然选择坐在后排座椅的中间位置，据他说那是整部车里最安全的位置。叶小秋见惯不怪，没多言语，发动起车子，缓缓驶出去；他们此行的目的地是"明光星星希望之家"。

"明光星星希望之家"是一所专门为孤独症儿童提供康复训练的民办学校。校长崔鸿菲女士，现年65岁，系北宁省师范大学心理学院特殊儿童心理发展与教育研究所原所长、教授、博士生导师，2014 年她以个人名义创办了这所学校。

学校位于海滨观景路地带的一座小山脚下，由一栋灰白色欧式建筑以及半个足球场大小的院落组成。原本这里是一个休闲度假村，后来因经营不善歇业，崔教授便承租下来，改造成学校。目前学校里有五十多名患有孤独症谱系障碍或广泛性发育障碍的孩子，以及十多名教职员工，办学资金主要来源于爱心企业赞助和政府补贴。学校的经营方针是以慈善为核心，尽可能减少患病孩子的家庭负担，如全托性质住校的孩子，只需象征性地支付一些吃饭和住宿的费用即可，但相关的研究成果则明文规定归学校所有，也就是说，这所学校多多少少还是带有一些探索和研究性质的。

这天是周六，是骆辛固定来学校接受心理辅导的日子。对校长崔教授而言，骆辛是她跟踪最久的一个病例，早在大学任教时期，她便对骆辛进行过问诊，两人的关系早已超越一般医护关系，更像是家人。而在崔教授的精心治疗下，骆辛的社交能力、语言能力、共情能力以及行动能力都有了稳步提升。尤其是自他妈妈的尸骨时隔多年被发现之后，他身体里本能的防御机制开始出现松动，导致他最近这段时间总是噩梦连连。这对骆辛来说已经形成一种困扰，但崔教授却觉得这有可能是一个挖掘深层次病源的契机。因为她隐隐有种直觉，发生在骆辛身上的一系列退化，除了与车祸造成的大脑器质性损伤有关，还伴随着某个巨大的心灵创伤对大脑神经的抑制，导致其无法顺畅传导人类正常的思维和行动能力。崔教授坚持认为，自己如果能够找到创伤根源，或许便可以帮助骆辛消除心灵上的桎梏，从而让他变回一个完完全全的正常人。

意象对话室中，骆辛仍如以往那般将整个身子深陷在高背沙发椅中，崔教授则坐在对面，一手握着笔，一手捧着记事本，全神贯注地观察着他。这样的意象对话模式，两人已经持续多年，彼此信任，驾轻就熟，所以不需要过多铺垫，骆辛很快便闭上双眼，进入放松状态。

所谓"意象对话"，是指心理医生通过引导受访者做出想象，了解受访者的潜意识心理冲突，对其潜意识的意象进行修改，从而达到治疗效果。通常对话伊始，心理医生会先设定好一个意象，并引导受访者进入想象，称之为"起始意象"。而崔教授这次为骆辛设定的起始意象，是一个"坑"。"坑"在意象对话中，是面临问题的象征，它可以帮助展示受访者眼下所面临的问题。

崔教授先开始做引导道："请想象你走出我们的对话室，看到外面是一条你从未走过的路，你沿着这条路往前走，会看到一个土坑。告诉我你看到的坑是什么样子的？"

骆辛沉默半晌道："坑很深，很大，里面有很多水，像一条小河。"

"河水是什么样子的？"

"泥沙混在里面，非常浑浊。"

"河水里有什么生物吗？"

"隐约能看到有几条小鱼在游，对了，还有一条蛇，脑袋露在水面上，看着有些瘆人。"

"还有别的吗？"

"还有人和动物。"

"能具体描述一下吗？"

"有一个长髯老者，一个满脸慈祥的老婆婆，还有一匹马，一只棕熊，一只绵羊。"

"他们都在做什么？"

"他们……他们……都死了，尸体漂浮在河面上。"

"你看着他们是什么感受？"

"有点难过，有点心慌，但又有点莫名的亲切感。"

"不管怎样，他们不能总这么漂着，我们能不能想个办法给他们个好的归宿？"

"我想不出有什么办法，而且我有点舍不得，好像也只有在这条河里面能看到他们，别的地方都看不到。"

"我可以借给你一条船，可以把他们装到船上，送到他们应该去的地方，你愿意吗？"

"行吧，我愿意。"

意象对话，区别于其他心理治疗方式的地方，在于心理师不会公开向患者解释对话的含义，而是通过潜意识里的纠正和干扰，来对病患的精神世界进行疏导和治疗。当然，心理师自己必须解读对话中出现的象征意义，就如骆辛口中的"深坑"和"浑浊的河水"，象征着他内心深处正遭受着某种困扰的折磨，而"鱼"通常象征人的直觉，"蛇"则有阴暗、邪恶和智慧的象征。综合起来分析：骆辛内心深处的困扰，是来自一种自我不敢面对的直觉，这种直觉对他来说是异常黑暗和恐怖的，致使他本能地想将之遗忘，甚至假装从未发生过，但其实一直掩藏在他的心底。

至于"长髯老者""慈祥的老婆婆""马""棕熊""绵羊"，则分别对应骆辛的爷爷、奶奶、父亲、母亲以及性格温婉的宁雪。然而，现实情况是这几个人都已经死了，只有在梦里骆辛才得以与他们相见，从这个角度来说，对困扰他的噩梦，骆辛内心深处是有一些渴望的，但是面对阴阳相隔的亲人们，他又会感到悲伤难过，当然，更加会感到一些惶恐。这令他忍不住想要逃离，想要从梦境中挣脱出来。这两种矛盾情绪的冲突，随着噩梦的出现反复上演，便越发让骆辛感到焦虑。而崔教授提出借给他的那条"船"，象征的是一条"灵魂摆渡船"，在古希腊神话中，死神的使者便是用这条船将灵魂摆渡过冥河，从而让亡魂转世投胎的。崔教授希望通过这样一种象征，让骆辛心里能够得到些许的安慰，从而摆脱精神上的负担，完完全全接受亲人们已经离他而去的事实，这也是噩梦的根源所在。

总结以上意象，进一步深入解读："熊"在人们心目中代表笨拙，但是又特别有力量，特别有安全感，这大概就是母亲在骆辛心目中的形象，是非常正面的。反之，父亲的形象在骆辛的意象中则很消极，甚至有一些排斥。在意象对话中，能够象征父亲的物种有很多，比如狮子或者狗，尤其是狗，是忠诚和与邪恶势力做斗争的象征，但骆辛却偏偏选择了"马"。在奥地利著名心理学家弗洛伊德的研究中，发现对母亲有过度依恋情结的孩子，往往会把马看作父亲的象征，其中多多少少有些对立的意味。由此，崔教授敏锐地察觉到，虽然表面上骆辛一再表示他绝不相信父亲是杀害母亲的凶手，但在他的潜意识里却对父亲保持着一份审视和怀疑，那这会不会便是他深藏在心底，不敢正视的那一份直觉呢？

一个小时的心理辅导很快过去，按照以往的习惯，骆辛会留在学校吃午饭，顺便也陪学弟学妹玩耍一会儿，因为只有面对那些内心单纯的孩子时，他才能感受到最大的放松和安全感。但是眼下，当他从意象对话室里走出来时，便看到叶小秋握着手机一脸焦急地迎上前来，很显然，又有案子找上他们了。

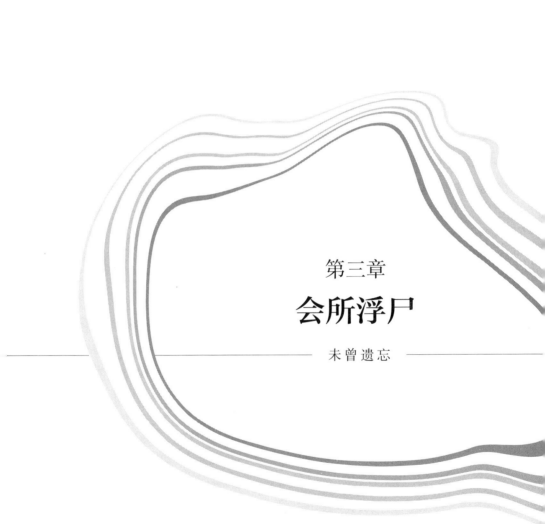

第三章

会所浮尸

—— 未曾遗忘 ——

金海市西郊，有一处占地近 6000 公顷的山林保护园区，周边风景秀丽、鸟语花香，空气清新无比，素有"城市天然氧吧"之称。园区毗邻一条淡水河，水流长年不断，清澈见底。在河的上游，有一些地段被房地产开发商建成了别墅住宅区，攀上周边丰富的景观资源，房价自然贵得离谱。在别墅区东端，靠近大马路，有一栋五层高楼，门脸装修得古色古香，门楣上写着六个烫金大字——天尚温泉山庄。

天尚温泉山庄，是由本市著名商业集团天尚集团开发打造的一家高端私人会所，里面中西式高档餐厅、商务宴会厅、咖啡水吧、温泉洗浴、健身娱乐、豪华客房等设施和服务项目一应俱全。山庄只接待会员以及会员带来的宾客，消费昂贵奢侈，只是入会便需十万元人民币，每年还需另缴纳两万元的会费，因此宾客皆为本地精英和成功人士。

上午 10 点 40 分许，一名男子打电话分别向 120 急救台和 110 报警台求救，声称在天尚温泉山庄五楼客房内，发生一起人身意外伤害事故，希望能够尽快获得救助。随即不多时，急救中心医生和辖区派出所民警相继赶到，却发现现场可能并非意外事故，而是一起刑事案件，遂立即上报到市局刑侦支队。

案发现场在天尚温泉山庄 505 号房，骆辛和叶小秋赶到时，技术队的勘查员已经开始在房间内搜集物证，负责重大恶性案件的一大队大队长周时好，站在门里正跟一个穿着白色浴袍的年轻男子轻声交谈着。看到两人进来，周时好冲两人微微点下头，然后抬手冲客房里间指了指，示意具体现场在里面。骆辛没多言语，顺着他的指示往里间走，边走边四下打量：高端会所的客房显然要比一般星级酒店奢华一些，入门是一间很大的会客厅，中间摆了一圈真皮沙发，沙发前的茶几上堆着几个空酒瓶子，以及几碟吃剩下的果盘。往里间走便是卧房，宽大的软床上一片凌乱，被子堆在床尾，床单歪七扭八的，一只枕头掉在地毯上，还有几件男士和女士衣物扔在地上。睡房南侧挨着一个超大的洗浴间，透过落地玻璃墙，能看到法医沈春华的身影在里面晃动。

浴室玻璃门是敞开的，骆辛和叶小秋走到沈春华身旁，看到一个披头散发的年轻女子躺在蓄满水的浴缸中，身子全部没在水里，只露出惨白的面庞，头靠在浴缸壁上。浴缸是那种圆形带按摩功能的，白色的，很大，至少能同时容纳两人沐浴，里面的水还算清澈，看得到女子身上没穿任何衣物。

"什么情况？"骆辛淡淡地问。

"我们也刚到没多久，还未深入检查，正好也让你看一眼原始现场。"沈春华介绍说，"不过刚刚测了下尸温，综合浴缸中的水温，初步判断死亡时间超过 10 小时。"

"现在快中午 12 点了，也就是说，这个女孩是在今天凌晨 2 点左右死亡的。"叶小秋抬腕看着表说。

沈春华点点头，接着说："尸体应该被挪动过，死者背部和后脖颈部位的尸斑，与现在尸体所处的体位不符，并且尸斑呈暗紫色，理论上说尸体在水中形成的尸斑应该比较浅淡才对。"

"不是在浴缸中淹死的，那这女孩是怎么死的？"叶小秋问。

"说不准，单从面部症状上看不出异常，也没发现有钝器伤和锐器伤，只能等进一步尸检之后再做判断，不过这种情况恐怕得家属同意才能解剖尸体。"沈春华微微皱眉道。

"这啥都不确定，干吗这么大阵仗，说不定真是场意外事故呢？"叶小秋不解地问。

"咳，这都是吸取了之前的教训，避免错失第一手现场证据，以免将简单明了的案件复杂化。"沈春华叹口气解释说，"如果这起案件是伪装成意外事故的，我们若是没能及时取证，会导致后续的尸检结果不够精确，那必然需要动用更多的警力和侦破手段来办这个案子，甚至会给犯罪分子钻法律空子的机会。"

"噢，明白了。"叶小秋颔首道。

两个人正聊得热闹，骆辛将鼻子凑近死者嘴边闻了闻，然后又闻了闻头发，随即揉着鼻子说："酒味挺大的，还有烟味，不是普通的香烟，应该是雪茄之类的。"骆辛在病床上沉睡了三年，苏醒之后成为一名素食主义者，对气味便格外敏感。

"刚刚进来时，我看周队正在给一个男的做笔录，是不是这两人昨晚喝完酒后又瞎折腾来着，把人女孩折腾死了？"叶小秋紧跟着说。

"若是饮酒过量，加之剧烈运动，导致心脏超负荷运转，也可能引发猝死。先前确实有过这样的案例。"沈春华赞同道。

骆辛凝神想了想，似乎对这种说法并不感冒。他突然迈步走出洗浴间，来到卧房的大床前，俯身细致打量一阵，顺势又伸手捡起一件女士衣物，放到鼻子下面闻了闻，嘴里轻声嘟哝一句："恐怕没那么简单。"

刚刚在门口接受周时好问话的男子叫邵武，也就是报案人。据他说：昨天晚上，他和女死者一起在房间里喝了几瓶洋酒，随后两人上床做爱，再之后就迷迷糊糊睡着了。到了今天上午，他醒来的时候，在床上没看到女死者，然后他起床到洗浴间里小便，才发现女死者不知何时躺进了浴缸里，而且整个人包括脑袋都淹没在水中，他赶紧冲上前去把女死者的脑袋捞出来，然后拨打了求助电话。

邵武话音刚落，一大队民警郑翔带着一个中年男人走进客房。中年男人身材高大，面庞棱角分明，穿着一身笔挺的灰色西装，举手投足间带着一股淡淡的古龙水的香气，极具绅士派头。郑翔介绍此人叫迈克·陈，是这家温泉山庄的总经理。

"您好，我是这里的负责人，很遗憾山庄出了这种意外，您有什么需要我配合的尽管吩咐。"迈克·陈递给周时好一张名片，语气谦和地说。

"好，那我就不客气了，首先我们需要查验一下山庄里的监控录像，包括这整层楼的，电梯里的，还有停车场里的，等等。"周时好干脆地说。

"不好意思，恐怕我帮不到您。"迈克·陈搓搓手，一脸歉意道，"想必您也听说了，我们这里只接待会员，而且会员的身份都很高端，对隐私保护方面要求极高，所以最大限度地保护客人隐私，让客人能够安心享受轻松愉悦的休闲时光，也是我们给宾客提供的服务之一。"

"他是说整个山庄都没有监控？"迈克·陈说话有些绕，听得郑翔有些不耐烦。

"不是没有，设备我们都装了，但是都没开。"迈克·陈纠正说。

"地下停车场的也没开？"周时好不死心地问道。

"对，我们的会员都有自己的出入卡，进出停车场，乘坐电梯，刷自己的卡就可以了。"迈克·陈回应道。

周时好想了下，接着问："旁边房间昨晚都住的是什么人？如果可以的话，我们想找他们问个话。"

"没人住。"迈克·陈解释说，"我们的客房大多是供客人临时休息用的，很少有客人在这里过夜。"

"你撒谎。"骆辛走过来，瞪了迈克·陈一眼，随即把视线直勾勾地盯在邵武的脸上，"这里不是第一现场，你们昨天晚上住的不是这间房！"

"没，我……我不知道你在说什么。"邵武一脸否认道。

"卧房里的床铺虽然看着很乱，但床单上并没有压褶，显然昨晚没人在床上睡过。死者衣服上和头发上都沾染着很重的烟酒味，但是这个房间里却只有酒而没有烟，并且烟灰缸很干净，没有使用过的痕迹。还有，最关键的，尸斑可以证明，尸体被挪动过，那个女孩并不是死在浴缸中的。"骆辛推理案情时，习惯的"钢琴手"动作便会出现，他用五根手指贴着大腿外侧交替弹动着，顿了下，蓦然冲邵武逼问道，"你们这些有钱人都喜欢吉利数字，我想你昨晚应该住在旁边的506号房间吧？"

"你……"似乎被骆辛说中，邵武一时语塞，说不出话来，表情更加慌乱了。

"据我们的前台反映，这位客人和出事的那个女孩，昨晚住的就是这间房。"迈克·陈轻轻拍了下邵武的肩膀，说话间用一种意味深长的眼神看向骆辛，绵里藏针道，"这位警官看面相很年轻，能当上刑警想必有过人之处，但也不能无端揣测，警察说话是需要证据的，不是吗？"

迈克·陈话音刚落，周时好第一时间看向郑翔，郑翔默默点了两下头，示意自己问过前台接待员了，确实如迈克·陈所说。周时好刻意大声笑笑缓解尴尬的气氛，然后说道："咳，我们这年轻民警说话气盛，您别在意，其实也没有什么好争的，打开506号房间看看不就知道了吗？这不算难为您吧？"

"好说，我到前台取房卡，各位稍等片刻。"迈克·陈抿嘴笑笑，面色坦然，只是出门之际，与报案的邵武稍微对了下眼色。

不多时，房卡取来了，迈克·陈亲自打开506号房间，扬手做了个请的动作。叶小秋急不可耐地第一个冲进房间，周时好、郑翔、骆辛以及报案的邵武都跟在后面，鱼贯而入。

房间的格局与 505 号房间一模一样，异常的是房间里没有住客，但客厅和卧房的窗户都大开着，而且空气中还弥散着一股淡淡的消毒水的味道。更让人起疑的是，卧室床上的铺盖不翼而飞，床单、被罩，甚至枕套都被扒得干干净净。

周时好转头盯向迈克·陈，后者淡定自若地解释道："是这样的，前几天有几个会员包了这个房间开 party（派对），一群人玩得太 high（兴奋）了，把这房间祸害得不成样子，满屋子都是呕吐物，这不我们消毒放风了好几天，酒臭味还没散干净。"

迈克·陈的说辞听起来无懈可击，周时好有些无可奈何，便抬眼看向骆辛。"让技术队来勘验现场吧。"骆辛语气坚决，似乎认定这个房间才是第一现场。

"没问题吧，陈总，让我们的勘查员过来走一遍程序？"周时好刻意赔着笑，装模作样地解释道，"不是我们不相信您说的话，干我们这行的就这样，宁愿多费点事，也不敢有疏漏，您不介意吧？"

"没事，没事，查吧，排查明白了，咱们大家都安心。"迈克·陈大度地说。

"哦，还有个事。"周时好恢复严肃表情道，"毕竟有人死了，而且死得不明不白，您和您的宾客都需要跟我们到队里接受正式的讯问。"

"现在吗？"迈克·陈问。

"对，立刻，马上。"周时好不容置疑道。

时间过得飞快，一晃眼方龄到刑侦支队挂职已近四个月了，虽然作为公安部刑侦局犯罪对策研究处的专家，先前她也时常到各地方单位搞调研，但真真正正深入基层单位，作为一整个支队负责人之后，她才意识到基层工作远比想象中的要复杂得多。

就拿人脉关系来说，整个金海市市局从上到下实权部门负责人之间的关系，可以说千丝万缕、互有牵扯。说好听点叫传承，说不好听点叫拉帮结派，搞权力垄断，所以她才极力把"郑文惠案"的调查任务争取到自己手上。在她看来，郑文惠的死很可能与警方内部人士有关，很多人实质上都是这个案件中的当事人，甚至嫌疑人，如果任由这些人来主导调查，最终的结果或许也是由这些人来掌控，案件真相恐怕永远难见天日。

至于郑文惠，原系市局档案科民警，当年入职不久，便经同事介绍，认识了一大队民警骆浩东。两人于次年成婚，随后不久有了儿子骆辛，此后很长一段时间，三口之家和和美美、平淡幸福，直到被一起自杀式袭击事件打破。

由于受到袭击事件的牵连，骆辛成了植物人，而郑文惠为能时时刻刻、全心全意陪护儿子，最终选择辞掉档案科的工作。如此，坚持到第三个年头，郑文惠突然毫无预兆地失踪了，当时很多人猜测她应该是扛不住现实生活的压力选择了不辞而别。然而，时隔十多年后，郑文惠的尸体在一处人迹罕至的海滨悬崖下的溶洞中被发现，法医经鉴定，确认其死于他杀，案件得以立案侦查。

由于案件涉及警方内部人员，案情较为敏感，恐影响警察社会形象，前期的调查并没有大肆宣扬，但因一些内部原因，部分案情信息被不慎走漏，遭到媒体大肆曝光，从而引发全社会广泛关注，也令方龄这个主办案人压力倍增。更让方龄烦躁的是，最近获取到的一条线索显示，郑文惠遇害前不久去妇幼医院做过人流手术，而找出当年的病历档案，方龄看到了一个她最不愿看到的名字。由于郑文惠患过心肌炎，必须有家属签字才能手术，而最终在手术同意书上签字的那个人，正是"周时好"。

方龄和周时好不仅是公安大学的同班同学，而且曾经是一对甜蜜幸福的恋人，后来两人在毕业后的人生规划上发生分歧，周时好急于回老家金海市谋求发展，方龄倾向于留在北京继续深造，而最终她也考上了本校的研究生，毕业之后留校当了老师。

两人处于冷战的那段时间里，周时好也曾试图挽救两人的感情，却阴错阳差撞见同为研究生的同学向方龄求爱的场面。周时好因此大为光火，认为遭到背叛，遂彻底斩断和方龄的情缘。而方龄后来确实跟那位男同学结了婚，并育有一女，再之后在机缘巧合下调入刑侦局犯罪对策研究处工作。今年初，处里安排她到地方挂职，给了她几个地方选项，她鬼使神差地选择了金海市局。她明明知道和周时好共事免不了会很尴尬，甚至发生争执，但还是毅然决然地来了。

方龄对周时好的字体记忆犹新，一眼便认出手术同意书上的签字，确为周时好本人所签。她记得周时好跟她提过，他初入队里时什么都不懂，是骆浩东手把手引导他，磨炼他，才让他成为一名合格的刑警。并且，得知他是孤儿，身边没有任何亲人，逢年过节骆浩东总带着他回家里吃饭，在生活上也给予他无微不至的关照。就是这样一个对他恩重如山、肝胆相照的老大哥，他竟然让人家戴了绿帽子，甚至还把人家媳妇肚子搞大了，他得有多下作啊?! 方龄在肚子里几乎把形容男女苟且之事的脏话骂了个遍，但转瞬便又恢复理智，如果周时好确与郑文惠的死有关，那么仅凭一个签字也奈何不了他，更何况以他搞刑侦这么多年积累的经验，想要通过审讯拿到证据更加不可能，所以眼下不宜打草惊蛇，还是要找到切实的证据，起码是能直接指证周时好和郑文惠之间确实有私情的证据。

为了严谨起见，方龄在队里找到一份周时好的签名样本，与郑文惠手术病历上的签名一同发给刑侦局物证鉴定中心。结果很快反馈回来，证实两个签名为同一人所写。随后，方龄和张川讨论了一下，决定找周时好的前女友林悦再深入聊一次。因为在先前的问话中，林悦虽然没有明说，但话里话外表露出她和周时好最终分手，是因为有第三者出现。然而，她又明确否认是郑文惠，也就是说，第三者另有其人，那么这个第三者会不会与郑文惠的死有关呢？之前林悦不愿透露这个人是谁，但以目前的调查形势来看，由不得她不说了。

周时好，大长脸、小眼睛、蒜头鼻，五官拿出来单论没一个能拿得出手的，不过凑合着捏在一块堆看，倒也不烦人。而且在这方面，人家可是充满自信的，号称自己属于丑帅男。事实上，他女人缘确实不错，经常有警花托人打听他的情感状况，在局里也没少闹绯闻，但在他口中承认真正交往过的女朋友，只有林悦一个。

林悦，长相大气精致，身材高挑，穿衣打扮时尚新潮，气质不输女明星。事业上也相当成功，做过医生，后来辞职创业，经过多年的打拼，至今已拥有多家专营高端汽车的 4S 店。情感方面稍有些坎坷，被父母强逼拆散和周时好的恋情，转头只能嫁给父母为她精心挑选的一名医生，但这段婚姻仅仅维持了一年多便结束了。从那之后，林悦一直独身，但与周时好保持着频繁的接触，队里的民警都戏称她为大嫂，她很受用，但周时好似乎并不想和她再续前缘。

这一次找林悦问话，方龄和张川刻意放低姿态，主动到林悦的公司去见她。见了面，林悦请两人落座，彼此稍微寒暄几句，方龄便将话题引入正题："是这样的，出于案件调查的需要，我们想了解一下当年你与周队分手的真正原因。"

"这是我们的隐私吧，和你们查案有什么关系？"林悦勉强挤出一丝微笑说，"你们到底在怀疑时好什么？他怎么可能去杀郑文惠？"

"林悦姐，我和你直说吧，我们知道当年你和周队之间有一个第三者，我们想知道这个人是谁。"张川觉得没必要再绕圈子，干脆自己来当一次恶人，把话挑明了说，"我们并不是要揪着周队不放，事实上当年他和郑文惠确实走得很近，容易让别人产生误会，有没有可能那个第三者也误会了他们之间的关系，进而去报复郑文惠呢？"

"沈春华！"张川话音刚落，林悦使劲咬了下嘴唇，干脆地吐出三个字。

"你说的是法医科的那个沈法医？"方龄一脸不敢置信道。

"对，就是她。"林悦语气冷冷地说道，"那天是时好的生日，本来我俩约好去餐厅吃饭，但下午他突然打电话说晚上临时有任务，不能和我一起庆祝了。我当时没太在意，买了生日蛋糕在他家楼下等着，寻思不管他多晚回家我都要给他个惊喜。结果惊喜变成了惊吓，我亲眼看到他和那个女法医手挽着手提着一个生日蛋糕走进楼里。"

"这件事情你们对质过吗？"方龄问。

"问过，他说是那个女法医疯狂追求他，他一时没把握住自己。"林悦撇撇嘴，自嘲道，"那时候我也年轻气盛，说分手也就毅然决然地分了。不过这几年我也认识了好多男的，表面上都是青年才俊，背地里一个比一个渣，时好和他们比起来，算是不错的了。"

"好吧，感谢你的坦诚，今天咱们的谈话，希望你能保密。"方龄从沙发上站起，做出结束问话的姿态。

林悦抿抿嘴，无声笑笑。

第三者竟然是法医沈春华，这太出乎意料了！直到离开林悦的公司坐进车里，方龄和张川还是有些不敢相信。

"周队和春华姐不应该是那样的人啊？平时看两人打打闹闹，以为只是开玩笑，没想到还真有过一腿。"张川心里五味杂陈，表情复杂地说，"我跟在周队身边也很多年了，以我见识到的，他就是嘴上能耐，本质上挺洁身自好的，没想到都是伪装。"

"林悦不会在这种事情上撒谎，再说也很正常，人都有阴暗面，知人知面难知心！"方龄感慨道，语气里多多少少带些恨意。

"按照咱们先前的分析，既然春华姐是第三者，那她就是嫌疑人了，接下来怎么办？"张川一边发动车子，一边问道。

"沈春华肯定没有你们周队那么老到，可以先探探口风，适当敲打敲打她，让她自露马脚，反正一时半会儿想找到实证也很难。"方龄思索了一下说道。

"行，那咱现在就去会会她。"张川使劲踩了脚油门，汽车猛地蹿出去。

不多时，两人来到技术队法医科办公室，沈春华刚出完现场回来，正在换衣服。看见两人一脸严肃的表情，沈春华大大咧咧地说道："干啥，都拉着个脸，还没找出郑文惠肚子里孩子的爹是谁？"

方龄使了个眼色，张川回身将办公室的门轻轻掩上，方龄指着桌前的椅子让沈春华先坐下。沈春华看这两人的架势，一时间有些发蒙，语气迟疑地说："你俩这啥意思？"

"当年周队和林悦姐分手，是因为你从中插了一脚，是不是？"张川急不可耐地说道。

"呀，你们咋知道的？"沈春华只是一脸惊讶，并未显示出慌张和尴尬。

"这世界上哪有不透风的墙啊！"方龄故弄玄虚道，"既然你把他们搅和分手了，你和周时好后来怎么没在一起呢？"

"在啥一起啊，本来就是演戏给林悦看的。"沈春华用她一贯没心没肺的语气说，"既然你们都知道了，那我就实话实说。是这样的，当年周队是因为照顾住院的骆辛才认识了林悦对吧？然后他们俩开始谈恋爱，不想却遭到林悦家人的强烈反对是吧？反正这过程你们都清楚，我就不详细说了。后来，林悦父母私下里多次纠缠过周队，又哭又闹，寻死觅活的，求周队放林悦一马。那时候林悦的哥哥在政府里已经是个小领导了，甚至托了关系找局领导来做周队的工作。他们这反复地闹，周队也越来越觉得配不上林悦，但当时林悦为了跟他在一起，不仅辞去医生的工作，还跟家里人都闹翻了，众叛亲离，付出了极大的代价。周队实在没有勇气面对林悦提分手，最后被逼得没招了，才求我陪他演场戏，让林悦主动提分手。"

"真的假的？这种事他求你，你就答应了？"张川一脸狐疑地说。

"周队对我有恩，我只是报答他而已。"沈春华说，"那会儿我刚到技术队没多久，跟周队一起出了个现场，因为经验不足，漏掉一个很重要的线索，幸亏周队悄悄帮我指出来，要不然我麻烦大了。"

"你这脑子也怪简单的，幸亏林悦当时没闹，要不然你一小姑娘将来怎么找婆家？"方龄基本信了沈春华的话，苦笑着说。

"闹我也不在乎，本来我也没想过要找男朋友，找那玩意儿干啥，一个人自由自在不好吗？"沈春华满不在乎地说，紧跟着又调侃道，"再说，我要找也会找个帅点的好不好？我可不像林悦那么死心眼，估计她打小身边围着的就都是帅哥俊男，冷不丁遇上咱周队丑得这么清新脱俗，还总对她欲拒还迎的，肯定感觉特刺激。"

"怪不得你和周时好这么投缘，你俩这嘴就跟孪生的似的。"方龄哑然失笑道。

"那郑文惠失踪当晚，也就是2008年4月8号那晚，你在哪儿，在做什么？"张川不甘心地插话问。

"你个臭张川，还没完了是吧？"沈春华指着张川的鼻子没好气地说，"这都过去多少年了，谁能记住？来来来，你说说你那晚干吗了？能想起来吗？"

"行，行，我错了，不问了，不问了。"张川被反将一军，连忙摆手求饶。

刑侦支队审讯室。

"姓名？"

"邵武。"

"年龄？"

"32岁。"

"工作单位？"

"不凡文化传媒公司。"

"职位？"

"总经理。"

一系列常规问话之后，审讯进入正题，周时好双眉紧蹙道："说说吧，那女孩什么情况？"

"噢，她是一个网络主播，我是偶然在短视频分享网站上看到她的直播，觉得她长得挺清纯的，便在网站后台给她发私信，要了她的微信，邀请她到公司来面试广告模特。"邵武回应道，"我们公司最近接了几个广告项目，需要找一些长相清纯的女孩出镜。"

"面试模特你不到公司，到会所客房干吗？"周时好讥诮道，"而且时间还选在夜里？"

"公司正在装修，不太方便。"邵武解释道，"至于时间，本来是约在昨天下午的，但我临时有事才改到晚上。"

"是因为晚上在会所客房比较方便骗女孩子上床吧？"周时好冷声道。

"没，没想过要骗她，我们俩真是一见如故，聊得很开心，多喝了几杯，稀里糊涂便上了床。"邵武连连摆手，为自己辩解道，"总之，我们俩发生关系完全是双方自愿和认可的，她后来可能觉得热，想躺进浴缸里凉快凉快，结果把自己淹死了，纯属意外。"

"她到底怎么死的，还有待尸检来最终认定，但现有的证据表明，那女孩不是死在浴缸中，是在死亡一段时间后被挪到浴缸中的，这应该是你干的吧？"周时好眼神凌厉，瞪向邵武，敲山震虎道，"人是你杀的，你为了掩盖罪行，将尸体搬运到浴缸之中，企图将案子伪造成意外事故，对不对？"

"不对，不对，我没杀人，真的没杀人！"邵武接连高声嚷道，顿了顿，肩膀突然瑟瑟抖动起来，嘴里呜咽着说，"好吧，我也不知道人是怎么死的，早上起来，我发现她好像没有意识了，身上冷冰冰的，喊她推她都没有回应。我顿时被吓蒙了，脑袋里变成一团糨糊，也不知道怎么想的，可能是觉得用水能把她浇醒吧，就把她抱到浴缸里，用淋浴头反复浇她。一直到浴缸里的水都快蓄满了，她还是没有任何苏醒的迹象，我这才反应过来，应该打电话报警求助。"

乍一听邵武这套说辞，周时好感觉非常牵强，但又不得不承认，理论上是说得通的，而且邵武表达很流畅，听起来要么说的是事实，要么是他事先编造好的谎言。如果是谎言的话，对警方来说太小儿科了，很容易识破他的伎俩，但凡有点社会经验看过警匪片的成年人，应该都能意识到这一点，可邵武为何还非要多此一举把尸体搬运到浴缸里呢？难道是为了用一个谎言来掩盖另一个谎言？周时好下意识地扭头望向身后的玻璃窗，他很想知道骆辛此时是怎么想的。

"胡扯！"骆辛隔着单向玻璃窗，似乎看透了周时好的心思，喃喃说道，"不过这家伙也不在乎咱们信不信他的话，只要表面上大体能说得通就行，他真正在意的是要完全消灭掉遗留在死者身上的证据，所以才会把尸体挪到浴缸中。"

"消灭证据？什么证据？"叶小秋满脸疑惑地问道。

"必然是昨天晚上，在506号房间中，真正和女孩睡在一起的那个人的证据。"骆辛回应道。

"你是说，这个邵武是顶包的，那把女孩折腾死的人到底是谁？"叶小秋追问道。

骆辛轻轻摇头，表示没想好，而观察室的门就在这时被推开，郑翔风风火火地走进来。显然他听到了两人的对话，接下叶小秋的问话道："是天尚集团的'太子爷'陈卓。"

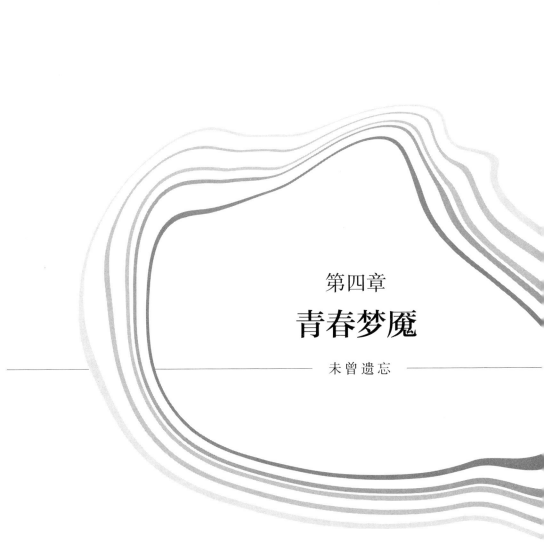

第四章

青春梦魇

—— 未曾遗忘 ——

死者叫孙雅洁，22 岁，本省营田市人，在金海读了四年大学，毕业之后留在金海发展，因暂时没有找到合适的工作，便试着做起网络主播。

　　营田市到金海市只有 200 多千米，坐高铁不过 1 小时左右，在接到金海警方的通知后，孙雅洁的父亲孙松在接近傍晚的时候赶到支队。孙松急切地想要见女儿最后一面，周时好便立即安排人陪同他去辨认尸体，之后向他大致介绍了目前掌握的事件经过。正值青春年华的女儿如此陨落，作为一个父亲的悲恸可想而知，而他更想要做的是给女儿讨个公道，遂主动要求尸检。

　　次日上午，尸检结果出炉，周时好召集人马到会议室开案情分析会。虽然之前方龄主动申请全面接管"郑文惠案"，把队里的日常工作暂时交由周时好分管，但毕竟她是支队的负责人，有案子还是需要过问一下，便带着张川也参加了分析会。

　　首先是尸检情况介绍：孙雅洁系因急性乙醇中毒而死，其心血中的乙醇浓度高达 465.3mg/100mL，除此，其胃内容物中未检出毒化物成分，尿液中也未检出常见毒品成分，死亡时间为昨日（9 月 7 日）凌晨 2 点到 3 点之间。其躯体上未见约束和暴力损伤痕迹，下体处女膜陈旧性破裂，并留有轻微的摩擦性新鲜皮损，表明其死前应该有过性行为。物证方面，因性行为中另一当事人戴了保险套，以及尸体随后被浸泡在浴缸中，故未在尸体上采集到精斑、毛发、皮肤组织、衣物纤维等物质。

其余的，在天尚温泉山庄505号房间中找到的酒瓶和高脚杯上，采集到了属于孙雅洁和邵武的指纹以及唾液样本，但在卧房睡床上未采集到两人任何生物样本。至于506号房间，则因遭到消毒和细致清理，未发现任何有价值的物证线索……

接着是外围调查信息汇总报告：当事人邵武，现任不凡文化传媒公司总经理一职，这家公司主要业务其实就是围绕天尚集团"太子爷"陈卓来展开。天尚集团为本市著名民营企业、上市公司，旗下业务遍布全国各地，涉及商业百货、品牌服装、地产开发、金融投资、旅游度假、文化传媒等多个领域，其创始人、董事长叫陈学满，陈卓是他的小儿子，今年28岁，陈家多年前已经全员入籍加拿大。至于邵武，是陈学满妹妹的孩子，也就是陈卓的表哥。

陈卓的日常出行座驾，是一辆价值三四百万元人民币的顶级豪车。调阅天尚温泉山庄附近丁字路口的交通监控录像显示，该辆豪车曾于9月6日下午4时许，由市内向温泉山庄方向行驶，而后又于9月7日清晨6时许，由温泉山庄方向向市内行驶，这表明事件发生期间，陈卓极有可能也在温泉山庄内。但温泉山庄内的工作人员显然已经被下了封口令，对警方的调查大多不愿配合，只有一个保洁人员偷偷反映，说山庄里的506号房间，实际上是陈卓的专用包房，但她并没有注意到陈卓近几日是否在山庄出没过。另外，陈卓目前已经不在国内，他先是于昨日清晨搭乘最早一班航班赶往北京，随后又于上午10点30分搭乘加拿大航空公司的班机经中国香港转道飞往温哥华。

死者孙雅洁先前租住在海港公寓1912号房，公寓里其他租户也大多是从事网络直播行业的年轻男女，其中有几个跟孙雅洁关系比较熟，据他们讲：孙雅洁是一个老实本分的女孩子，平日大多时候宅在家里做直播，偶尔会下楼跑跑步做做运动。她在大学里交往过一个男朋友，但毕业前分手了，之后一直是单身状态。

余下的讨论时间，叶小秋抢先发言："事实很明显了，骆辛的判断没错，事发第一现场应该就是 506 号房间，把孙雅洁灌醉并与之发生性关系的人大概率是陈卓，邵武和那个山庄的总经理迈克·陈，都是在给他打掩护。"

郑翔附和道："飞往温哥华的航班起飞时间是 10 点 30 分，邵武报案的时间是 10 点 40 分，很显然他是在保障陈卓顺利坐上飞机之后才报案的，以免陈卓受到牵连。"

张川轻摇了一下头，接话说："孙雅洁估计也不是什么纯良之辈，要不然怎么可能答应大晚上到会所客房里去面试？"

"这可能跟陈卓的人设有关系，容易让女孩产生信任和向往。"叶小秋语气老到地解释说，"你们这些直男平时可能不关注网络上八卦的东西，这个陈卓不仅仅是个富二代，他还是个超级网红，经常会在短视频平台上分享一些炫富和耍帅的视频。尤其人长得确实很帅，还总以单身王老五做人设，简直就是万千少女心中最理想的那款梦中情人。我看了下他在平台上的粉丝量，已经超过千万了，而且他在全国各地拥有多个粉丝后援会，据说他开个直播和粉丝聊聊天，一晚上就能收入几十万元，跟所谓顶流的偶像明星待遇差不多。至于孙雅洁，个人主页显示的粉丝量才一千多，很明显是个新人主播，所以带有陈卓光环的公司邀请她去面试，她可能也顾不上是馅饼还是陷阱。"

"噢，原来是这样，估计陈卓他们瞄的就是这些刚入行，没什么社会经验，心思比较单纯的女主播。"张川改口道。

"总的看来，女孩的死不是这个事件的重点，真正应该深入展开调查的是有人趁女孩深度醉酒丧失意识之际，对其进行了性侵，而且令女孩过度摄入酒精，很像是之前预谋好的。"孙雅洁的遭遇让人心疼，方龄语气严厉道，"陈卓跑得这么仓促狼狈，而且这种事情是会上瘾的，估计被他侵犯过的女孩不止孙雅洁一个，一定要让这个畜生付出代价才行！"

"话是这么说，但眼下只有邵武的口供是不够立案条件的，关键咱们未能采集到任何人与孙雅洁发生关系的生物样本，口供和物证无法互相印证，也就无从证明迷奸行径的存在，更别提如何去证实陈卓才是主要的犯罪嫌疑人了。"周时好咂了下嘴，一脸为难地说，"在目前死无对证的局面下，既是替死鬼，又是帮凶，还有姑表亲的关系，再有律师从中周旋，估计那个邵武一定会把之前的口供坚持到底的。"

"而且，这伙人都是混网络的老油子，知道如何规避风险，我看过孙雅洁手机上的微信聊天记录，邵武和她沟通时，语气特别官方，没有任何漏洞可抓。"郑翔说。

"欸，对了，我记得先前有几个女孩子在社交网站上发过帖子，说是被陈卓骗色了什么的，但是很快就被删帖了，不知道是她们自己删的，还是陈卓找人删的，等回头我上网再搜搜，看看有没有漏掉的帖子。"叶小秋说。

"行，接下来申请延长拘押期，死磕邵武，广泛寻找其他受害者，深入挖掘陈卓等人的违法犯罪信息，争取尽快正式立案。"周时好稍微思索了下，开始分派任务，顿了顿，又提醒道，"陈卓这个渣男，至今还能维持完美人设，而且全网甚少能搜到他的负面信息，说明背后肯定有公关公司在帮他，再加上拥有强大的法务团队，社会影响力不可小觑，所以咱们要时刻注意，执法行为一定要规范，同时要谨言慎行，不要被对方抓到把柄，钻了法律的空子。"

"也不必这么费劲找，咱们可以主动出击，让潜在受害者自己站出来。"一直未吭声，冷眼旁观众人议论的骆辛，蓦然开腔说道，"先前那些受害者之所以没有指控陈卓，应该是有各种各样的顾忌，可能手里没有留下性侵罪证，或者担心被法律反噬，怕担责任，怕被嘲笑、网暴、报复等等，又或者她们就缺一个带头的，那不妨把事件炒热，如果有一个人敢于发声，其余的人可能就不会再沉默了。"

"这想法好，我马上找几个媒体朋友帮忙报道一下。"周时好心领神会道。

"注意报道要客观，只单纯地描述事件，不要带任何倾向性，当然，可以重点把在会所客房里面试，以及陈卓的公司名头点出来，剩下的交给网友们自行联想和自由发挥。"方龄叮嘱道。

会议结束，众人散去，周时好坐在座位上一边理顺思路，一边把会议要点记在笔录本上，不经意间抬头，竟发现方龄也在座位上，正直勾勾地盯着他看。他估计方龄肯定又要作妖，便懒得吭声，继续伏案动笔。

方龄主动打破沉默道："2008 年 4 月 8 号，郑文惠失踪当晚，你在哪里？"

周时好握着笔的手稍微停顿了下，随即继续划动笔尖，淡然应道："那晚我跟'大老李'在一起，前半夜追查一个连环盗窃案的线索，后来又一起回队里研究案情直到天亮。"

"'大老李'是哪个？"方龄追问。

"问张川，他熟。"周时好始终低着头，一副完全不想搭理人的架势。

方龄悻悻起身离开，周时好扭头偷偷瞥了眼她的背影，脸色变得阴晴不定，他有种感觉，方龄距离他的"秘密"更近了一步。

回到办公室，方龄立马召来张川，问："'大老李'是谁？"

"他叫李平顺，以前是咱队里的，退休好几年了。"张川说。

"你能找到他吗？想跟他核实点情况。"方龄说。

"太能了，他是我亲舅，我联系下他。"张川掏出手机，摆弄几下放到耳边，少顷挂掉电话，"他说在郊外牧城驿水库钓鱼，咱找他去？"

"行，开我的车。"方龄拾起桌上的车钥匙扔给张川。

从队里出发，一路向西，行车大概 40 分钟，张川将车停在一处荒草丛生的堤坝路上。两人下车，沿着路边的小土坡往下走，一眼便看到水库边坐着一个胖乎乎的老大爷。老大爷戴着灰色渔夫帽，坐在小马扎上，一手握着鱼竿，一手夹着烟卷，默默地盯着水面，享受着形单影只的宁静。

张川绕水库边走了小半圈，人未到声先到，远远地就嚷嚷开来："舅，怎么就你一人啊？原来我记得这地方钓鱼的人挺多的啊！"

"好几位呢，都走了，天有点闷，鱼不咬钩。"李平顺抬抬帽檐，偏着头打量一眼张川和跟在他身后的方龄，开玩笑道，"大外甥，怎么的，找到对象了，急着让我看看？"

一句话把张川弄了个大红脸，他赶忙解释说："舅，别胡说，这是我们领导，新来的支队长。"

"您好，我是方龄。"方龄主动伸出手打招呼。

"哎呀，我这……我这失礼了，领导别介意。"李平顺赶紧把手上的香烟扔到水里，腾出手，站起身，跟方龄握了握手。

"没事，没事，您坐，您继续。"方龄礼貌地扬扬手。

李平顺坐回小马扎上，视线也重回水面上，呵呵笑道："从市里这么老远找过来，肯定有事，直说吧。"

"行，那我开门见山地说了。"已经接近中午，正是阳光炽烈的时候，方龄抬手遮着阳光道，"2008 年 4 月 8 号那晚，也就是当时的大队长骆浩东的爱人郑文惠失踪那晚，据说您和周时好在一起出任务，追查一个连环盗窃案的线索，您还记得吗？"

"是，确实有这么个事，我记得，不过具体是哪一天，是不是郑文惠失踪那晚，我就说不清了。"李平顺未加思索道，"毕竟我跟小周不一样，他比较在意郑文惠，所以记得清楚些吧。"

"那段时间你们应该经常一起出任务是吧？"方龄继续问，"他有什么反常表现吗？"

"好像没什么不正常的，要是有的话，我应该有印象。"李平顺模棱两可地说。

刚刚提到郑文惠，感觉李平顺好像话里有话，方龄试探着问道："当年，您是不是也察觉到郑文惠和周时好之间的关系很不一般？"

方龄言罢，李平顺使劲叹了口气，随即闭紧嘴巴陷入沉思，似乎在心里权衡着什么。过了一会儿，他把脸转向张川，勉强挤出一丝微笑道："周时好对你怎么样？"

"很好，很器重我，不然怎么会提拔我当副队长呢？"张川坦白说。

"那你这是想当正队长喽？"李平顺顺势调侃道。

"舅，瞎说啥，说得好像我在周队背后搞小动作似的。"张川听出话中的揶揄，但也知道舅舅是在担心自己，便一脸正经地说，"舅，你放心，我只是在尽一个警察的本分，无论是谁，犯了罪，我都不会留情面，我行得正坐得端，不怕打击报复。"

李平顺微微颔首，视线重新回到水面上，语重心长道："行，你有这个决心，我就放心了。"他顿了顿，又斟酌斟酌，才接着说道："有件事，在我肚子里憋了很久，本来觉得不说出来对大家都有好处，不过最近看了新闻报道，说郑文惠其实是被人杀害的，我觉得还是应该说出来。实际上，小周和郑文惠的关系，超出所有人的想象，早在骆队儿子出事之前，我就目睹过两人在外面约会的场面。那是个周末，我去城西一家饭馆吃饭，正好撞见他俩也在那里，举止别提有多亲密了，就跟现在电视里演的那姐弟恋一样，简直难以直视。"

李平顺话音落下，一瞬间，方龄觉得心口一阵狂跳，嗓子眼似乎被什么东西堵住了，有些喘不过气来。虽然先前她有一定的心理准备，但真正找到周、郑二人的偷情证据，还是让她有些无法接受，毕竟周时好是她深爱过的男人，竟做出如此震碎三观的勾当。

李平顺察觉到方龄的异样，关切地问："方队，要不要喝点水？是不是身体不舒服？"

"不，不，我没事，不需要，谢谢您。"被李平顺提醒，方龄意识到自己的失态，赶紧收拾心情，继续案子的话题，"您说的那家饭馆叫什么名字？具体在什么方位？"

"叫清乐楼，是一家清真饭馆，现在还开着呢。"李平顺答道，"地点在西城区华北路道边，一个立交桥下面。"

"清乐楼。"方龄轻声念道，抬眼望向张川。张川立马点头回应，表示自己知道这家饭馆。

与李平顺道别，方龄和张川开车返城，一路无话，车内氛围有些压抑。进入市区后，张川忍不住问："咱是回队里，还是去清乐楼那边转转？"

"算了，回队里吧，有什么可看的？估计当年两人就是约会去了，也没有什么别的可解释的了。"方龄惆怅道。

张川还想替周时好争辩，转念想想，又算了。果然，世界上没有不透风的墙，最近队里流传着一则小道消息，说方龄和周时好在大学期间曾经是一对恋人，后来因方龄另攀高枝，把周时好给踹了。张川先前还不怎么相信，但见此时方龄怅然若失的样子，心里便明白了七八分。不过他打心眼里不相信周时好是那种人，但事实又确实让人难以解释……

"解释，对了，我能解释！"张川像是突然想到什么，向右猛打一把方向盘，将汽车靠到街边停下，然后一脸兴奋地冲方龄道，"也许咱们误会周队了。我想起来了，市里的社会福利院最早就在清乐楼饭馆的对面，周队一定是去做义工时碰巧撞见郑文惠，然后两人一起吃了个饭而已。"

"你们周队是孤儿，自小在福利院里长大，这些我都清楚，他工作之后还经常去福利院做义工？"方龄紧跟着问。

"对，坚持了很多年，不忙的时候，几乎每个月都会去一次，不过福利院现在搬到高新园区那边了。"张川应道。

"或许郑文惠也在福利院里做义工，或许他们很早之前就认识？"方龄冲车前指了指，催促道，"走，去福利院，把事情问清楚。"

"好嘞。"张川急不可耐地重新发动车子，一踩油门，车子扬长而去。

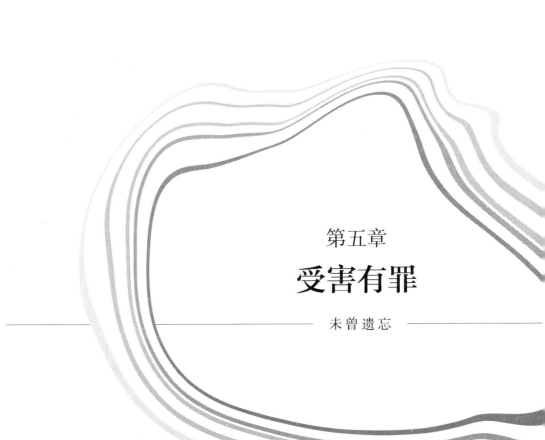

第五章

受害有罪

未曾遗忘

临近傍晚，突然下起雨来，雨滴敲打在办公室窗外玻璃上，莫名地让周时好觉得轻快惬意。其实很多时候人对环境的感知，与心情有很大关系，周时好现在情绪不错，便不觉得雨滴的纷扰让他烦躁。他坐在自己的办公桌前，手指在鼠标上轻轻滑动，双眼含着笑，饶有兴趣地盯在电脑屏幕上。

叶小秋说得没错，陈卓果然是顶流网红，这消息才放出去小半天，便迅速冲上各大平台热搜榜的第一名，受关注的程度大大超出周时好的意料。网民的反应也出奇地一致，大多怀疑陈卓才是事件的幕后黑手，看来群众的眼睛都是雪亮的。相信照此趋势发展下去，受害者主动站出来是早晚的事，周时好不由得信心满满。

周时好正扬扬自得，蓦地听到门外传来一阵敲门声。他说了声"进"，便看到带着一股水汽的方龄。方龄笑盈盈地走到周时好桌前，头发上还落着些许雨珠，脸颊红扑扑的，胸口微微起伏，估计是一路从外面小跑着来的，似乎是有什么要紧的事情。

"走错了，你的办公室在隔壁。"周时好皱着眉冲旁边指指。

"没走错，我就找你。"方龄仍一脸笑意。

"我是不是快死了？"周时好愣了下，突然咧着嘴，哭丧着脸说。

"说什么呢？"周时好这么一问，把方龄问得有些迷糊。

"自打你来队里挂职，进我办公室从来没敲过门，每天横眉冷对、气势凌人，抬眼都不稀罕瞅我，骄傲得像只长颈鹿。"周时好一本正经地胡说，"今儿是怎么了，进门这么客气，下着大雨不回家，着急忙慌跑到我办公室来，眼神还这么柔情似水，太反常了，是不是我快死了你才这么友善呢？"

"滚，脑子有病。"方龄被逗得哭笑不得，使劲白了他一眼，坐到对面椅子上，娇嗔道，"还不能给你个好脸了是吧？"

周时好呵呵笑了两声道："说吧，让我帮你办什么事？"

"你以为我有求于你，才来讨好你的？你也太狭隘了吧！"方龄吐槽道，顿了顿，收起笑容，冷不丁冒出一句，"当年是你陪着郑文惠去做人流手术的对吧？"

"你……你怎么会知道，你……你胡咧咧什么……"周时好脸色唰的一下变白，支支吾吾，语无伦次，下意识压低嗓音嚷道。

"时好，你别紧张。"方龄柔声道，"我去了你小时候住过的福利院，他们给了我老院长家的地址，我见到老院长，她把你和郑文惠之间的故事，从头到尾给我讲了一遍。我终于明白，你为什么那么尊重骆浩东，为什么那么疼爱骆辛，甚至也理解了那时你在学校成绩那么优秀，却毅然决然放弃考研，不惜与我分手也要回到金海工作的决定，是因为你急于报恩。"

"对，所有人都以为我是念记骆队的好，才会那么在意骆辛，但其实我所做的一切都是为了回报文惠姐。"方龄既然已知晓实情，周时好也没必要再隐瞒下去，索性把话说透，"我曾经是福利院里出了名的捣蛋鬼、小恶霸，有段时间我被青春期的叛逆、躁动、自卑和亲情的缺失所困扰，只能靠搞破坏和伤害别人来伪装自己。直到文惠姐出现，她是那么善良，那么博爱，那么无私，那么包容，对我百般呵护，贴心开导，让我感受到从未有过的亲情。她每周都会到福利院做义工，给我买好吃的，给我买新衣服，给我补习功课，给我买许许多多的书，教育我如何做一个好人，做一个有理想有抱负，对社会有贡献的人。我从初中到高中到大学，除了国家给的补贴，其余的生活开销都是她无私资助的。考警校，当警察，进市局，进刑侦队，进一大队，也都是她一手为我规划的人生轨迹。她如天使一般降临，数年如一日，渐渐成为我的依靠，成为我人生的领路人，成为不是亲人胜似亲人的人。"

"她是姐姐，是母亲，是你的大树，是你心中完美的神，你不允许她有任何的污点，不允许任何人玷污她的形象，哪怕你来做那个恶人，甚至违背警察原则隐藏重要案情信息也在所不惜。"方龄用充满信任的目光看向周时好，真诚地说，"因为你爱她，是亲情的爱，我能够理解，所以我相信了，她肚子里的孩子，还有她的死，都与你无关。时好，对不起，总之是我误会你了。"

"不怪你，是文惠姐不想让别人知道我和她的关系，生怕队里的人看轻我，影响我在队里的发展。"周时好一脸伤感，顿了顿，又郑重地说，"文惠姐怀孕流产的情节，如果非办案需要，暂时不要再扩散，尤其尽量不要让骆辛知道。"

"我心里有数。"方龄点点头，正色道，"但是案子还得办，你不能再回避我了，关于郑文惠肚子里的孩子的问题，你肯定做过调查，是不是应该和我交代一下？"

"当年我问过文惠姐，她没告诉我，我也没再追问下去，因为文惠姐需要我做任何事情，都不必说明缘由，我都可以赴汤蹈火。"周时好拉开抽屉，拿出一个笔录本，翻找几页，推给方龄，"文惠姐失踪之后，我调查了她的手机通话记录，找到了这个手机号码。我试着打过几次，一直关机，去电信公司查历史通话记录，发现这个号码只与文惠姐一个人通过话，两人从 2007 年 9 月开始，陆陆续续通话，一直到文惠姐失踪的前一天。"

"13591175……"方龄轻声念道，随即紧皱双眉道，"这显然是特意为郑文惠准备的号码，是有预谋地想要害她，还是说出于自身原因不愿意留把柄？"

"杀人凶器，用的是骆队留给文惠姐防身用的电警棍，感觉杀人应该不是有预谋的，其余的不太好说。"周时好轻摇了一下头，感慨道，"那个时代手机号码还不是实名制，我只能追查到号贩子，但他早忘了买这个号码的是什么样的人。再后来，这个号码一直未再使用，时间长了，便被电信公司销号了。"

"那这个号码现在也没什么价值了，这些情况你跟骆队提过吗？"方龄问。

"没。"周时好略显迟疑，眼神中闪过一丝哀伤，"当时我也怀疑过骆队，我能感觉到他们夫妻关系很紧张，文惠姐在那段婚姻生活中，并不像外人看到的那么幸福。"

"那查出什么了吗？"方龄追问道。

"没有，我憋了很长时间，当我想和骆队摊牌的时候，他就死了。"周时好说。

方龄抿抿嘴，表情变得复杂。周时好为了郑文惠，可以背叛任何人，当然也包括她，一时间，她心底说不清是难过还是羡慕。不过这个晚上，周时好总算彻底和她交了心，她想要问的，都得到了答案，心里便又很欣慰。

"你与郑文惠，骆辛与宁雪，经历和遭遇都很像。"方龄意味深长地打量周时好，"说真的，你难道从来没像骆辛爱上宁雪那样喜欢过郑文惠吗？"

"别胡说八道，问点有用的成吗？"周时好有意回避问题，拿出二皮脸的语气缓解尴尬道，"你要说一点没有，也不现实，但那种喜欢就好像我喜欢神雕侠侣中的小龙女，喜欢港台片里的王祖贤，喜欢李小冉，喜欢迪力热扎一样，遥不可及。"

"迪力热扎是谁？"方龄皱着眉头问。

"一个新疆女演员，长得特漂亮。"周时好像煞有介事地说。

方龄愣了下，随即哑然失笑，调侃道："周时好，我发现你这人特虚伪，都快 40 岁的人了还总标榜自己很年轻，假装很了解年轻人的事，刻意跟年轻人混在一起。我告诉你吧，据我所知，演艺圈里确实有几个很出色的新疆女演员，但是人家一个叫迪丽热巴，还有一个叫古力娜扎，我不管您老喜欢的是哪一个，都要把人家的名字记准了，别再出去给我丢人现眼，成不？"

"我都喜欢不行啊？"周时好不在意被揶揄，厚着脸皮说。

"行，都给你了，走了。"方龄扬扬手，起身道别。

"慢走，不送。"周时好欠身意思了一下，然后又坐回椅子上。瞬间，他不自觉地长舒一口气，紧绷多年的那根神经终于可以放松下来。他与郑文惠之间的故事，不再是他一个人的秘密，他也不必再孤身追踪真相了。可以说，方龄的调查进阶到现在这个阶段，她才正式有资格做周时好的队友，否则哪怕让案件永无真相，周时好也绝不会将郑文惠出轨怀孕堕胎的丑闻透露给任何人，就连骆辛也一样。

与方龄冰释前嫌，周时好心里释然许多，但未承想郁闷的事情很快到来。

周时好显然低估了网络世界的瞬息万变，信息迭代的速度也大大超出他的想象，反转更是无处不在。仅仅过了一夜，网络上突然冒出不计其数有关孙雅洁负面消息的帖子。从微信公众号，到国内最热门的社交网络平台，再到城市论坛，以及短视频分享平台，呈爆炸式喷涌而出。与此同时，陈卓粉丝与营销号一唱一和，大放厥词、胡编乱造，谣言铺天盖地，遍布网络。并且，先前有一些声讨陈卓的帖子，也莫名其妙地遭删除。最离谱的是，一些网络水军伙同陈卓粉丝，竟然潮水般涌进孙雅洁的个人主页留言，疯狂诅咒谩骂一个已经死去的人。

在各种抹黑手段的夹击下，舆论方向逐渐被扭转，朝着有利于陈卓团伙的一方发酵。于是，加害者摇身一变成为有着万般委屈的受害者，受害者则被塑造成一个水性杨花、风流成性，甚至为了上位不惜把自己喝死了的放荡女主播。至此，一个刚刚踏入社会，即将翻开人生崭新一页的妙龄少女，就这样被疯狂的网络世界践踏掉最后的尊严，榨干最后一丝剩余价值。黑白完全颠倒，真相和公理被资本裹挟，而粉丝们却因此维持巩固了对偶像的信仰，接单接到手软的营销号因此赚得盆满钵满，平台更是既赚了人气，又赚了流量，而在幕后操纵这一切的陈卓团伙，则很可能从迷奸案上全身而退，顶多是赔家属点钱而已。

经历了这一幕，周时好终于能够设身处地理解那些潜在的受害者为什么不肯站出来指证陈卓的苦衷了，正常人没人能受得了这样的攻击。但这也从侧面印证了骆辛的判断，这个陈卓背后一定有公关公司在帮他，而他们使用的手法，就是所谓"受害者有罪论"，通过诋毁受害者的道德水准，来洗白陈卓团伙。并且，操盘手法如此驾轻就熟，一出手便事半功倍，肯定不是第一次这样操作，也再次表明受害者绝不止孙雅洁一个。

还有这几天，来自社会各个层面的请托说情电话络绎不绝，也让局领导感受到空前的压力。毕竟天尚集团是在本地成长起来的实力民营企业，纳税大户，在本市投资广泛，对促进本市的经济增长以及带动就业都有很大贡献。市里面肯定不太愿意得罪这样的企业，遂明里暗里跟市局打招呼，让警方酌情尽力促成案件双方当事人和解，尽快了结案件。

网上舆论发酵了几天，周时好有些坐不住了，把大家召集起来开了个阶段总结会。就目前的形势来看，舆论走向已经完全失控，而且留给侦办取证的时间并不多了，好在孙雅洁父亲暂时还能顶住压力，拒绝调解，坚持不撤案，案子便仍有由头继续调查下去。不过指望线上冒出指证者的希望越来越小，接下来应该要多花些精力在线下寻找证据。

回档案科的路上，骆辛面无表情，始终一言不发，车里安静得让人很不自在。叶小秋只好一边开车，一边在心里瞎琢磨。她有些担心，案子会不了了之，开会时她看得出周时好很为难，肯定是局领导找他通过气了。不过这对受害者孙雅洁来说，真是太不公平了，有权有势就能够任意践踏生命和法律吗？富二代奸淫掳掠，引导全网欺负一个弱女子，反过来竟以受害者的姿态自居，这还有没有天理了？几乎从不说脏话的叶小秋，越想越气，忍不住在心里暗暗骂了句娘。

直到回到档案科的隔断屋里，骆辛仍默不作声，而且就这样呆呆地坐了一天，搞得叶小秋更加憋屈，她很少看到骆辛这么束手无策的样子。到了下班时间，隔断屋中仍未有动静，叶小秋只能耐着性子陪着，不过坐的时间长了有些犯困，便趴在桌上打起盹来。等到叶小秋再睁开眼睛时，她迷迷糊糊瞅了眼墙上的挂钟，吓了一大跳，已经是晚上10点多了。她寻思着"臭螳螂"是不是把自己扔下走了，不过看隔断屋里的灯还亮着，正想起身过去一探究竟，便见骆辛推开玻璃门走出来。

骆辛径直走到叶小秋工位前，语气淡淡地问："你家里还有没有别的车，比较低调的那种？"

"有啊，我爸以前开的那辆比亚迪，黑色，老款的，现在大街上很少见了，在我家小区地下停车场停着。"叶小秋揉着眼睛，愣愣地说，"你要干啥用？"

"先前的案子，做现场模拟时用的车牌号码贴还在吗？"骆辛不答反问道。

"还有好多呢，都在我车上。"叶小秋一脸莫名其妙，紧着鼻子说，"这么晚了，你到底要干啥？"

"就应该这么晚。"骆辛卖着关子说，"走，带上号码贴，先去你家换车。"

骆辛说完，扭头先往门外走，叶小秋虽丈二和尚摸不着头脑，但也只能由着他的性子，拿起放在桌上的背包跟了出去。上车，离开市局大院，到叶小秋家地下停车场把比亚迪开出来。没走多远，骆辛示意叶小秋靠边停车，然后两人下车，用号码贴把汽车原来的号牌遮盖掉，接着骆辛又在街边花坛旁转了转，捡了一块大砖头带回车上。

"现在去哪儿？"叶小秋发动车子问。

"去机场。"骆辛不再故弄玄虚，主动解释说，"咱们现在最急迫要解决的问题，就是找到陈卓与孙雅洁发生关系的证据。那天在 506 号房间你也看到了，床单、被罩和枕套都被拆走了，我觉得是陈卓干的，那上面应该沾有他和孙雅洁的体液。从事发当天的时间点上看，陈卓离开温泉山庄后，直接去了机场，我估计他的车至今仍在机场停车场里。"

"你觉得床单、被罩会藏在他的车里？"叶小秋抢话问道。

"可能性很大。"骆辛笃定地说，"我觉得他当时来不及找合适的地方销毁，或者情绪太紧张，忘了扔掉也是可能的。"

"确实，以现有证据，申请不下来搜查证，所以你要砸车去把床单、被罩偷出来？"叶小秋扭头瞥了眼后座上的骆辛，很明显她认为骆辛有些鲁莽，"可就算在那上面真的找到了证据，也一样不合法，不会被法庭采纳的啊！"

"不，咱们只负责砸车。"骆辛摆摆手，解释说，"你想，那么贵的车被砸了，车里面可能还有东西被偷了，停车场保安肯定会报警，到时候就可以名正言顺地检查车辆，对吧？"

"噢，这法子行，怪不得你要这么晚出来，这个时候在机场逗留的人应该不多了。"叶小秋竖了下大拇指，随即思索着说，"那这过程只有15分钟能用，过了这个时间点，停车场开始收费，咱们的信息就有可能暴露。"

"你听好了，进入停车场后，立即关掉车灯，放下遮阳板，直接把车开到商务停车场。陈卓不差钱，又着急上飞机，肯定会把车停在那边。去商务停车场找到车，观察周边监控探头位置，然后你用车体挡着，我下车把车玻璃砸碎，得手后咱迅速撤退，但也别走太远，在附近找个地方瞄着。保安如果报警，机场街派出所离得近，应该很快就能出警，如果20分钟之后，派出所还不出警，那咱来打电话报警。"骆辛显然已经通盘考虑好整个计划，不过说话间他用手指交替弹动大腿的动作又不禁出现，看得出还是有一丝紧张。

"好，好。"叶小秋颤声回应，手心里莫名冒出很多汗。

丁零零，丁零零……

午夜时分，周时好被一阵急促的手机铃声吵醒。他在床头柜上摸索到手机，放到耳边接听，迅即一个激灵坐起身，口中连声说着"好好好"，紧随着翻身下床。

打电话的是机场街派出所的所长。说是所里刚刚到机场停车场出警，处理一个砸车盗窃的案子，发现车辆行车执照上登记的车主叫陈卓。随后，民警又在车辆后备箱中发现一个黑色垃圾袋，里面塞有床单和被罩等物件，并且床单上印有天尚温泉山庄的标志。两项综合，民警认定车主是天尚集团的"太子爷"陈卓。联想到网络上最近炒得火热的妙龄少女死于天尚温泉山庄事件，现场民警立马有所警觉，赶紧打电话向所长汇报。了解到现场状况，所长知道刑侦支队正在跟进调查相关事件，他跟周时好是老熟人，便第一时间打电话向周时好通报。

周时好能接到机场街派出所的电话，说明骆辛和叶小秋的计划成功了。事实上也是出奇地顺利，两人从进场、找车、砸车、撤退，仅仅用了12分钟。之后又过了七八分钟，两辆警车闪着警灯先后开进机场停车场中，说明如骆辛预想的一样，停车场保安第一时间报警了。更妙的是，机场街派出所的同志职业素养很高，警惕性也很强，发现涉案车辆中遗留有相关物证后，立即向上级汇报。这样一来，就不必骆辛和叶小秋再出手，也大大降低两人暴露的风险，他们原本还商量以接机为借口，假装在停车场偶遇派出所办案。

叶小秋以最快速度将比亚迪开回自家所在小区的地下停车场中，换回她原来的座驾再返回机场，如此一去一来，只比周时好和技术队赶到停车场的时间晚了一小会儿。两人从车上下来，看到周时好正在和派出所的民警热情寒暄，技术队的人已经将床单、被罩等物件装进证物袋里，开始围着车辆进行其他搜查取证，两人便加入进去。

骆辛举着手电筒在车内各个部位仔细翻找着，任何一个小缝隙都不放过，似乎他原本就不太在意先前说的那些床单、被罩什么的，而是有更重要的目标要找寻。叶小秋大为不解，一脸纳闷地问道：“你这又是在找啥？”

“照片、相册、记事本、光碟、U盘之类的东西，你也帮着找找。”骆辛一边搜索，一边解释说，“陈卓这种类型的人都很变态，他们往往因纵欲过度，导致性能力衰竭，正常的生龙活虎、经验丰富的女性，他们根本应付不来，所以他们把目光投向那些年轻的、涉世未深的、缺乏一定社会经验的女孩。而且要哄骗女孩喝下迷药或者大量酒精，从而完全失去抵抗能力，任由其随意摆布，这时他们才会有安全感，才不会有压迫感，才能够找到自信，才能够相对正常地发挥男性雄风，久而久之便成为癖好。值得关注的是，有这种迷奸癖好的人，都很喜欢收集'战利品'，用以事后反复拿出来回味，可能有些人会收集女孩的头发、头饰、口红、指甲等等，有些人则会把整个过程录像，我相信陈卓也不例外。"

"要是真能找到这种东西，那陈卓肯定会被锤死。不过这么重要的东西，他应该不会放在车里。"叶小秋提示道。

"对，不一定放在车上，但我感觉这种东西肯定有。"说话间，技术队的民警正在拆卸汽车前方的行车记录仪，这引起了骆辛的关注，遗憾的是，民警并没有在行车记录仪上找到记忆卡，显然被陈卓自己取走了，看来他也不是一点警惕性都没有。

这个时候，周时好与派出所民警也沟通完了。民警说感觉小偷没偷走什么东西，车里既有人民币又有美元，还有昂贵的香水和墨镜，不知道为什么小偷都没有拿，可能因为车辆自动警报声音太大吓跑了小偷。民警还用手机给周时好播放了一段停车场里的监控录像，周时好看到视频中出现的作案车辆是一辆黑色比亚迪，竟莫名有种熟悉的感觉，他将视线从视频上抽离出来，抬眼望向远处跟在骆辛身边的叶小秋。

没有财务损失的盗窃案，莫名熟悉的作案车辆，周时好越想越觉得蹊跷。

第六章

重提往事

未曾遗忘

从机场停车场收队，已近下半夜 3 点，周时好本想打发叶小秋把骆辛送回去休息，但是两个孩子都拒绝了，表示想第一时间知道物证鉴定结果，周时好只好将二人带回支队办公室，加上郑翔，四个人正好商议一下随后的办案策略。

虽然鉴定工作还在进行中，但结果是可预计的，只是嫌疑人陈卓目前身在海外，无法正式进行传唤。拿不到陈卓的口供，调查工作便无法有效推进，若是换成寻常百姓家庭，或许还可以做做家属工作，劝导嫌疑人主动投案自首以减轻罪责，但对陈卓这种家庭背景的人，这种法子显然行不通，而且陈家极有可能反过来实施报复行为，制造负面舆论，甚至抹黑警方，给警方施加压力。

"既然他们愿意用舆论控制真相，那咱不妨跟他们斗一斗舆论，正式在网上发布通缉公告，硬性把案子定性，我看他们还怎么反转！"叶小秋针尖对麦芒地说。

"别幼稚了，咱们只能走正常渠道、正常程序，人家可没有任何顾忌，可以调动所有可以调动的资源，什么下三烂的手段都可以用，造谣、抹黑无所不用其极。"郑翔比叶小秋成熟，考虑问题比较理性，"咱们怎么可能斗得过人家？搞不好会被反噬。"

"咳，是不能冲动，我特意查了下天尚集团的商业版图，集团旗下有一家科技投资子公司，在好几家网络社交平台或多或少都占有一些股份，所以现在是资本的天下，我们和人家斗舆论，实力对比悬殊。"周时好叹着气说。

骆辛微微耸肩，语气淡淡地说："我倒觉得没问题，可以激进一点，毕竟咱们志不在此，不要忘了我们的最终目标，孙雅洁的案子只是开始，我们真正要做的是……"

"对，我们就应该把以陈卓为首的犯罪团伙连根拔起，哪怕不能真正让他受到法律的惩罚，我们也要彻底撕掉他们伪善的面纱，让更多的女孩不要再上当受骗，成为性侵受害者。"叶小秋情绪激动地嚷道。

"还是我先前说的，发布警情通报，表明警方追查到底的姿态，或许就会有潜在受害者浮出水面，给我们提供证据。"骆辛接着刚刚被打断的话说。

周时好长叹一声，抬手搓了搓脸颊，慎重地说："这个事情最终还得通过局领导那关，天尚集团在本市影响力巨大，与高层交际也颇为密切，咱们不能太想当然，一意孤行。"

周时好话虽这么说，但其实心里已经打定主意要与陈卓团伙乃至他身后的背景斗一斗，他不想辜负自己身上这身警服，更不愿辜负眼前这些年轻的警察。他怎么会看不出骆辛和叶小秋如此步步紧逼的用意，很明显是怕他被权力诱惑和裹挟，当逃兵。

马江民今年 59 岁，还有一年就可以荣休，主管刑侦这么多年，亲手和指导破获过无数大案要案，战功可谓显赫，资历也够用，但始终没能坐上"一把手"的位置，不过他向来对权力没有过多奢望，心态一直保持得很平和。

马江民是军人出身，融入军人血脉里的坚韧与刚强使他在处理一些工作和人际关系上欠缺圆滑，因此错失掉几个关键的提拔时机。现在的

"一把手"赵亮，说起来还比他小了三四岁，不过两人关系处得不错，但凡马江民的提议，赵亮基本都会举双手赞成。

天尚温泉山庄的案子，近段时间在社会上被广泛关注，也引起不小的争论，甚至还殃及天尚集团的股价连日大幅下跌。并且，天尚集团早前有意将总部迁往北上广等大都市，是市里有关方面一再挽留和做工作，才暂时稳定局面。若是在这个节骨眼上，为了一个小案子，甚至准确点说连案子都称不上的死亡事件，对天尚集团"太子爷"穷追猛打，影响了天尚集团留在本地的决心，进而影响市里对本地经济增长的大布局，这个责任对市公安局"一把手"赵亮来说，是承担不起的。所以，他在接到市里有关方面的传话后，立即找马江民通气，让他指示周时好，大事化小，小事化了，尽快将事件了结。

其实单从事件的表面上看，马江民也觉得可大可小，完全可以走私下和解的程序，想必天尚集团出手也不会小气，应该能满足家属的一切需求。所以前日，马江民特意给周时好打电话，表达了局里的态度，本想周时好一定能处理妥当，没承想一大早刚到办公室，屁股还没坐稳，便接到"一把手"赵亮的电话责难。赵亮显然是大为光火，在电话里嚷嚷着说，周时好这小子简直胆大妄为，怎么可以无端把人家陈卓停在机场的车给抄了呢，是不是不想干了？马江民不了解情况，只好赔着笑说，等我了解了解，一定收拾那小子。挂掉局长的电话，马江民也有些恼火，立马又拿起电话想给周时好拨过去，可就在这时，门外响起一阵轻轻的敲门声，他只好把电话放下，应了声门，随即看到方龄穿着一身乳白色的职业套装，落落大方地走进来。

"周时好这小子知道自己闯祸了，不敢现身，让你来了？"马江民冷着脸说。

"他……他又作什么妖了？"方龄愣愣地说，一脸毫不知情的样子。

"他把人家陈卓停在机场的车给抄了，没跟你通气？"马江民面色狐疑道。

"啊？"方龄一脸惊讶，撩了撩耳边的发梢，尴尬地说，"我真……真不了解您说的这个情况，您也知道我们现在的分工，我主要精力都用在了郑文惠的案子上。"

"噢，那你这是为了郑文惠的案子来找我？"马江民刚刚一肚子火，没注意到方龄手里拿着一个已经略微有些陈旧的卷宗夹，便冲对面的椅子扬扬手，换了温和的口吻说，"坐下说吧。"

方龄坐下，将卷宗夹放到一边，接着从上衣口袋里拿出一支录音笔放到桌上。

"瞅你这架势，这是要把我当成嫌疑人？"马江民微微笑了下，语气中却带些不悦。

"哈哈，您千万别这么说，我是真的有很多不明白的地方要向您请教。"方龄故意说着漂亮话，实则就是正式的问询，她努力让自己笑得风情万种，以化解问话的尴尬和不愉快。

男人甭管老的少的，面对漂亮而又识大体的女人都会有恻隐之心，何况马江民觉得自己没做过什么不能拿到台面上说的事，便自嘲道："做警察这么多年，这是第一次被点名问话，我还真有点不适应，对不起啊，小方同志，刚刚态度有些生硬。问吧，你想从我这儿了解点什么情况？"

"您言重了，是我唐突了。"方龄连连摆手，慌忙解释道，"郑文惠的案子，我们由内到外逐步扩大调查范围，始终也没能找到有价值的线索，所以我们调换思路，反过来再试着由外到内逐步缩小调查范围，结果现在视线又聚焦到骆浩东身上。"方龄顿住话头，轻轻拍一下放在手边的卷宗夹，"骆浩东的这份档案我仔细研究过，给我的感觉是太浮皮潦草了，记载不够翔实，也不够深入，我不知道为什么会出现这种情况。还有，我们也跟队里的一些老资格民警交流过，感觉他们对骆浩东的话题都不愿意深谈，甚至有点讳莫如深的意思，所以我思前想后，决定斗胆来找您请教，因为很多人都说，您是最了解骆浩东的。"

"行，咱都不必解释了，我知道你是为了案子好，有什么话敞开说。"马江民已经完全放下架子。

"其实我最想问的，就是为什么郑文惠突然失踪，你们所有人竟然都能心安理得地不闻不问？"方龄不再客套，直截了当地问，"包括她老公骆浩东，你们都是经验丰富的刑警，怎么会察觉不到事情的反常呢？您就真的从来没有怀疑过骆浩东吗？"

马江民从鼻腔里发出一声哀叹，眉宇间瞬间聚满心酸，怔了怔，伸手拿起桌上的录音笔，一边把玩着，一边缓缓说道："我可以告诉你事情的原委，但你不能录音，不是我怕留下什么把柄，是因为我也有要保护的人。"马江民关掉录音开关，把录音笔推回方龄身前，语气郑重地说："浩东跟了我很多年，我们是师徒关系，也是家人关系，我不希望他的隐私被外人胡乱编派，当作茶余饭后的谈资。其实早在骆辛出事之前，浩东和文惠已经准备离婚了，只不过因为骆辛突然出事了，这个婚才没离成。至于离婚的原因，我问浩东，但是他总支吾吾，说不出个所以然来，后来我私下里又找文惠深谈了一次，才知道他们夫妻两人之间真实的生活状态，远不是我们想象的那样。

"原来，自打文惠生完孩子后，浩东生理方面突然就不行了，后来浩东主动提出分房睡，此后两个人再也没有同过房，就这样稀里糊涂地过了七八年。文惠我了解，是个好女孩，但毕竟也是个正常女人，有正常的生理需求，她想带浩东去看病，去看心理医生，但每次一提起这茬，浩东就发脾气，而且一次比一次失态。再到后来，文惠心累了，也懒得再提看病的事，两个人在家里谁也不搭理谁，互相冷暴力。而最让文惠无法容忍的是浩东对孩子的态度，他从来没和孩子亲近过，也很少给孩子笑脸，看孩子的眼神总是异常冷漠，就好像骆辛不是他亲生的似的。

"所以，文惠突然不辞而别，乃至她在那段时间做任何决定，我都能理解，这孩子过得太苦、太累了。对了，她留下一封信，把个人意愿表达得很清楚，所以当浩东跟我说决定要放文惠去寻找新生活的时候，我自然要尊重他的意愿。"

"您是说，郑文惠留给骆浩东的那封信您看过？"方龄追问道，"信的内容是什么？"

"大体意思是说文惠在那段时间经历了很多事情，觉得不愿再面对浩东，想自己冷静一下，想搬出他们那个家。"马江民说着话，抬手轻轻敲敲脑门，不好意思地说道，"岁数大了，脑袋不好使了，再具体的我也说不上来，不过当时我和浩东鉴定过信的笔迹，确实是文惠亲笔所写。"

"这么说来，当时郑文惠的失踪被冷处理，确实情有可原，不过摊上骆浩东这么病态的男人，郑文惠也真是不容易。"方龄长长叹了口气，语气中尽显同情，略微沉吟一下，话锋一转说道，"刚刚有个问题您还没有回答我，您真的从来没有怀疑过骆浩东吗？郑文惠的失踪和那封绝笔信，难道没有可能是骆浩东一手策划的吗？郑文惠失踪当晚，骆浩东的行踪轨迹您了解吗？"

"他为什么要这么做？动机呢？他们两个拖拖拉拉那么久都没离成婚，肯定彼此之间是有感情的，而且骆辛正是需要人照顾的时候，他有必要在那个时间点杀文惠吗？"马江民脸色阴沉下来，语气有些不耐烦，想必是觉得刚刚那一番话都白说了。

"是这样的，马局，关于郑文惠我们找到一些新线索，可能您也蒙在鼓里，但若是骆浩东当时知道这个消息，很有可能会恼羞成怒。"方龄斟酌着措辞，语气尽量谦卑，她从卷宗夹中取出一张复印件，递给马江民。

马江民接过复印件，只扫了一眼，瞬间错愕不已，嗔怒睁目，脱口而出："文惠当时怀孕了？是时好这小子的？"

"周时好只是帮郑文惠在手术同意书上签了个字而已，其余的我们调查过，都跟他无关。"方龄解释道。

"这就对上了，文惠恐怕就是因为这个才觉得无法面对浩东，所以想搬出去住，原本我还以为信里说的是车祸造成的一系列家庭变故，看来是我想当然了。"马江民对周时好与郑文惠之间的渊源心中早有数，便没继续追问周时好的话题，不过到此时他终于理解方龄为什么要揪住骆浩东不放，便将复印件还给方龄，犹疑片刻，轻声说道，"浩东向我报备过，文惠失踪那晚他陪一个有黑社会背景的老板吃饭，一群人喝酒喝了一整晚。"

"您核实过吗？"方龄问。

"我相信他说的是真话。"马江民干脆地说，随即抬眼盯着方龄，诚恳地说道，"你很敏锐，一眼便看出浩东的档案有问题。"

"这也是我接下来正想请教您的，骆浩东怎么会和黑道产生瓜葛？最后又怎么会被黑道马仔雇凶所杀呢？"方龄顺着马江民的话问。

"这说来话更长。"马江民再次陷入沉默，似乎很不情愿回忆那段往事。他把视线转向窗外，上午八九点钟的太阳，温热地透过玻璃窗射进屋子，在空气中形成一圈又一圈的光环，好似穿梭于过去和未来的时光通道，马江民沉浸在回忆中，眼神里充满感伤。

屋里陷入一阵安静，方龄耐着性子也未言语，她知道马江民理清了回忆，自己会开口。

果然，少顷，马江民轻咳两声，打破沉默说道："这事得从骆辛遭遇恐怖车祸事件说起，当时暴徒作案后，驾车逃往郊区地带，在警方的围追堵截下，慌不择路，连人带车开进一处农田旁的深井中，溺水身亡。

案发后，经调查发现，犯罪人不仅是个瘾君子，而且还身患艾滋病，所以产生厌世情绪，进而报复社会。但浩东觉得事情恐怕没那么简单，于是自己私下做了些调查，发现这个犯罪人曾在建江集团做过一阵子马仔，而恰巧在此事件之前，浩东办过一个涉及建江集团的案子，结下一点梁子，他就怀疑恐怖车祸事件有可能是建江集团指使的，针对他的报复行径。"见方龄欲插话，马江民抬手阻止，表示自己知道她想问什么，随后接着说道："早几年黑社会猖獗的时候，建江集团是本市赫赫有名的黑社会团伙，为首的老大叫张建江，最早是开馄饨馆的，后来纠集了一些地痞流氓打砸抢夺，疯狂扩张，硬是将本市餐饮业和娱乐业的大半都纳入了团伙的掌控之下。当然这还只是表面生意，背地里黄赌毒等违法犯罪活动他也一个没落下，可谓坏事干尽。不过这个张建江，有文化，有情商，下海前还曾在体制内工作过一段时间，深谙混世之道，行事异常谨慎狡猾，所以长久以来警方都难以获取到他确凿的犯罪证据，而且他利用金钱和美色拉拢腐蚀了一些干部，形成对他的保护伞，寻常事件也奈何不了他。"

一口气说了一大段话，马江民似乎有些累，拿起桌上的保温杯，拧开盖子连喝几口水，稍做喘息之后，才又继续说道："当年局里还未设置专门扫黑除恶的部门，扫黑的任务大多由一大队来执行，当时作为大队长的浩东自然是张建江团伙极力想拉拢的目标，只是苦于先前一直没有找到适当的机会。然而，恐怖车祸事件导致骆辛成为植物人之后，高昂的日常护理费用，让浩东承受了巨大的经济压力，日子过得举步维艰，张建江团伙的人便瞅准时机找中间人搭线，想要接近浩东。浩东便顺水推舟，将计就计，假装愿意与张建江团伙结交，从而逐步打入团伙内部，一方面为了找寻恐怖车祸事件的真相，另一方面是为了获取该团伙核心成员的犯罪证据。当然这中间双方各种试探，各种博弈，斗智斗勇，过程充满艰辛曲折。差不多用了两年的时间，浩东逐步摸清了该团伙中核心成员的身份，以及隐藏在背后的保护伞的身份。但让我们始料未及的是，团伙中一名核心成员始终对浩东的'投诚'有所猜疑，又眼看着他越来越被大老板信任，心生愤恨和嫉妒，遂从外地雇用杀手，在市中心医院的停车场中将浩东杀害。"

"这不是一段很英勇的卧底事迹吗？为什么要遮遮掩掩的？"方龄大为不解道。

"这就是我最对不住浩东的地方。"马江民愧疚道，"浩东的卧底行动从一开始我和老叶（叶德海）就介入了，之后行动推进的每一步，也都是我们三人一起商量谋划的，但问题就出在只有我们三个人清楚整个卧底行动的来龙去脉，因为当时局里的情况比较复杂，我们不知道谁是可以被信任的。事实也证实了我们的判断，在浩东惨遭杀害的一年之后，张建江团伙被彻底铲除，局里一批人因此入狱。后来，局里来了新领导班子，对浩东的卧底身份和任务的认定出现了争议，因为局里很多人都了解浩东家庭和经济上的困境，也知道我们三个人关系匪浅，再有先前那批腐败干部的前车之鉴，关键浩东还是死于黑帮内部的争风吃醋，所以那个当下，坊间开始盛传浩东其实早被黑社会团伙收编了，他给孩子治病的钱用的都是黑钱，我和老叶存在包庇和刻意美化他的嫌疑。如此恶意揣测的说法，让我和老叶十分愤怒，我们多次找到局里为浩东争取清白，但当时公安系统的工作风气和社会形象亟待扭转，对这种敏感而又争议颇大的涉黑事件，新来的局领导自然不敢贸然定调。最后，局里新领导班子经过集体讨论决定，政治上要尽量避免风险，但同时也不能让我们的同志白白牺牲，于是将浩东那段卧底的历史认定为无功无过，同时按照执行任务牺牲的待遇给家属发放抚慰金，所以在他的档案中并没有载入他卧底张建江团伙做斗争的那段历史。"

听完马江民的讲述，方龄突然醒悟到，原来骆浩东在骆辛住院期间甚少露面，并将配发给自己的电警棍交予郑文惠保管，是担心自己在与黑社会团伙的博弈中，带给孩子和妻子不必要的麻烦和风险，他故意疏远他们，实则是一种保护。如此看来，骆浩东其实并没有自己想象的那么病态，那到底是什么原因造成了他和郑文惠婚姻中的不幸呢？一瞬间，方龄有些跃跃欲试，她很想亲手挖掘出其中的缘由，以弥补这部分认知的缺失，从而给予骆浩东这个人一个整体的客观公正的评价。

方龄这次找马江民问话，比预想的要顺利得多，心中的很多疑问都迎刃而解，她有些后悔没早点找马局做这样的沟通。

谈话到尾声，方龄准备告辞，听见门外响起几声敷衍的敲门声，还未等马江民回应，门便被推开了。进来的人是周时好，他双眼通红，满面疲倦，但目光中却难掩兴奋之色。

马江民见是他，顿时气不打一处来，厉声斥责道："先前跟你强调的话，当耳旁风了是不是？谁给你的权力去抄人家的车？"

"咋了，咋了，干啥一大早上这么大气性？"周时好故意装糊涂，假装诧异地凑到方龄身边，然后从手包里拿出一份报告，递给坐在对面的马江民，嬉皮笑脸地说，"那个，正好二位领导都在，我汇报一下昨天晚上出任务的具体情况……"

周时好的口才向来没问题，而且显然来之前已经打好腹稿，只用了几分钟，便把昨夜查车的来龙去脉清清楚楚地讲了一遍。马江民一听程序上合理合法，气便消了大半，再一看报告上，显示从天尚集团"太子爷"陈卓的私家车上搜查到来自天尚温泉山庄的床单和被罩等物件，并从上面成功采集到遗留的毛发和体液等生物样本。经DNA（脱氧核糖核酸）鉴定比对，证实一部分样本属于死者孙雅洁，另一部分样本属于陈卓。看到如此结果，马江民另一半的气也消了。

气消了，但问题也来了，马江民将报告递给方龄，让她也知道一下鉴定结果，然后冲周时好问："这个鉴定结果准确吗？"

"当然。"周时好使劲点头道，"据我们了解，陈卓把他那辆豪车当宝贝，平时都是亲自上手驾驶，技术队在主驾驶座位区域采集到多个他遗留下来的 DNA 和指纹样本，均与床单、被罩上的 DNA 样本比对成功。"

"那你想怎么办？"马江民语气略显无奈地问道。

"立案。"周时好面色恢复严肃，语气坚定地说道，"找人顶包、藏匿关键物证，事发后仓皇逃往海外，以目前咱们掌握的证据，有充分理由怀疑陈卓对孙雅洁实施了迷奸行为，并以涉嫌强奸罪，依法对其刑事拘留。"

"人不是还在加拿大吗？"马江民有意识地提醒道。

"全网追逃呗！"周时好应对道。

"意义不大，咱们和加拿大也不存在引渡条约。"马江民略做沉吟，随后轻咳两声，语气有些不自然地说，"要不……要不先缓缓？"

"老马，你是不是怕得罪人？"周时好和马江民说话，一贯是口无遮拦，没大没小的。

"你胡说什么？让你缓缓，又不是不让你查！"马江民使劲瞪了周时好一眼，碍于方龄在场，他没法把事件的利害关系摆出来，而且不管有什么决定，他也得先跟局长赵亮通通气再说，便含含糊糊地说，"你们先回去，这案子我再想想。"

方龄冰雪聪明，当然知道问题卡在哪里，冲周时好使了个眼色，装作不耐烦地说："周时好，你能不能说重点？"

周时好心领神会，接话道："老马，你还是等会儿想吧，我这话还没说完呢。在孙雅洁这个事件发生之前，其实已经有几个女孩在网上发帖子揭发陈卓的迷奸或者骗奸行为，但都被陈卓通过各种手段把帖子删除了，所以我们认为孙雅洁的事件不是孤立的，被陈卓侵犯过的女孩可能不会少，搞不好真实的数字会是极为惊人的。"

周时好这么一说，马江民自然意识到案件的严重性，不过让他更觉意外的是，方龄和周时好刚刚一唱一和，显然两个人的关系有所缓和，在这个案子上事先也统一过想法。他要是再拦着不让立案，恐怕会让方龄有想法，毕竟人家来自最上级单位，真反映到上边去，对局里没啥好处。

马江民沉思半晌，权衡利弊，末了只能硬着头皮拍板："行，你们俩去宣传科，商量着把通报内容好好拟一拟，然后把稿子拿过来我亲自审。"

周时好挺直身子打了个立正，一本正经地说："是，保证完成任务！"

"行啦，行啦，别在我这儿嘚瑟了，赶紧办正事去。"马江民不耐烦地挥挥手。

"那我们去了。"方龄起身笑笑，礼貌道别。

眼瞅着周时好和方龄二人离去，马江民的愁绪瞬间爬上眉梢，他心里再清楚不过，刚刚拍板的决定，不仅会让他，更会让局长赵亮陷入两难境地。据可靠消息，市里面现任政法委书记要调到省里去，空出的职位组织上考虑让赵亮兼任，在这样一个节骨眼上，赵亮肯定不愿蹚天尚集团这趟浑水。马江民打心眼里能够理解赵亮的难处，退休之前再上一个台阶，对任何人来说都是梦寐以求的。再说，若是因为自己的决定，影响了赵亮的前程，马江民也觉得太愧对这个老伙计了。马江民越想越烦躁，顺手端起桌上的保温杯想喝口水，打开盖子却发现里面已经空了，他起身踱步到饮水机前接水，再回到座位上的时候，心里已经有了决定。

"赵局，天尚温泉山庄的事立案了，涉及陈卓，应该会牵扯出一连串案件。"马江民拨通赵亮的电话说道。

电话那端的赵亮一阵沉默。

"要不这样吧，这案子你就不要过问了，全权交给我来处理吧。"马江民这是摆明姿态，要把锅背在自己身上。

"啊？"赵亮喉咙里咕噜一声，听得出他很意外，又沉默片刻，才说道，"行，那就这么决定。"顿了下，似乎觉得有些过意不去，又客套地提了一嘴，"要是有困难，来找我。"

"放心，没什么大不了的，我会处理好的。"马江民放轻松说，以免赵亮心里负担过重。

放下电话，马江民心里也轻松许多。对自己刚刚的决定，他觉得恐怕是目前最可行的办法了，既对得起人民，对得起组织，对得起身上这身警服，也对得起并肩作战多年的老伙计，至于他自己，大不了提前几个月靠边站呗！

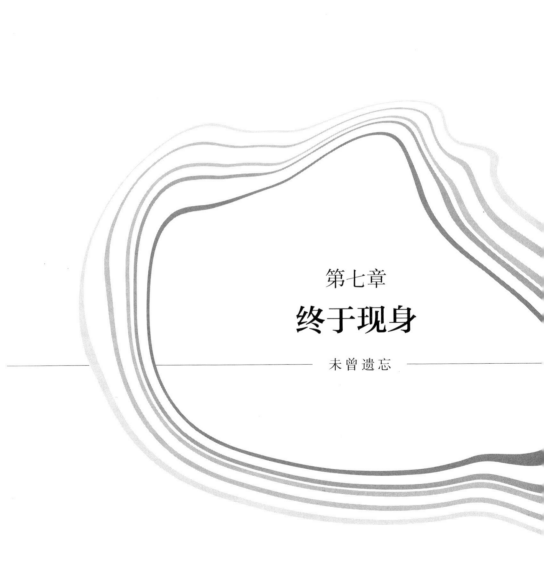

第七章

终于现身

—— 未曾遗忘 ——

当日晚些时候，金海市公安局通过官方媒介号发布了一则警情通报，针对近日来广大市民关注的天尚温泉山庄女子意外身故事件做出了解释。在认定死者孙某某确为酒精中毒而意外身故的同时，也认定陈某趁孙某某酒醉丧失意识之际对其实施了性侵行为，目前公安机关以涉嫌强奸罪，依法对身在海外的陈某刑事拘留，并开展追逃工作，现强烈敦促其尽快回国接受调查处理。

不出所料，警情通报甫一发布，舆论瞬间炸锅，各种官媒和自媒体争相报道，无数网友如浪潮疯涌至各大新闻网站和网络社交平台留言评论，这则通报几乎以最快的速度登上热搜榜榜首。如此看来，通过舆论造势的初步目标算是达到了，接下来一方面要继续做邵武的工作，争取拿到更有力的口供；另一方面要紧盯各大网络平台，观测网络举报者的出现。再有，可以试着在各大网络平台和城市论坛中翻阅过往的旧帖子，寻找"漏网之鱼"，陈卓未必能将先前揭发他的帖子删除得那么彻底。

事情进展得似乎过于顺利，仅仅过去两天，在短视频分享平台上突然冒出好几位自我爆料称和陈卓发生过性关系的女网友。这些人中有本地的，也有外地的，年龄从 24 岁到 40 岁不等，长相大多平平无奇，从事的职业无一例外均为网络主播。比较反常的是，这几个人的爆料视频并未像先前那些揭发陈卓的帖子一样遭到删除，而且叶小秋通过后台发私信跟她们联系，均未得到任何回应，甚至爆料过后并没有影响她们的日常直播，反而因为有大批网友闻风涌入而延长了直播时间。于是，骆辛和周时好等人，情绪从一开始的喜出望外，到逐渐冷却下来，几个人碰了碰想法，觉得这拨爆料的网友，从年龄到外形条件，均不太符合陈卓选择侵犯目标的标准，她们有的可能单纯是蹭热度的，有的则是陈卓方公关公司花钱雇用的。目的无非两方面：其一，消耗警方的警力和精力，让警方在错误的调查方向上疲于奔命，无法挖掘到真实的证据；其二，可以说是公关公司的惯用伎俩，先制造己方谣言，然后再紧急辟谣，配合舆论的引导，给广大网友造成一种错觉，认为所有针对陈卓的爆料都不可信。

尽管大概率是做无用功，但出于严谨，周时好还是要求尽可能与爆料主播接上头。这可难为坏了叶小秋和郑翔，平台方以保护客户隐私为由拒绝提供真实身份信息，两人只能自己想办法。本地的还好说，两人假借商务合作的由头，将爆料主播约出来，然后再亮出警察身份，有的顿时就承认自己是蹭热度的，有的则承认是有人花钱雇用的。外地的不太好办，总不能为了证实一个虚无缥缈的假信息出趟差吧，时间上浪费不起。郑翔便想出个法子，装作榜一大哥进入直播间，一边刷礼物一边套话，基本都能套出个七七八八，结果无一例外都是蹭热度的。随后两人将调查信息汇报给周时好，惹得周时好生出一番感慨。其实不只是他，现实中很多人都觉得如今的网络世界过于魔幻，谁能想到带货竟然能成为"宇宙第一职业"，一群叫花子省吃俭用给亿万富翁打赏礼物，善良的人组团给人渣叫屈，好好的一群小姑娘争着抢着标榜自己被性侵过……

又隔几日，陈卓方律师突然在网络上发布警告函，表示近日来网络上针对陈卓先生的爆料均为谣言，已给相关爆料者发送了律师函，并保留进一步追责的权利。结果立竿见影，先前的爆料者相继站出来发表道歉言论，并第一时间删除相关爆料视频，一些网民仿佛突然幡然醒悟，频频发帖声援陈卓，为其喊冤。这也只是陈卓方反击的第一步。紧接着律师又代表陈卓发表声明，宣称警方的调查是不客观的，中间存在误会，不存在所谓性侵，当事双方完全出于自愿，但绝口不提陈卓什么时候回国接受调查。然后是第三步，操纵新闻，转移热点，人为降热度。据相关机构的研究数据表明，所有热搜的主题中，关注度最高的就是演艺明星出轨的新闻，哪怕是个十八线小明星的新闻，那也绝对是秒杀一切榜单的存在。所以，紧跟着陈卓方的声明，一名在国内颇具实力的男明星包养情妇的消息，便在各大网络平台上甚嚣尘上。

陈卓方反击三板斧过后，案子在网络上的关注热度呈断崖式下降，同时关于死者孙雅洁的各种负面假消息从四面八方再度冒出，舆论风向随之再度被扭转，也让周时好等人再一次见识到资本翻手为云覆手为雨的强大能量。

案子调查至今，邵武仍然坚持先前的口供，一副死猪不怕开水烫的架势。孙雅洁已死，意味着受害者口供缺失，犯罪嫌疑人陈卓藏身海外，同样拿不到其口供，并且网络上仍未有其他受害者涌现出来，线下也未找到可追查的线索，案子逐渐走进死胡同，急需新的思路破局。

周时好召集大家开会，指明目前面临的困境，希望大家集思广益，想想新的点子。这让骆辛突然想到一个先前被忽略的群体，陈卓有那么多粉丝，他会不会曾经对粉丝也下过手？叶小秋觉得完全存在这种可能，主动请缨说自己可以假扮粉丝潜入后援会内部打探消息。于是，她试着在国内最热门的一家网络社交平台上进行搜索，很快便找到所谓"陈卓粉丝官方后援会"的账号。该账号置顶的帖子，公告了粉丝入会的条件，叶小秋一看，顿时心凉半截。公告上明确规定必须关注陈卓本人以及后援会账号超过多少多少天，必须在陈卓账号下发表回复超过多少多少次，还要转发陈卓发表的帖子超过多少多少条，只有满足以上条件，才有资格申请入会。

短时间内进粉丝群是不可能了，但这确实是一个值得关注的目标群体。似乎心有灵犀，正在叶小秋和骆辛琢磨着通过何种方式接近这样一个群体时，一家热门网络社交平台上突然冒出一篇揭发陈卓性侵粉丝的帖子。帖子随即被大量转发，同样很快冲进了热搜榜单之中，但热度仅仅维持了小半天，原帖便被删除，而且该发帖人账号也被平台以言论存在争议性为由禁言。从账号上看，发帖人是个女孩，IP地址显示在金海本地，叶小秋试着从后台给她发私信，表示自己是警察，可以帮助她伸张正义，并留下队里的联系电话和自己的手机号码，希望对方能尽快联络自己。不过骆辛不想只这样被动等待，便督促周时好到市局申请手续，通过合法渠道向平台运营方索要发帖女孩的个人注册信息。没承想，手续还没办下来，叶小秋竟接到发帖女孩打来的电话，令所有人都惊喜万分。

午后1点，秋日的阳光越发温和，蓝天白云下，海风轻柔吹拂，海鸥成群结队盘旋在海平面上追逐嬉戏，吸引众多游客驻足拍照和投喂。再远处便是金海著名的游艇港，各式各样的帆船、游艇齐整地停靠在码头边，形成一道亮丽的风景线。

见面地点是"发帖女孩"定的，在城北丽景湾海滨广场中，一家叫作"大船"的咖啡馆。咖啡馆的创意很别致，由十多个大集装箱组成，内部装修充满现代工业风气息，所有吊灯、门廊、围栏都是钢制的，用水泥柱和工业围墙隔出一个个卡座，巨大的落地玻璃窗，保证每一个卡座都能够对大海上的景色一览无余。

女孩坐在靠近北窗的位置，距离大海更近。她像电话里说的那样，穿着白色的休闲风衣，戴着白色的运动帽，模样清纯可人。她主动冲叶小秋和骆辛招招手，将两人召唤到对面座位上坐下，她介绍自己叫冯棠棠，然后客气地问两人想要喝点什么。叶小秋给骆辛要了杯柠檬水，自己要了杯黑咖啡，她需要黑咖啡的刺激，让自己更清醒些，最近连着多日的熬夜，她的大脑神经已经快撑不住了。

"没想到还有这么年轻的刑警。"冯棠棠端起果汁轻呷一口，用余光偷瞄着骆辛，大概是觉得他表情过于冷淡，而且长得也很奇怪。

"你担心我们是假警察？"叶小秋从裤袋里掏出警官证放到桌上。

"不，不，我听得出你的声音，和电话里的一样。"冯棠棠单纯地笑着说，显得很容易相信别人。

"你普通话说得很好，不是本地人吧？"叶小秋听出女孩的话里没有一点本地口音。

"对，我老家是南方的，在这边上的大学，毕业有段时间了，一直没找到心仪的工作，爸妈最近催我回去，我们家在当地条件算很好的，但我喜欢大海，所以一直在犹豫。"冯棠棠爽快地说。

叶小秋见冯棠棠比想象中阳光，人也很健谈，便不再东拉西扯，斟酌着话语问道："说说你和陈卓的事吧，如果你愿意说的话。"

"没什么不能说的，你们一定要帮我抓住那个渣男。"冯棠棠愤愤地说，顿了下，缓和口气接着说，"这事大概出在去年冬天，那段时间我疯狂地迷上陈卓，整天刷他的社交账号和短视频，还加入了他的粉丝后援会。那后援会里有很多粉丝群，我加入的是金海本地的群。入会后，我们首先要介绍自己的年龄、学历、职业、情感状况，还要发一张不带美颜的照片。后来过了一段时间，有一天群主突然私下找我聊天，确认了我的个人资料后，说群里有个小范围铁粉聚会，问我愿不愿意参加。我当然愿意，然后隔天去参加了聚会。在一个 KTV 包间，除了我和群主，还有另外三个女孩。那天我们玩得很开心，还和群主互加了微信。之后隔了大约一周，群主突然又给我发微信，说陈卓要办一个小型的粉丝见面会，问我有没有兴趣参加。能够见到陈卓本人，还可以近距离交流，当时对我来说，完全是梦寐以求的机会。我激动得一晚上没睡好，隔天一大早就起床化妆，盛装打扮，但一直等到傍晚才接到群主的微信，说是陈卓因为公务繁忙，把见面会改到晚上了，然后她开车到我家接上我，我们一起去了西郊的那个温泉山庄。到了地下停车场，有个男人过来接我们，他先让我们交出手机，接着带我俩坐上电梯直接去了楼上的一个大套房里。然而，我进到房间才发现，并没有其他女孩，只有陈卓一个人在。陈卓见我有一点点惶恐，便跟我道歉说因为临时改了时间，其他女孩时间上有冲突都来不了了，问我能不能留下来陪他聊聊天。我当时也没多想，而且觉得群主也在，便表示没问题。然后我们三个人一边喝着饮料，一边天南海北地聊着。本来群主提议喝点小酒的，但我酒精过敏拒绝了。可是不知道为什么，我喝了几杯饮料之后，开始一个劲地犯困，特别想睡觉，逐渐稀里糊涂地就没了意识。现在想想，应该是他们给我饮料里下了药。等我清醒过来的时候，已经是第二天早上，我发现自己和陈卓睡在一张床上，我们俩都没有穿衣服，而且感觉下体有点疼……"冯棠棠越说声音越轻，面色也有些尴尬，毕竟在座的还有一名男性。

叶小秋也觉得这个话题可以点到为止，便打断冯棠棠的话，拿出手机，调出邵武的照片，举给冯棠棠看："当天在地下车库接你的男人是他吗？还有，你们那天待的房间是不是506号？"

"对，就是这个男的，他说他是陈卓的经纪人，至于房号，我没太注意。"冯棠棠对着手机屏幕点点头道，"那天醒来后，我发现自己不明不白被陈卓睡了，心里特别恼火，第一时间便想打电话报警。但一方面，手机被那个经纪人搜走了；另一方面，我被陈卓用甜言蜜语哄骗晕了。他夸我长得漂亮，说对我特别有感觉，还说我们可以试着交个朋友，先慢慢了解，或许将来也可以处男女朋友那种。反正我那时脑子很乱，很快便忘了报警的事，晕晕乎乎地穿好衣服，只想赶紧离开那里。后来陈卓打发那个经纪人送我回家，一路上那个经纪人不断安慰我，帮陈卓说好话。说陈卓平时很自爱的，很少像昨天晚上那么控制不住自己，还说陈卓有今天的成绩，全靠他一人打拼得来的，并不是像外界所想象的靠他的父亲和家族势力，反而一路上经历了很多艰辛，特别不容易。他希望我别把昨天晚上的事情说出去，否则破坏了陈卓的形象，他很多年的心血就该白费了。还说我要是真的在意陈卓，真的是陈卓的真爱粉的话，就应该希望他能过得越来越好，事业做得越来越成功，不要太拘泥于小节，要勇于奉献……"

"人渣！"半天没吭声的骆辛，有些听不下去了，忍不住插话说，"他这是给你洗脑！"

"对，但当时我还处在陈卓迷妹的状态，他说的话对我很有效，确实有一点点打动我，惹起了我的怜悯之心。"冯棠棠自嘲地笑笑说，"我回到家之后，群主的电话也跟着追来了，照样是给我一通洗脑。说什么陈卓肯定是太爱我了，别的女孩送上门跟他睡觉他都不要，我能跟陈卓睡觉那简直是我的荣幸，还说搞不好以后陈卓真的能跟我谈朋友。反正洗到最后，我的气消了，也不觉得陈卓可恶了，甚至有一点点憧憬能真的做他的女朋友。"

"哦，原来是这样，那你现在是突然想明白了？"叶小秋追问道。

"那次之后，陈卓没再找过我，只有我自作多情地还在傻傻地期待。直到我看到网上的新闻，说有一个跟我一样年轻的女孩死在温泉山庄里，又看到你们警察发通告说她被陈卓强奸了，才幡然醒悟到原来我只不过是遭到陈卓迷奸的女孩中的一个，那个粉丝群群主、经纪人和陈卓他们三个人肯定是一伙的。"冯棠棠脸色涨红，情绪激动地说，"我心里越想越气，于是给群主发微信，痛骂了她一顿，结果她什么也没说，直接把我拉黑了。这把我憋屈坏了，我想了一周，决定干脆把事情发到网上。我想好了，豁出去了，一定要让他们这帮人付出代价。"

"你也可以选择报警啊，干吗非要在网上发帖子？"前面有太多博眼球的，叶小秋不得不再次确认冯棠棠的用意。

"我手上没有证据，先前涉及陈卓的所有微信聊天记录都在群主的建议下被我删除了，她说现在网络上黑客很多，我们之间的聊天记录要随时删除，以免被黑客窃取到，做出不利于陈卓的勾当，而且那个手机已经让我当二手机卖了，想恢复聊天记录也是不可能了。"冯棠棠忍不住用手敲敲自己的脑袋，懊恼不已地说，"我那段时间脑袋就像被驴踢了似的，人家说啥就是啥，幼稚得很，所以我现在想着发个帖子，吸引更多被陈卓祸害过的女孩关注，然后一起站出来指控陈卓。"

这倒是和警方想到一块了，看来这个真不是蹭热度的，叶小秋试着问道："你能不能帮个忙，把我拉到那个本地的粉丝群里？"

"她把微信拉黑的同时，也把我踢出了粉丝群，而且前几天我发现这个群已经解散了。"冯棠棠道。

"那个粉丝群的群主，怎么能找到她？"骆辛插话问。

"我们都叫她佳佳，真实姓名不太清楚，但我先前看过她发的朋友圈，她在金三角市场的茶叶城里卖茶叶，好像是她自己开的店，你们去打听应该能打听到。"冯棠棠说着，拿起放在桌上的手机，在屏幕上滑了几下，然后冲骆辛和叶小秋说，"喏，这是我们之前在 KTV 聚会时拍的合照，穿粉色衣服的那个就是佳佳。"

叶小秋也拿出手机，调出微信账号二维码，说道："你扫我下，咱俩加个微信，你把照片和她的手机号码都发给我，以后想起什么新线索，或者有人威胁你，你都可以发微信找我。"

冯棠棠照办，二人加好微信，此次问话也圆满结束。

离开咖啡馆前，叶小秋主动把账结了，这种事情根本指望不上骆辛，不是他抠，是他脑袋里根本没这根弦。

综合冯棠棠刚刚提供的线索，以及先前"孙雅洁案"显现的信息，能够看出陈卓主要是通过经纪人邵武，以及后援会的"粉头"（粉丝团的头目）佳佳，共同来为他物色和提供性侵对象。如此说来，"粉头"佳佳应该是个关键性人物，说不定手里掌握着陈卓大量的犯罪证据，这让叶小秋和骆辛有些迫不及待地想会一会她。

然而，令两人谁都没有料到的是，找到佳佳的那一刻，时光竟一下子穿越到了 20 世纪 90 年代。

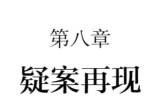

第八章

疑案再现

未曾遗忘

金三角市场是城北规模最大的综合性批发市场，经营范围涵盖了建材家居、服装鞋帽、花鸟虫鱼、粮油食品、家禽海鲜、果蔬副食等，老百姓的日常用品可谓一应俱全。茶叶城在粮油食品厅的四楼，骆辛和叶小秋拿着佳佳的照片打听了几个店铺，问到一个正站在店铺门口招揽生意的胖胖的中年男人时，对方连说认识认识，然后抬手斜着一指，说那个就是她的店。两人转过身，顺着胖老板手指的方向，看到斜后方有一家招牌上写着"韵佳茗茶"的店铺，只是店铺拉着卷帘门，看起来并未营业。

　　"也不知道咋的了，两天没见开门了。"胖老板满脸疑惑地说。

　　"你和她熟吗？知道她住哪里吗？"叶小秋问。

　　"我和她接触不多，不过她和我老婆关系挺好。"胖老板回身冲店铺里面召唤一声，"媳妇，你出来一下，有警察想打听佳佳的事。"

　　"佳佳又怎么了？"跟随声音，一个长相白净的女人现身出来。

　　"你知道佳佳住在哪里吗？"叶小秋又拿同样的话问店铺老板娘。

　　"哦，她住在市场附近，一个去年刚建好的小区，叫锦绣荔城。"老板娘回应道，"她搬家时我去过一次，房子不大，但是对一个外地来的小姑娘来说，靠自己打拼能买房子，已经很不容易了。"

　　"不容易个屁，你以后没事少跟她瞎联系。"胖老板颇为不屑地说。

　　"你少扯老婆舌，瞎说什么，我跟她在一块就是打打麻将，又没干啥见不得人的事。"老板娘白了自家男人一眼，"人家小姑娘为做生意逢场作戏，是那些臭老爷们儿不要脸当真了，活该！"

胖老板环顾四周，怕被别人听到他背着人搬弄是非，冲叶小秋和骆辛低声道："这小姑娘可不是善茬，这一年到头连着好几拨来店里闹的，去派出所都好几回了。"

"闹什么？都什么人？"叶小秋不解地问。

胖老板撇下嘴，一脸鄙夷道："还能有什么，做小三呗，勾搭男人来买茶叶，被人家老婆找上门算账了呗。"

"她也是被骗了，那个男人说他是离婚的，想跟佳佳处对象，佳佳是单身，看那男人条件又不错，就答应处处看咯。"老板娘卖力辩解道，看来跟佳佳关系真的很铁。

"拉倒吧，还有那个呢，那个开金店的老板呢？"胖老板反唇相讥道。

"他俩没啥，佳佳说就跟他出去吃过几次饭，平时用微信聊聊天，结果被那男人的老婆看到了，就跑过来闹。"老板娘又辩解道。

眼瞅着两人你一句我一句快要吵起来，叶小秋赶紧发声打圆场问："佳佳大名叫什么？"

"冯佳佳。"老板娘说。

"她这几天没开店，你知道原因吗？"叶小秋又问。

老板娘使劲摇摇头，表示不清楚："我昨天一直打她手机来着，她没开机。"

老板娘这话说得不假，来的半路上，骆辛试着给冯佳佳打电话，也是一直没打通。骆辛心里突然有种不祥的预感，紧跟着追问道："你最后一次见到她是什么时候？"

"前天晚上关店吧，大概 6 点，当时外面正下雨，她把伞借给我用了，说她开车用不着。"老板娘回忆了一下说。

"她住在锦绣荔城哪栋楼,几单元,几号房?"叶小秋接话问。

"应该是七楼,出电梯正对着的那个门,具体我也说不上来。"老板娘想了一下说。

有名有姓,到物业应该能查出来,叶小秋和骆辛对下眼色,随即道别离开。

出了金三角市场,两人马不停蹄找到锦绣荔城小区,距离市场确实很近,开车从市场西门出去,只要两三分钟便到了。

去到物业,查到小区里共有两个叫冯佳佳的。一个 40 多岁,住在 12 号楼 1 单元 301 室;另一个 20 多岁,住在 28 号楼 1 单元 703 室。显然后面那个才是两人要找的冯佳佳。

物业很配合,安排一名保安陪同两人去了 28 号楼,保安刷门禁卡打开单元门,带着两人坐上电梯,上到七楼。楼层是按照一梯四户设计的,出了电梯,正对着的便是 703 室。叶小秋试着轻轻敲了两下门,没有回应,又敲几下,还是没人回应。骆辛把耳朵贴在门上,没听到里面有任何声音,而且从门缝里似乎溢出一股异味,那种不祥的预感便又从心底升腾起来。

三人返回物业,到保安监控室调出 28 号楼的监控录像,包括门口的和电梯里的。发现自从前天,也就是 9 月 20 日晚间 6 点 30 分左右,冯佳佳进到楼里之后,再也没有出去过。冯佳佳应该是出事了,骆辛和叶小秋瞬间得出一致的想法。

眼下急需打开门验证冯佳佳的安危。物业表示有专门开锁的服务,让两人扫一下服务台上二维码,把费用交一下,说马上便可以安排师傅去开门。叶小秋"理所应当"地把费用交了,别说骆辛压根没想交这个钱,即便想交,他用的那老人机也扫不了码。

再回到 28 号楼，开锁师傅上手没几下便将门锁轻松打开了。门刚拉开一条缝，骆辛便冲保安和开锁师傅摆摆手，示意两人站远点，因为他已经闻到一股浓烈而又带着腐臭的血腥气息。房门半敞之后，骆辛表情越发凝重，叶小秋把脑袋伸过来，立即捂住嘴巴，随即走到一旁拿出手机拨通周时好的号码。

电话打完后，没过多久，周时好便带着一众人马赶到冯佳佳的住所。准确点说这里已经是一个犯罪现场，因为冯佳佳死了，身中数刀，整个人血肉模糊地躺倒在客厅中的餐桌前。而在餐桌上，发现一张带有风景画的明信片，背景标注为"皇陵公园隆恩殿"，在这张明信片正面左下角位置，还印有一个编号——1987（0801-0010-05）。

"初步判断，死者是被锐器刺死的，胸部、腹部和头面部均遭到正面捅刺和划伤，凶器异常尖利，既然能把人捅死，估计刃长 5 到 8 厘米。死者角膜已经高度浑浊，全身尸僵基本缓解，腹壁、胸壁、颜面、下肢、臀部等体表已经出现不同程度的尸绿状态，估计死亡时间接近 48 小时。"法医沈春华完成现场初检之后，简要地介绍了下尸体状况，"对了，凶手杀人后，还有一个很变态的举动……"

冯佳佳遭遇刺杀时，身上穿着一套休闲款式的棉纱睡衣，说话间沈春华蹲下身子，将冯佳佳的睡裤往下扒了扒，露出平坦的小腹，同时一个奇奇怪怪的图案也豁然闯进众人的视线。在冯佳佳的肚脐下方，差不多是小腹正中央的位置，凶手用锐器刻出一道竖线加四道横线，竖线长 7 到 8 厘米，横线长 2 到 3 厘米，乍一看，好似在冯佳佳肚子上刻了个大蜈蚣图案。

"这……这是啥……"叶小秋显然被惊到了，哆嗦着嘴唇问。

"早些年妇女生孩子做剖腹产手术缝合后，会留下类似图案的疤痕，不过如今剖腹产手术大多是采取横切方式，也就是说，刀口是横向的，缝合技术也更精湛，不会留下这样难看的疤痕。"沈春华解释说。

"这确实够变态的。"周时好上前几步，蹲到尸体前，打量着凶手留下的图案，片刻之后转头看向骆辛，"凶手这是啥意思？"

骆辛稍微想了想，说道："单纯从犯罪行为的角度分析，如果冯佳佳本人和剖腹产手术没有必然联系的话，那这个图案所起到的就是一种象征性或者说指向性的作用，包括留在餐桌上的明信片，以及对冯佳佳面部的摧残，都是抱有同样的心理，凶手借由这一系列仪式化的动作，来表达自己对某一个或者某一类女性的愤恨以及报复，也就是所谓移情杀人。所以，凶手杀人的初始刺激源，应该和一个女人有关，这个女人做过剖腹产手术，而且可能平时比较爱打扮，比较在意自己的面容。"

"凶手和冯佳佳本身可能没有任何交集，这不就是无动机杀人吗？"周时好面色严峻道，"咱这是又遇到变态杀手了？"

骆辛轻轻摇头，若有所思道："单从行为本身分析的结果是这样的，不过也有可能是故设迷障，凶手有意要误导办案方向。从目前掌握的信息来看，冯佳佳这个女孩经历还是蛮复杂的，据说她与几个男人都有情感纠葛，而且从发帖女孩冯棠棠提供的线索来看，她是陈卓本地粉丝群的主要管理人员，也是帮助陈卓筛选性侵对象的帮凶，手里很可能掌握着对陈卓不利的证据，而当我们正想来找她问话的时候，她竟然被人杀了，怎么会这么巧？"

"确实，现场没看到大肆翻动的痕迹，除了冯佳佳的手机找不到了，似乎没有其他财务损失。"郑翔已经搜索完整个房间，凑过来接话说，"你要说他是奔着冯佳佳手机里存着的某种证据来杀人的，那也是极有可能的。"

"哪怕她手里没能掌握陈卓的犯罪证据，她也是个最直接的知情人，对陈卓能够形成很大的威胁。看来这个案子恐怕真的没有那么简单。"周时好直起腰，略微琢磨了一下，说，"可陈卓人在海外，他的经纪人也被行政拘留了，假设这案子跟他有关，又会是谁在帮他清除危机，杀人灭口？"

"会不会是山庄的总经理迈克·陈？"叶小秋提出一个嫌疑人选，"先前包庇陈卓他就有份，而且陈卓常年在山庄客房里祸害女孩，他怎么可能会一点风声都收不到，搞不好他也是帮凶之一。"

"带他回队里敲打敲打？"郑翔用征询的目光看向周时好，"正好加上陈卓的案子，和眼下的案子一块审审他？"

周时好抬腕看看表，点点头道："行，现在正是晚饭口，估计迈克·陈应该在山庄里，你带人过去，口头传唤，不行就强制传唤，手续回去再补。"

收队之后，天已经完全黑了，出了锦绣荔城小区，骆辛和叶小秋驱车直奔角纺街派出所。金三角市场正是归这角纺街派出所管辖，先前冯佳佳因情感纠纷问题好几次闹到派出所，想必在派出所能查到另一方的身份信息，这里面有没有人具有杀人动机，还是需要调查核实的。

到了派出所，调出冯佳佳的报警记录，骆辛和叶小秋竟有意外收获。与冯佳佳相关的出警记录总共有三次，两次是因情感纠纷令她的店铺遭到打砸，而大概两年前，有人不仅砸了她的店铺，还把她人给打了。行凶者是陈卓的一个女粉丝的父亲，早前这个女粉丝因为与陈卓之间的情感问题没有得到很好的处理而自杀身亡，而当初给两人牵线的人，正是冯佳佳。也是自知理亏，冯佳佳并没有追究那位父亲的责任，在派出所的调解下，与那位父亲做了和解。

看完出警记录的描述和处理过程，二人深感这个女粉丝的遭遇与冯棠棠何其相似，显然她与陈卓之间并不存在什么情感问题，很可能也遭遇了迷奸。骆辛简直迫不及待想会一会这位父亲，他不仅有绝对的理由和动机去杀冯佳佳，同时骆辛也很想知道他对自己女儿和陈卓之间的交涉过程有多少了解，或许从中能够窥探到寻找更多陈卓犯罪证据的路径。只是叶小秋提醒他时间已经很晚了，这时候上门打扰人家，问话效果恐怕会适得其反，骆辛也只能作罢。

出了派出所，两人大脑处于兴奋状态，都不急于回家休息，便又开车去了支队，想观摩一下对迈克·陈的审讯。但骆辛内心其实不抱太大希望，他看得出迈克·陈那个人城府极深，做事估计比经纪人邵武还要周全，想要从他嘴里打探出有价值的证供，恐怕不会太容易。

果然，如骆辛所料，审讯已经持续了相当长一段时间，迈克·陈虽然态度很配合，但嘴里始终就重复着三个词，不知道，不清楚，不了解……郑翔颇为无奈，只能把问题转到冯佳佳的案子上："前天晚上，你在哪里，都做了什么？"

"前天？"迈克·陈略微回忆一下，回应道，"前天中午有个应酬喝多了，身体不太舒服，在山庄办公室里睡了一觉，起来后快夜里 11 点了，我打电话给司机，让他开车送我回家，此后便未再出门。"

"有人能证实当晚 11 点之前，你一直待在办公室里吗？"郑翔追问。

迈克·陈耸耸肩："我头实在太疼了，特意嘱咐下面的人别打扰我。"

"那也就是说，你没有不在现场的人证喽？"郑翔套话说。

"什么现场？哪个现场？"迈克·陈微微皱眉，神情颇为不解，一连串反问道，"你们找我来，不是说因为小卓的事吗？小卓这阵子还在国外，跟前天晚上有什么关系？"

"你认识冯佳佳吗？"郑翔未理会迈克·陈的问题，顺着自己的思路问道。

"不认识。"迈克·陈干脆地说。

"她帮陈卓管理粉丝群，而且应该经常在你的温泉山庄出没，你从来没见过她？"郑翔从座位上站起身，手里握着冯佳佳的照片走到迈克·陈身前让他辨认。

迈克·陈略微瞥了一眼，摇摇头，语气轻蔑地说道："没见过，我很忙的，除了山庄的工作，集团的好多事情也都需要我处理，连小卓平时我都很少关注，更别说什么粉丝群主。"

郑翔近距离盯了迈克·陈几眼，返身回座，将照片放到桌上，猛然提高音量道："冯佳佳被杀了。"

"所以呢？"迈克·陈从鼻腔里发出一声冷哼，一脸坦然自若道，"跟我有什么关系？"说着话，他抬腕看看时间，语气直白地说："我真的搞不懂为什么你们会觉得这个冯佳佳被杀与我有关，但是我完全愿意配合你们做调查，不过这几天山庄和集团确实有很多事情要处理，明天还有两个重要的会需要我主持，你们是想扣留我 8 小时，24 小时，还是 48 小时？希望能给个明确的说法，我好把后面的工作安排一下。"

迈克·陈以退为进，反而令郑翔一时间无话可说，他正犹豫着，听到耳机中传来周时好的指示，便顺势说道："好，感谢你的配合，你可以回去了。"

"扣着也没多大意思。"在审讯室隔壁的观察室里，周时好眼看着迈克·陈从容不迫地与郑翔周旋，转身冲骆辛和叶小秋解释道，"我刚刚跟一个专门跑财经新闻的媒体朋友打听了一下，这个迈克·陈是陈卓的亲姐夫，陈卓的姐姐早几年因病过世，不过没影响迈克·陈在家族成员中的地位，他如今仍然住在陈家别墅中，先前也随陈家一起入了外籍，并且他其实只是兼任温泉山庄的总经理而已，他正式的职务是天尚集团主管文旅项目的副总裁，在集团中属于三号人物，颇受陈卓父亲陈学满的信任和赏识。对付这样的人物，拿不出点'干货'，是捞不到任何好处的。"

"也并非全无意义。"骆辛指的是这场审讯。

"你的意思是说迈克·陈有问题？"周时好问。

"刻意的耸肩动作，夸张的轻蔑表情，都是在掩饰他认识冯佳佳的事实。"骆辛道。

"那也说明不了什么，不过好在咱们手上现在已经掌握更具嫌疑的人选……"叶小秋接话道，随即将在角纺街派出所查到的线索，向周时好详详细细地汇报一通。

周时好使劲点点头，表示很满意，信心十足道："挺好，线索看似复杂，但方向明确，包括这个迈克·陈，还有那个女粉丝的父亲，以及因情感纠葛与冯佳佳有过冲突的那两方人士，都可以做深入排查，冯佳佳的死应该逃不过这几个方面的因素。"周时好顿了顿，视线从骆辛和叶小秋脸上掠过，眼神中带有一些审视，语气倒是很随意，像是随口说一嘴："对了，机场派出所给我打电话了，说是通过监控发现砸碎陈卓车窗玻璃的嫌疑人，开的是一辆老款比亚迪车，车牌号码是假的，除此没什么太好的线索。陈卓那边的人倒是催着派出所赶紧查明真相，但实质上也没丢任何物品，估计案子也就那么着了。"

话说完，周时好注意到骆辛表情并无太多变化，似乎对刚刚的话题毫无兴趣，但叶小秋明显有一种释然，似乎心里悬着的一块石头终于落地了。这反而让周时好更加忧心忡忡。

次日，有关冯佳佳被杀一案的相关讯息陆续呈报上来。法医尸检表明，冯佳佳胃内食物尚未食糜化，基本处于胃内消化的初始阶段，死亡时间在末次进餐后的 1 小时左右，为外伤性心脏破裂出血导致心脏压塞而死。其住所小区单元门设有门禁，单元门上方设有监控探头，在前日晚间 8 时许，监控探头拍到一名身着快递员服装的男子，通过门上对讲机与业主沟通后被放进单元楼内。男子个子高大，身材臃肿，脑袋上戴着摩托车头盔，由于前晚下大雨，男子在快递制服的外面罩了一件透明塑料雨衣，似乎生怕别人看不出他是一位快递小哥，但因为雨衣帽子加上头盔的遮掩，监控探头没有拍到男子的脸。男子进楼后，没有在电梯中露面，估计是走安全通道上到楼上的。随后大致在晚间 8 点 45 分，监控探头拍到该男子走出单元楼。另外，据住在冯佳佳家旁边的邻居反映，当晚 8 点多他确实听到几声异常喊叫，好像是来自女人的声音，但很快就消失了，因为楼上有家住户，夫妻俩经常吵架，邻居便没太在意。综合以上信息，大致推断案发过程：前日晚间，也就是 9 月 20 日晚间 8 时许，凶手冒充快递员，诱骗冯佳佳打开门，将其残忍杀害，随后对现场进行细致清理，确定未留下任何痕迹，才逃离现场。凶手对冯佳佳的生活习惯和居住环境有一定了解，行凶过程干净利落，个人伪装充分，案件特征显示出足够的预谋性。

据角纺街派出所记载的信息显示，两年前打伤冯佳佳的那位父亲叫关海祥，住在城西绿山小区。骆辛和叶小秋找上门时，开门的是一位头发花白的老阿姨，叶小秋亮出证件，问老阿姨这里是不是关海祥的家。老阿姨点头称是，但随后的一句话，让骆辛和叶小秋立马心凉了半截。老阿姨说关海祥是他的儿子，因身患肝癌，已经去世一个多月了。

老阿姨将两人让进屋内，请两人在客厅的沙发上落座。沙发背后的墙上挂着很多照片，老阿姨从冰箱中取出两瓶矿泉水放到茶几上，然后指着墙上一张父女俩的合照，说这是她的儿子和孙女，但现在都不在人世了。她语气极其冷漠，似乎已经习惯了生离死别。

骆辛扭头端详照片，看到父女俩长得十分相像，尤其是眉眼之间，都是大眼睛双眼皮，唯一有些差别的是，父亲脸形稍长，女儿则是小圆圆脸，皮肤雪白，配上黑亮的眸子，分外乖巧灵动。

"我们来您家，原本除了要找您儿子问话，也很想了解您孙女和陈卓之间的事情，您介不介意跟我们详细说说？"叶小秋打破沉闷的气氛，冲坐在侧边沙发的老阿姨问道。

"我这孙女叫关晓芝，前年8月底走的，走的时候才过完18岁生日没多久。那年高考结束，孩子发挥得不错，成绩比预期理想，我儿子和儿媳对她便有些放纵。孩子那天晚上说想去女同学家玩个通宵，并在那里过夜，两人也没太担心。谁承想，她是去见陈卓……"老阿姨语气冷静，逻辑顺畅，随着她的一番叙述，整件事的脉络和前因后果便清晰地呈现出来。

实质上，关晓芝从进粉丝群，到被"粉头"选中，再到被带入天尚温泉山庄与陈卓单独会面的过程，与冯棠棠的经历如出一辙。会面当晚，陈卓便与她发生关系。次日醒来，陈卓照例用甜言蜜语百般哄骗，并以处男女朋友为名对其进行安抚，天真的关晓芝深信不疑，以为自此她便真是陈卓的女朋友了，离开山庄时春风满面。只是那天之后，陈卓再没有搭理过她，甚至把她的微信也拉黑了。时隔两周后，关晓芝沉不住气，便在网络社交平台发帖称自己被陈卓欺骗了感情。

关晓芝的一篇帖文，犹如捅了马蜂窝一般，数以十万计的陈卓的粉丝顷刻间蜂拥而至，在其帖文评论区中疯狂留言谩骂。有人说她是自作多情的幻想狂，有人说她是在哗众取宠给陈卓泼脏水，也有人说她是想当网红想疯了……很快，谩骂升级为人身攻击，有人骂她是做鸡的，有人骂她是援交少女，有人诅咒她出门被车撞死，有人诅咒她被轮奸……言语极其粗俗恶毒，不堪入目。再之后，营销号开始排队下场，轮番爆料抹黑，什么据同学爆料说关晓芝怎么怎么勾搭男同学，据闺密爆料说关晓芝怎么怎么勾搭闺密男朋友，甚至连勾搭老师这种谣言都能编派出来，可谓无耻透顶。当然了，这里面一部分是蹭热度的，另一部分，也是绝大部分，都是陈卓背靠的公关公司所指使的。目的还是一样，受害者有罪论，通过贬低关晓芝的人格，来打击她的信誉，从而为陈卓洗白。

试想一下，每天被几万人，甚至几十万人追着谩骂，追着攻击，是怎样一种感受？从评论区到私信到手机再到微信连番轰炸，让你避无可避，如此网暴换成任何人恐怕都很难承受，何况还是一个只有 18 岁的孩子。慢慢地，关晓芝患上了抑郁症，并日渐加重，终于在一个充满雾霾天的清晨，她从自家五楼的窗台上一跃而下，结束了自己大好的青春年华，也彻彻底底解脱了。隔日，她的大学录取通知书邮递到家。

父亲关海祥在悲愤之下失去理智，通过女儿的闺密找到将女儿介绍给陈卓的"粉头"冯佳佳，对其进行了一番暴揍。母亲石英，则因目睹女儿坠楼，以及女儿身体血肉模糊的惨状，顿时昏厥过去，醒来后人就疯了。那位老阿姨，也就是关晓芝的奶奶，带着骆辛和叶小秋来到家中南卧室门口，推开门，两人便看到一个披头散发、面庞浮肿的中年妇女，怀里抱着一个洋娃娃，时而哭，时而笑，时而对着洋娃娃和蔼慈祥，时而严厉呵斥，好似在管教自己的女儿一般，场面令人唏嘘。

此后很长一段时间，关海祥都在和诽谤、侮辱自己女儿的营销号打官司，直到去年冬天官司才有了最终结果，判令几个营销号在账户主页置顶位置公开发表道歉信，并支付一定数额的精神损害赔偿金。

判决生效之日，关海祥在网络社交平台上发表了一篇感言，既为女儿宣告清白，也告慰女儿在天之灵。这篇感言在网络上并未掀起多大水花，几日之后被他自行删除了，因为他发现无论他怎么证实，甚至法律已经还给了孩子公道，但在一些人心中仍然笃信他们想要相信的东西，既然如此，他没必要再让女儿成为网络上的谈资，而是应该彻彻底底地让女儿从网络上消失。

这篇感言还带来另一个效应，令关海祥深感意外，又痛心不已。感言发表期间，每天都会有一些网友通过后台给他发私信，有一些仍然是来骂人的，也有很多是来表达同情慰问的。其中有两个女孩分别向关海祥表示，她们也经历过与关晓芝同样的遭遇，有一个被陈卓灌醉酒之后，强行发生了性行为，另一个则被在饮料中下了迷药，稀里糊涂地被陈卓强奸了。至此，关海祥才猛然意识到，女儿并非只是被陈卓玩弄了感情那么简单，她其实是被强奸了。

关海祥大怒，他想要陈卓付出代价，想要陈卓受到法律的制裁。但他手里并无一丝一毫证据，于是他试着做那两个女孩的工作，要了女孩们的联系方式，跟女孩们见面沟通，希望她们能共同站出来指证陈卓，但由于她们有各自的苦衷，最终都婉拒了关海祥。然而，关海祥并未死心，在很长一段时间里他都在不厌其烦地试着说服那两个女孩，直到他突然咳血休克，被诊断为肝癌晚期。

末了，老阿姨从鼻腔里发出一声哀叹，语气中带些自嘲地说："我本身就是一个肝胆病专家，一辈子治好了很多人的病，为不计其数的患者减轻过病痛，却偏偏忽视了自己儿子的症状，一经确诊便只剩下三四个月的寿命。老天爷啊，对我不公！"

"对了，您儿子有没有交代过，如何联系那两个女孩？"叶小秋问。

老阿姨迟疑了一下，然后起身走到北面卧室中，少顷再出来时，手里多了个小日记本。她把日记本交给叶小秋，说那两个女孩的资料，都在那里面写着呢。叶小秋便问日记本可不可以暂时借用一段时间，老阿姨点点头，说没问题，尽管拿去用。

道别老阿姨，离开绿山小区没多大一会儿，骆辛突然接到周时好的电话，说让他现在立刻放下手头上的工作赶回市局，马局要召见。

到了马局的办公室，骆辛才发现周时好和方龄也都在场。马局面色铁青地坐在办公桌前，方龄和周时好则老老实实坐在会客沙发上，屋内气氛有些压抑。不会是砸车的事情败露了吧？叶小秋顿觉有些腿软，不自觉地伸手拽住骆辛的衣袖。

马局见人到齐了，废话没多说，指着桌上的一摞传真件道："看看吧。"

"这啥？"周时好从桌上拿起一张传真件，随口问道。

"案子。"马局道，"和昨夜发生的案子一模一样的案子。"

"真是连环案件？"周时好一脸错愕，"我怎么没听说过？"

"不是咱这儿的案子，是省城盛阳市的，这是我拜托盛阳那边传真过来的部分案件资料，你们拿回去过过目吧。"马局说着话，顿了顿，意味深长地看了骆辛一眼，沉声又道，"这案子与骆辛他爸有直接干系。"

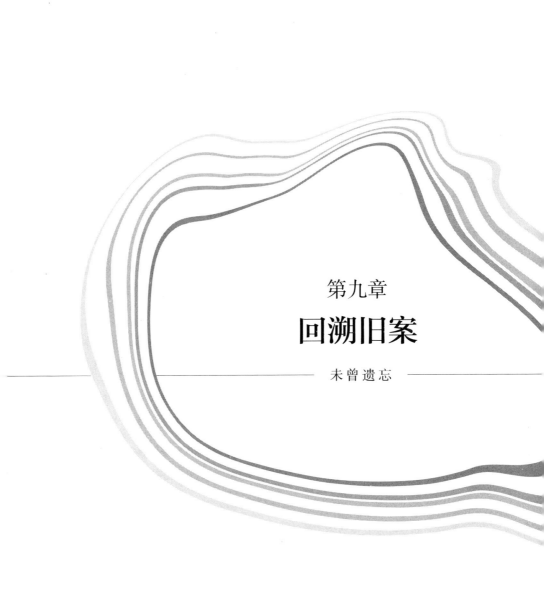

第九章

回溯旧案

未曾遗忘

盛阳市，1993 年。

1993 年 7 月 18 日晚 9 点到 10 点，盛阳市晨西区春和街道振兴路向阳小区 19 号楼 2 单元 403 室发生一起入室凶杀案，被害人是 35 岁的小学教师刘美娜，凶手用锐器连续捅刺其面部和脖颈部位，导致其因外伤性窒息死亡。

现场勘查，未发现暴力闯入痕迹，被害人刘美娜双手和手臂上只有极少处抵御伤，显然是刘美娜主动将凶手放进屋子里的，同时对凶手也没有过多防备，说明她认识凶手，而且在她的意识里，并不觉得凶手是个危险人物。

现场是新建的商品房小区，被害人刚搬进去不到半年，邻居们都不太熟悉她，案发当晚也没人在楼内看到可疑人员的身影。经她父亲确认，现场没有财物丢失，法医也未在尸体上发现暴力性侵迹象。诡异的是，凶手杀人后不知为何要将一张明信片留在现场，而更诡异的是，当法医脱掉被害人身上的睡裙准备进行尸体解剖检查时，发现凶手杀人后还在被害人小腹部位用锐器刻下一个血淋淋的图案。图案刻在腹部肚脐之下，简单说就是一道竖线加四道横线，竖线长 7 到 8 厘米，横线长 2 到 3 厘米，乍一看，好似在被害人肚子上刻了个大虫子。

关于凶手，现场几乎未遗留下任何可追查的痕迹，作案凶器暂时也无法认定，从刺创痕迹分析，应该是一种非常细的锐器，头部异常尖利，刃长目前还不好准确判断。初步推断可能是螺丝刀，但螺丝刀的头部不会那么尖利，有可能经过刻意加工和打磨。也有可能是长钢钉，但钢钉是不带把儿的，恐怕使不上那么大力，除非也改造过，或者凶手经过特殊训练。

一大早，趁着队里的骨干都在，法医报告也拿到手了，重案队队长李津录把大家拢到一块，把案情和眼下掌握的线索整体梳理了一遍。

果然几个人的关注点都在尸体腹部的图案上，骆浩东说像蜈蚣，何兵说像蚰蜒，其实两个人说的都差不多，这俩物种是近亲。宁博涛拿起尸检照片看了眼，随即把照片撇回桌上，满脸不屑地说："小年轻的，一点生活经验都没有，这不就是妇女做剖腹产手术之后，留下的疤痕形态吗？"

"法医也是这么说的。"李队点上一支烟，猛吸几口，叹口气说，"问题是刘美娜离婚很多年了，根本没生过孩子，更谈不上做过剖腹产啊！"

"那凶手是想暗示什么？"何兵紧着鼻子，摇头晃脑地说，"看来这个刘美娜身上还真有些故事。"

骆浩东抬手搓了搓额头，一脸疑惑地说："暗示什么先不说，你们不觉得这种行为本身才是最让人难以琢磨的吗？把人杀了还不够，又是放明信片，又是在肚子上刻画，啥样人会这么干？"

"有点邪门，干了这么多年警察，还真没见过这号的。"李队手里夹着烟，一脸严肃地说。

宁博涛用手指点点桌上的照片："关键点还是在这儿，咱们得先搞明白这明信片和肚子上的图案到底是啥意思。"

"明信片我查过了，昨天也跟李队汇报过了，其实它是成套的，一共十张，咱这只是其中的一张。皇陵公园里有很多卖纪念品的摊位上都有卖，我打听了一圈，几个摊主都说最近没卖过这款。"听宁博涛提起明信片，何兵把去皇陵公园的调查过程复述一遍，"明信片上画的桥是皇陵公园中的'神桥'，我特意问过，桥的来历和寓意没啥特别，桥上也没发生过社会敏感事件，技术队那边也没在明信片上发现指纹啥的。"

"常理上说，明信片的意义在于祝福和留念，假设凶手和刘美娜是熟人关系，那么他想暗示的信息，或许和明信片本身的样式无关，而是与他和刘美娜之间发生的交集有关。"骆浩东说。

"那就要从刘美娜身边的人和社会关系入手查查看了。"骆浩东说得有点绕，不过李队听明白了，深盯他一眼，又扫了一眼宁博涛，"你们手里那几个嫌疑人查得怎么样了？"

"张冲是外地人，1985 年从学校辞职后便杳无音信，目前也说不好在本地还是哪里，我先把照片和身份信息发下去，让派出所在辖区各片区帮着摸一摸，再一个我琢磨着让他老家那边的兄弟单位帮忙问问他家里人，看看能不能问出点东西。"宁博涛说。

骆浩东跟着汇报说："刘美娜的前夫在化工厂工作，搞供销的，前阵子出差了，说是今天能回厂里。还有她的新男朋友，是北站工商所的副所长，昨天去局里开会了，我们也没见到人，不过约好了今天在工商所碰面。"

李队点点头说："行，那动起来吧，何兵，你和浩东去会会这俩人，老宁，你负责跟派出所和兄弟单位对接，争取把张冲早点揪出来，感觉这小子问题最大。"

"那'小土豆'怎么办？"宁博涛问。

"我让白班的兄弟连轴盯着，你们暂时先不用管。"李队回应说。

领了任务，分头行事。

　　先走访的是刘美娜新交的男朋友，叫姜家原，人长得相貌堂堂，一举一动彬彬有礼，看着很精明的样子。提起刘美娜的遇害，他先是一脸悲痛，然后又一脸懊悔地说，都怪他临时爽约，要不然刘美娜不会出事。

　　姜家原稍微平复下情绪，然后详细讲述道："前天是周日，我和美娜计划好了白天陪她到中街步行街逛商场看电影，晚上跟她去她父母家吃饭，可谁知计划进行了一半，我临时有点急事，便只能让她一个人先回家。"

　　"当时是几点？"何兵问。

　　"下午 1 点多，我们刚在熏肉大饼店吃完中饭，我说帮她打个车，她说不用，然后坐公交车走了。"姜家原说。

　　"那也是你们最后一次联系？"骆浩东问。

　　姜家原没出声，黯然点点头。

　　"那随后你干吗去了？方便说一下你所谓急事是怎么回事吗？"骆浩东又问。

　　"那个……那个……"姜家原吞吞吐吐，一脸尴尬，"就……就陪几个朋友打麻将，都是特别铁的朋友，其中有一个还是我的老领导，连着给我打了十多个传呼，实在推不掉。"

　　"你们在哪儿玩的？玩到几点？都有谁？"何兵接连问，"把其余几个人的联络方式写给我们。"

　　"在老领导家玩的，将近半夜 12 点才散的局。"姜家原知道这关乎他不在案发现场的证明，一边应着话，一边从办公桌抽屉里拿出一张便笺，写下几个电话号码和传呼号，然后交到何兵手里。

　　"你知道这张明信片对刘美娜有什么特殊的意义吗？"骆浩东亮出凶手留在现场的明信片问。

　　"不清楚。"姜家原看了眼明信片，不假思索地摇头说。

"当天你们分手时，刘美娜有没有什么异常表现？"骆浩东继续发问，"还有，近段时间她有没有什么烦心事？或者惹过什么麻烦没有？"

"不是她惹麻烦，是麻烦找她。"姜家原一脸怨气地说，"他那个前夫，最近这几个月经常骚扰她，老给她打传呼，还去家里纠缠她，上赶着要复婚，搞得美娜都快烦死了。"

"除了电话和上门骚扰，她前夫还有什么别的过激行为吗？"何兵问。

"那倒没听美娜说过。"姜家原顿了下，犹疑着说，"我觉得你们应该好好查查他，他绝对有杀人动机。"

"这个我们心里有数，要说杀人动机，你前妻是不是也特恨刘美娜？"骆浩东问。

"我前妻？"姜家原愣了下，表情不自然地解释说，"哦，你们这是听信流言了，实际上我是在离婚半年多之后才认识美娜的，美娜不是第三者，这点我前妻心知肚明。当然我知道你们的规矩，肯定还是要找我前妻核实的。喏，这是她的名片，上面有她的联系方式。"姜家原又从抽屉里拿出张卡片递给何兵。

何兵看了眼名片，冲骆浩东挥挥手，两人随即起身道别。

见完刘美娜的现任，两人又马不停蹄去化工厂，找她前夫问话。

刘美娜的前夫叫冯辉，个头挺高，大众脸，可能是常年搞供销的缘故，整个人浑身上下都透着"圆滑"二字。据他说，他和刘美娜从小学到初中都是同学，关系一直很好，算是青梅竹马。初中毕业后，刘美娜继续读高中，考上了师范学院，他考了中专，毕业后分配到化工厂。但是两人关系一直没断，双方家里条件都挺不错，也都很支持两人谈朋友，所以刘美娜大学毕业参加工作的第二年两人便结婚了。

"你最后一次与刘美娜联系是什么时候？"骆浩东问。

冯辉装模作样想了想，说："上周三，我出差前去了趟她家，她搬新家我还没去过，那天傍晚正好路过，就上去坐了坐。"

"你们没发生冲突？"骆浩东问。

"没有，谈话气氛很好。"冯辉头摇得像拨浪鼓。

"可是据我们所知你是去逼婚了，而且场面很难堪。"何兵插话说。

"胡说，谁说的？哦，是美娜那个新男朋友说的，是不是？"冯辉咬牙切齿地说，"别听他瞎说，抛妻弃子的玩意儿，一点肚量都没有，根本靠不住。"

"你怎么知道人家靠不住？"何兵问。

"上周五，我在外地闲得无聊，给美娜打了个传呼，然后美娜回电话说让我以后少给她打传呼，说因为我老接触她，她那个男朋友吃醋吃得不行，还跟她大吵一架。"冯辉咧下嘴，压低声音说，"那天我和美娜多聊了几句，她跟我说那男的太小家子气了，总是看着她，不让她过多和别的男的接触，她感到很不自在。我觉得没准是美娜想和那男的分手，那男的气急败坏把她杀了。"

"上周日晚间你都干吗了？"骆浩东问。

"我还在安山出差啊，中午陪客户喝了顿大酒，醉得一塌糊涂，在招待所一觉睡到下半夜。"冯辉干脆地说。

安山市离盛阳很近，也就一两个小时的车程，杀人之后，再偷偷返回安山，从时间点上说是可行的。骆浩东想了想，进一步追问道："就你一个人出差？"

"对，你们要是不信可以去招待所核实，那天晚上我真的没离开过半步。"冯辉一脸坦然地说。

"行，这个我们自会查证。"何兵顿了顿，接着说，"你和刘美娜有过孩子吗？"

"没有，没有，美娜不想那么早要孩子，我们在一起的时候避孕措施做得很到位。"冯辉使劲摆手说。

"行，今天先问到这儿，最近不要去外地，我们随时会找你，你要是想起什么对案件有帮助的信息，随时给我们打电话。"何兵叮嘱道。

问到最后，两人照例拿出明信片让冯辉辨认，冯辉倒是承认他和刘美娜多次去过皇陵公园游玩，但没买过明信片。随后两人上车离开，车开出挺远了，冯辉还在后面挥手。骆浩东瞅了眼后视镜，说："这哥们儿和姜家原各执一词，也不知道谁说的话靠谱。"

"现在人死了，他俩说啥都行，只能看看他俩谁不在现场的证据更过硬了。"何兵老到地说。

骆浩东和何兵忙着落实刘美娜现任和前夫的嫌疑，宁博涛便一门心思追查张冲的下落。协查通报发出去之后，第二天兄弟单位就传回消息说他因为辞去公职跟家里人闹翻了，已经好多年没回老家了，只偶尔用公用电话给家里报个平安，不过他家里人表示他应该还在盛阳。

张冲当年连档案都没提就跑了，说明他也不想再在有编制的单位找工作。当然，他闹出那桩丑闻，在教育圈里早传遍了，也不会有公立学校敢要他。既然他在美术方面才华出众，想必他谋生的出路大概也就这么几条：要么靠手艺赚钱，卖些个人字画，或者给人画个宣传画和广告画什么的，要么有可能在什么私人的美术培训机构打工，或者自己开班教教小孩子画画。抱着这一思路，宁博涛用一整天的时间，把市区内几个专门卖艺术工艺品的市场都转悠了一圈，结果一无所获。隔天，他问队里要了两个人，跟他一道对市区内的群众艺术馆和文化少年宫等单位进行拉网筛查。宁博涛打听了，那里面有很多培训班其实都是私人办的。而这一次，算是功夫不负有心人，还真让他们查到了张冲的消息。

　　一位民营美术培训班的负责人向宁博涛表示，三四年前张冲曾在他的培训班里做过老师，后来辞职去南方闯荡了，约莫半年前在本市一次画展上，这位负责人偶然碰到张冲，由于张冲临时有事着急离开，两人没有过多交流，所以这位负责人也不清楚张冲的近况和落脚点，但是张冲给这位负责人留了个传呼机号。

　　呼机是"127"自动传呼台的号，宁博涛用队里的电话连呼三遍，等了好久也没人复电。正好骆浩东和何兵出完任务回来，宁博涛便把活派给骆浩东，让他每隔10分钟呼一次张冲，直到回电话为止，自己拿着抹布又嘚瑟地跑到外面擦他的宝贝捷达车去了。

　　骆浩东为人实诚，掐着表还真就每隔10分钟呼一次张冲，打到第五次的时候，终于有人回电了。电话里的人满口怒气，嚷嚷着问谁呼他，要把人呼死咋的。骆浩东就问电话里的人是不是张冲，对方说是又怎么的，骆浩东告诉他自己是公安局的，想找他了解点情况。电话里的人稍微迟疑了一下，随后说出了一个地址。骆浩东听完瞬间精神为之一振，因为张冲给出的地址是在文明街道，与被害人刘美娜所属的春和街道毗邻。

　　能叫文明街道的，那肯定是精神文明建设氛围比较浓厚的地方，其中有一条叫文化路的长街，更是晨西区的综合文化活动中心，像什么区少年宫、工人文化俱乐部、电影院、演艺歌舞厅、书店、音像店、文化艺术培训班等等文娱场所，都汇集在这条街上。张冲自己开了个美术培训班，叫"冲艺画室"，在照相馆的隔壁，属于临街的门头房，一共有两层，一层用来培训学生，二层是他的起居室。

　　宁博涛和骆浩东来到画室的时候已经是傍晚了，画室里的学生都走了，一个瘦高个的男人正在里面归整画板。男人30多岁的模样，大长脸，小眼睛，留着几年前盛行的"狼头"，穿着淡蓝色牛仔裤，白色短袖老头衫，老头衫掖在裤子里，腰上别着的传呼机显得特别扎眼，虽然面相成熟许多，但和个人档案上的照片还是很相像，应该是张冲无疑了。

宁博涛和骆浩东亮明身份，男人表示自己就是张冲，他拍拍手上的灰尘，邀请两人到窗边的小圆桌边落座。圆桌的后面，有一个木质的小吧台，吧台里面有一台冰箱和一墙的酒格，酒格里摆着各式各样的洋酒瓶。张冲见两人都在打量他的小酒吧，便笑着问两人想不想喝点什么，没等两人言语，便自作主张地说天热，那就来两杯冰镇可乐吧。说着话，就见张冲起身走到木头吧台后，从冰箱里拿出瓶可乐倒在两个杯子里，然后又从木格上拿了瓶洋酒给自己倒了一杯，紧接着又打开冰箱，取出一盒冰块，用冰锥刀铲下两块放到洋酒杯里。

宁博涛看着张冲把可乐摆在自己身前，打哈哈说："你这小日子过得还挺讲究。"

"前几年在南方混，那边夜生活特别丰富，每天晚上都出去喝上几杯，养成习惯了。"张冲举杯轻呷一口，"上完一天的课，喝上一杯洋酒，浑身都松快，可惜咱盛阳现在没几家像样的酒吧，我只能自己在家弄一个简易的。"

宁博涛轻哼一声，心说："狗屁吧，搁老子面前装什么洋相，搞不好就是在南方酒吧里打过几天工而已。"他便话锋一转，一脸严肃地问道："你还记得刘美娜吗？"

张冲整个人一愣，显得很意外："记得啊！怎么会不记得？！"

"你最近见过她吗？"骆浩东接下话问。

"没啊！好多年没见过了，怎么……怎么突然问起她来？当年……当年我只是一时糊涂，你们不会现在又要来追究吧？"张冲磕磕巴巴，一脸心虚地说。

"你这画室离春和街小学也不远，就从来没想过故地重游，会会故人啥的？"宁博涛语带讥诮地问道。

"不必了吧，我做的那些事想必你们也知道，何必自取其辱呢？"张冲尴尬地笑笑，随即正色道，"刘美娜怎么了？为什么要问起她？"

"她被杀了，上周日晚上的事。"宁博涛单刀直入地说。

"什么？"张冲错愕道，"你是说她被人杀死了？怎么会，什么人干的？"

"上周日晚你在哪里？都做了什么？"宁博涛追问道。

"你们这是怀疑我吗？凭什么？"张冲稍微加大音量，质问道。

"你喜欢刘美娜，多年来对她念念不忘，可她一再拒绝你。还有，当年你们俩弄出的那桩丑闻，结果是你一个人扛下所有罪过，甚至为此丢掉铁饭碗的工作，而刘美娜却毫发未损，这口气你咽得下去吗？"骆浩东针锋相对地说道。

"对，我承认你说的都是事实，我心里确实很惦念刘美娜，但我离开学校后真的就没再见过她。"张冲霍地站起身，激动地反驳道，"至于你说的那桩丑闻，事实上也确实是我一个人的责任，是我自己凭空想象画出的那些裸体肖像画，刘美娜根本毫不知情，说起来还是我连累了她，我又怎么会怪罪她？"

"来，先坐下，别那么多废话，就问你上周日晚都干吗了。"宁博涛用手指敲着圆桌说。

"没……没干吗，现……现在是暑假期间，学生比较多，上完一天课很累，喝了点酒，看会儿电视就睡了。"张冲老老实实坐下，声音也小了不少。

"那就是没有人证喽？"骆浩东紧接着追问道。

"我真的是一个人待在画室，你们不相信我也没辙。"张冲摊摊手，苦笑着说。

实话实说，此时此刻，宁博涛和骆浩东确实也拿他没辙，不过经过这一场对话试探，骆浩东隐隐地感觉到，这个张冲身上肯定有什么猫腻。他主要怀疑的点，就是关于张冲周日晚上行踪轨迹的问题。对这个问题，很明显一开始张冲想岔开话题糊弄过去，随后绕回来觉得无法回避，给出的说辞好像是一边思考一边说出来的，语速很慢，态度唯唯诺诺，肯定是在撒谎。所以出了画室后，骆浩东向宁博涛主动请缨，说自己想在外围下点功夫，彻彻底底把这个张冲查明白。

两人走后，张冲在椅子上木然呆坐许久。恍恍惚惚站起身时，窗外已是沉沉的黑夜，他返身走到吧台里边，给自己倒上满满一杯酒，颤颤巍巍地送到嘴边，仰脖一口干了……

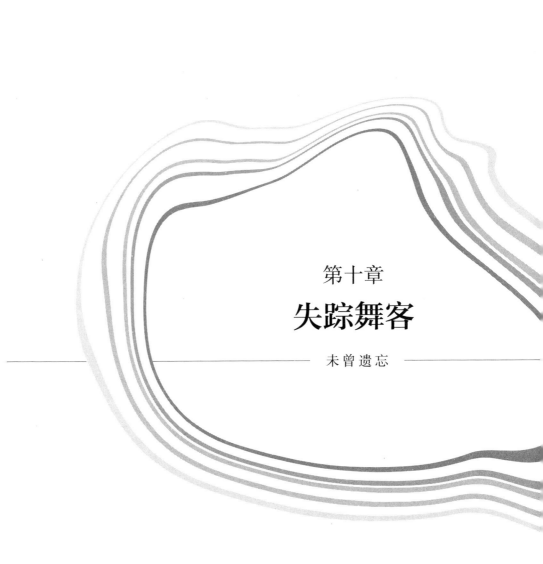

第十章

失踪舞客

——— 未曾遗忘 ———

1993年5月底，有个女孩到盛阳市太平区分局报案，说自己的姐姐自5月22日离家之后，已近一周不见人影，给她打过十多个传呼，始终未收到回复。报案人说她姐姐叫王虹，42岁，离异，和老母亲同住，做过几年服装生意，手里攒了不少钱，平时喜欢跳舞，是各大舞厅的常客，去得比较多的是一家叫作百花的舞厅。

　　这舞客之间最容易擦出火花，经常跳着跳着就跳出感情来了，搞不好王虹是跟着哪个舞客私奔了，所以起初分局接到报案也没太重视，不过王虹有个港商表舅，最近一段时间正跟市里面谈项目投资，他亲口跟市领导提了王虹的事，市领导也亲口表示一定会重视，案子便由分局转到市刑警队重案队。

　　王虹平时穿金戴银，包里经常装有大把现金，随身还有名牌手表和传呼机，看着就是有钱人，如果她被人诱骗或者强行控制住的话，犯罪人的目的大概率是劫财。案子一上手，队里根据王虹的经济状况，首先明确了案件性质，虽然她妹妹提供的信息显示本市的各大舞厅王虹都光顾过，但相对来说，与她身份相匹配的还是百花舞厅。

　　百花舞厅坐落于市区繁华地带，具体位置在一家电影院隔壁的胡同里，是一个古朴的、带有些民国风的老旧建筑。舞厅在二楼，舞池很大，能同时容纳三百人左右，环境非常不错，灯光、音响、沙发、卡座都相当上档次，酒水、瓜子、香肠等吃的喝的也一应俱全。人气方面自然没的说，从上午到半夜，宾客络绎不绝，生意相当火爆。宾客多，流动频繁，而且这种场子也是三教九流聚集之地，鱼龙混杂，人际关系复杂，但往往联系却并不紧密，大多数人都是萍水相逢、一面之缘，相互记忆不深，所以这个案子办起来难度非常大。

重案队的人在舞厅里暗中摸查近一个月，把常去玩的乃至附近具有犯罪前科的人员，都拉网式排查了好几个来回，线索依然寥寥。这期间，传呼台那边反映，有几个人呼过王虹多次，重案队查证之后发现都是在寻找她的亲朋好友。到了 7 月初，重案队发现有个在公交公司上班的人，给王虹打了个传呼，找到那人一问，说是王虹的传呼机现在在他女朋友手上。他女朋友叫刘眉，也常去百花舞厅跳舞，传呼机是她从一个女舞客手里买的。重案队紧接着找到那女舞客，结果她又说传呼机是从一个绰号叫"小土豆"的男人手里买的。

"小土豆"本名叫由小东，34 岁，社会混子，靠倒买倒卖为生，像什么盗版录像带、录音带、手表、传呼机、金银首饰、摩托车等等都倒腾过。当然，很多东西来路都不正，但他胆大，只要能赚钱，啥都敢收，啥都敢卖，这也让他在三教九流中有点小名气。不过这小子个头看着长得小，但底盘超稳，还练过多年柔道，打架斗殴从不怯场，进派出所是常有的事，按说重案队想找到这种人并不难。只不过他前段时间捅了个人，下手有点重，对方送到医院没抢救过来，眼见事闹大了，这小子脚底抹油——溜了，挺长时间没人知道他的消息。

最近有消息说，由小东常年卧床的老母亲病危，估摸着时日无多。而据说由小东是个大孝子，重案队推断他可能会冒险回来见老母亲最后一面，于是派人 24 小时轮班在他家巷口监视，守株待兔等着他现身。

可能在外人看来，干刑警的生活作息很不规律，实质上特别规律。

像重案队，手上有案子时，基本都是 24 小时连轴转，所以很多人索性以队为家，在办公室用凳子搭个板床，或者直接躺在桌子上，对付着睡上几小时就成。宁博涛属于二皮脸，经常跑到队长办公室占着长沙发睡，搞得李队自己只能窝在靠背椅上打盹。

当然，在队里睡也不一定能睡得踏实，犯罪分子还就喜欢深更半夜出没。这不，宁博涛睡意正酣，忽地被人拍了一巴掌，惊得他一个激灵从沙发上弹起，正想发火，便听到李队兴奋地说："'小土豆'抓到了，前方的兄弟正往回带人。"宁博涛闻言，整个人立马清醒过来，嚷嚷着说："那赶紧审吧。"

审讯室里，宁博涛亲自上阵，骆浩东在旁边负责记录，李队在隔壁观察室观审。"小土豆"人如其名，长得又矮又黑，一双小眼睛贼聚光。由于落网时，执行抓捕的民警满足了让他看一眼老母亲的请求，坐在审讯椅上的他态度显得很老实，还未等宁博涛问话，便主动交代起自己的问题来。

"人是我捅死的，我一个人干的，完事我跑到郊区一朋友那儿躲到现在，她知道我犯事了，但不知道是人命案，你们也别难为她。""小土豆"坦白说。

"这个先不说，前段时间你在百花舞厅里倒腾过一个传呼机还记得吧？"宁博涛问。

"对啊，怎么了？""小土豆"说。

"怎么记得这么清楚？"宁博涛问。

"这段时间就卖过那么一个，有印象。""小土豆"说。

"传呼机哪儿来的？"宁博涛问。

"从三凤手里收的。""小土豆"说。

"三凤是谁？大名叫什么？"宁博涛问。

"大名还真不知道，反正大家都叫她三凤，人长得贼漂亮，天天在百花里晃荡，专门傍着一些有钱的老男人混吃混喝。""小土豆"说。

"她从哪儿弄的那传呼机？"宁博涛问。

"不知道，没问。""小土豆"说。

"你们俩什么时候交易的？"宁博涛问。

"具体的记不清了，大概 6 月中旬吧。""小土豆"说。

"你认识王虹吗？"宁博涛试探着问。

"不认识。""小土豆"不假思索，摇着头说。

"你能联系上三凤吗？"宁博涛问。

"我有她的传呼号，你们可以试着呼呼看，要是她没回，你们直接去百花舞厅里打听，她在那里算是有点名号，准保能找到她。还有，她头发是那种大波浪卷的，右眼下面有颗泪痣，挺明显的，很好认。""小土豆"说。

"小土豆"说得没错，提起三凤，在百花舞厅里确实很多人都认识。都说她平时很招摇，总是打扮得花枝招展的，喜欢往老男人堆里扎，据说光情人就有五六个，没名分的露水情人更多。但即便这样，她从什么时候开始不在舞厅里露面了也没人在意，更没人知晓。也就是说，她从百花舞厅里悄无声息地消失有一段时间了。

三凤本名其实叫陈彩凤，因在家中姐妹里排行老三，所以大家都叫她三凤。据舞厅里一个和她接触过的老男人说，有段时间他打算正儿八经和三凤搞对象，所以登门去拜访过她父母。按照老男人给的地址，宁博涛找到三凤的家。她父母告诉宁博涛，三凤今年 29 岁，没怎么干过正经工作，整天在外面瞎混，平时很少着家，他们最后一次见到三凤，已经是一个多月之前的事了，至于她有没有别的落脚点，两位老人都表示不清楚。同样，她的两个姐姐，也说不清她的行踪去向，但是她们提到三凤有个关系特别好的朋友，叫刘艳，是个离婚的女人，一个人住，说三凤有可能在她那里。

宁博涛根据三凤姐姐提供的信息很快找到刘艳，据刘艳说，三凤只是偶尔到她那儿借住，她最后一次见到三凤已经是两个多月之前的事了。她给了一个传呼机号，和先前"小土豆"提供的是同一个号码。

就以上掌握的信息看，三凤是真的失踪了，但不好判断的是，她是因为传呼机的事闻风而逃了，还是同王虹一样遭遇不测了。如果是后一种可能，那就又衍生出一个疑问，"小土豆"的口供到底可不可信？有没有可能传呼机不是从三凤手里收的，而是他从王虹手里抢的？难道他会是一连串劫财案的真凶？所以眼下找到三凤最为重要。然而，并未让重案队等太久，仅仅过了几天，一具面部特征与三凤有相似之处的尸体便出现了。

尸体是被市政排水管理所的几个工人发现的，当时他们正在昆明街街边清理马葫芦井（下水道），先是闻到一股刺鼻的臭味，挪开马葫芦盖后看到井里有一具腐尸，随即赶紧用附近的公用电话报了警。

重案队赶到现场时，技术队几个人已经将尸体从马葫芦井里抬出来，搁置在街边一块大塑料布上。尸体有很明显的女性特征，上身赤裸，下身只穿了条内裤，从头到脚已高度腐败，根本无法辨清本来面目。

张法医蹲在尸体旁，眼见宁博涛等人走过来，站起身一边脱掉乳胶手套，一边说道："天热，加速了腐败，皮肤和肌肉组织有脱落迹象，有的关节部位已经露出骨头，死亡时间大致在两周前。"

宁博涛轻捂口鼻，凑近尸体看了一眼："怎么死的？"

"睑结膜有点状出血，脖子上有扼痕，应该是被掐死的。"张法医顿了下，紧鼻皱眉地抱怨道，"这种尸体太难处理了，你们是没看到，哥几个刚才把她弄出来的时候，浑身滑腻腻的，肉片啪啪往下掉，像煮熟了的脱骨肉似的。"

宁博涛回头白了他一眼，没好气地说："妈了个巴子，老张头，你成心的是不是，说得那么瘆人！"

李队摆摆手，催促说："别闹了，赶紧把尸体盖好，周边那么多围观的老百姓，别再吓出个好歹来。"

张法医"嘿嘿"笑了两声，吩咐助手到车上把白布取来。助手领命而去，很快回来，手里拿着白布正要盖向尸体时，宁博涛突然摆手喝止，然后指着尸体的面颊说："等等，你们看，这儿是不是颗痣？"

由于尸体面部腐烂严重，并不好判断，张法医从工具箱里拿出放大镜，凑近宁博涛指的位置仔细观察一阵，说："对，好像是颗痣，还挺大的。"

宁博涛又指着尸体的头发说："这算大波浪卷吧？"

"当然。"张法医干脆地说。

"难道这女的是陈彩凤？那个三凤？"一直围在旁边没吭声的骆浩东，瞬间明白宁博涛的用意，脱口而出，"陈彩凤爱留大波浪头，右眼下面有颗泪痣，这女尸头发是弯曲的，并且在同样位置也有颗痣，不会这么巧吧？"

"找到身份证明了吗？"旁边的何兵跟着问。

张法医指指放在塑料布上的几件女士衣物："喏，就那些，在马葫芦井里找到的，其余的什么都没有。不过如果你们有目标人选，咱们可以通过验血和比对指纹来确认身源。"

"那好办，老张头，你出个人。"李队冲张法医说，随后又对何兵说，"小何，你带老张的人去趟三凤家里，找找三凤用过的物件，看看能不能从上面提取到指纹。"

"那我和浩东到周边转转。"宁博涛接话说。

李队点了下头，嗯了一声。

宁博涛随即冲他摆摆手，带着骆浩东，钻出警戒线，又从围观的人群中挤出，向街对面走去。

具体地说，发现抛尸的地点位于城区西南部昆明街的三龙路，是一条东西走向的大马路，属于城乡接合部地带。抛尸的马葫芦井位于路的南边，挨着一个铸造工厂的大院墙，相对比较僻静，路的北边是一排排低矮的平房民居，靠近大马路的房子都是做买卖的，理发店、小卖部、服装店、台球厅、饭店、酒馆等等一字排开，大多时候都是上半夜灯火通明，下半夜漆黑一片，如果凶手选择下半夜抛尸，被目击的概率应该很小。

通常在抛尸地周边进行走访的目的，一个是希望能够找到目击证人，另一个是观察周边的环境，推想凶手是否有可能藏匿在附近。但现在尸体身源未定，尚无法圈定嫌疑人的范围，也就无从谈起具体的藏身处。所以宁博涛和骆浩东只是在三龙路周边简单转了转，熟悉熟悉环境，又常规性地走访询问了一些商铺的老板，之后便草草收场。

离开三龙路，两人驱车一直向西，大概行驶了5千米，来到一个叫马家屯的村子。"小土豆"先前捅了人之后，就藏匿在这村子里的一个老相好家。如果马葫芦井里的尸体真是三凤，那"小土豆"的嫌疑就更大了。就如先前怀疑的那样，他完全有可能是在明知三凤已经死亡的情形下，才给出传呼机是从三凤手里收来的说辞。并且，从时间点上看，法医说马葫芦井里的尸体遇害在两周前，而"小土豆"被收押仅一周多，那么在此之前他还是有作案时间的，所以宁博涛和骆浩东两人此行的目的，就是要会会"小土豆"在村子里的老相好，从而把"小土豆"被抓前一周的行踪轨迹落实了。

"小土豆"的老相好，离异，独居，三四年前曾在市区里短暂打工，因此与"小土豆"结识。两人厮混过一段时间，后来女的从市里回到村里，"小土豆"还偷偷跑来看过她几次，再之后就没了联系。直到前段时间，"小土豆"突然出现在女人家里，女的知道他是什么货色，也没有过多盘问，便留他住下了。

这是宁博涛第二次与女人会面，上一次他带着技术队的人，将女人的家里里外外搜查个遍，结果并未发现与失踪案相关的线索。女人也如实交代了她与"小土豆"认识以及收留他住下的过程，所以再一次面对警方的询问，多少有些不耐烦。

"你们也知道，我在市场里卖切面，白天都不着家，我怎么会知道'小土豆'在家干啥？反正基本上我回家的时候他都在。"女人说。

"晚上呢？"宁博涛问，"他从来没出去过吗？"

"没有。"女人摇下头，突然怔了怔，随即说道，"哦，不，我想起来了，有天晚上他出去过。"

"哪一天？"骆浩东抢着追问。

"应该是他被抓的前几天，说是要回趟市里，弄点外烟抽。"女人想了想，"晚上八九点钟走的，下半夜两三点回来的，脸喝得通红，胳膊下面夹着几条'白箭'。"

"时间再具体点。"骆浩东说。

"大概……差不多也有一周了。"女人想了下说。

骆浩东在脑子里稍微计算了下时间，追问道："他是怎么来回的？"

"骑我那辆'嘉陵70'摩托。"女人说。

"再仔细想想，他有没有送过你什么女人用的物件？"很明显宁博涛也感觉到"小土豆"的嫌疑变大了。

"就一块破女表，上次都交给你们了，其余的真没有了。"女人摊摊手说。

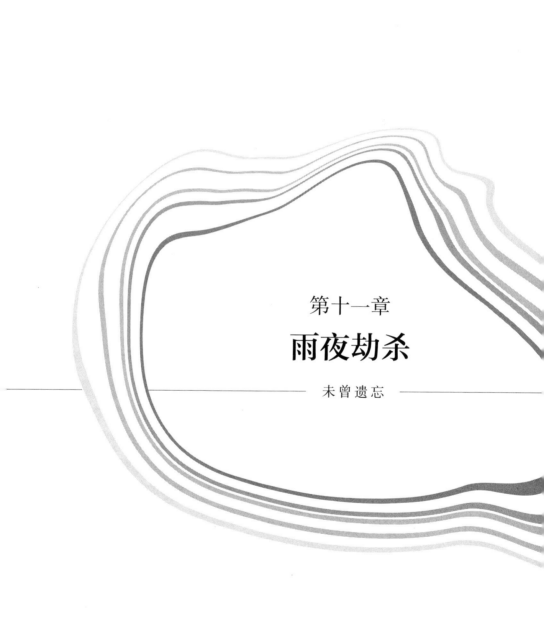

第十一章

雨夜劫杀

未曾遗忘

深夜，黑云压顶，风狂雨急，幽深孤寂的小巷，在漆黑的雨幕中，似乎漫无边际。仿佛人一踏进来，便会迷失方向，既找不到来路，也看不清去路，直到精疲力竭，化作泥沙，成为巷子中的一块脚踏石。

噔，噔，噔……伴随着一阵高跟鞋声响，一个穿着清凉的女子闯进小巷，她把小坤包举在头顶挡着雨，疾步向小巷深处走去。路过一个岔路口，她目不斜视，继续向前，殊不知危险已经来临。

不知何时，小巷中多了一个身影，那身影穿着一身黑色雨衣，悄然跟随在女子身后。突然间，"雨衣人"掏出一把利器，加快脚步赶上女子，不由分说向女子的后背猛刺过去。一下、两下、三下、四下……女子缓缓跪倒在地，本能地转过身子，满脸茫然无措。"雨衣人"并未停歇，挥舞利器冲向女子的面部，继续疯狂捅刺。

女子的眼神渐渐失去了光彩，直至凝滞，任凭风雨召唤，也无动于衷。"雨衣人"随之罢手。他拾起女子的小坤包，拉开拉链，从怀里摸出一张卡片，小心翼翼放入包中，然后把包放回女子身旁。紧接着，他顺势蹲下，将女子的裤子往下扒了扒，暴露出女子平坦的小腹，随即手握利器在小腹上刻画起来……

在宁博涛广泛撒网寻找张冲的那段时间里，骆浩东和何兵两人则忙着核实被害人刘美娜现任和前夫不在现场的证据，经过多方查证，两个男人在案发期间确实不具备作案的可能，随之二人被彻底排除嫌疑。

而后，宁博涛通过一个传呼机号终于找到张冲，他带上骆浩东前往张冲个人开的画室进行盘问。而张冲给出的不在现场的证据并不过硬，且有撒谎之嫌，于是骆浩东便试着在他周围的人群中进行调查，希望能够找出线索，戳穿他的谎言。结果不尽如人意，但对张冲这个人，他们有了更多的认识。

张冲在南方混的那几年，认识了一些搞进口洋酒批发的老板，所以他回到盛阳后，一边开画室培训学员，一边倒腾些洋酒，所以才在自家画室里弄了那么个小酒吧。单纯从生意的角度说，他这两个方面做得都不错，洋酒的客户越来越多，画室的生源也一直很稳定。不过有一些传言说，张冲这个人不讲职业道德，是个色狼，专门勾搭画室学员的家长，和很多学员的妈妈上过床。然而，这些信息似乎和案件也扯不上关系，对张冲的作案嫌疑暂时只能搁置一边。

至此，从案件调查一开始认定的几名嫌疑人身上，都没有找到有价值的线索，但这并不意味着调查方向有误。从案件特征上看，很明显凶手非常了解刘美娜，甚至有可能知道她的一些不为人知的隐私，彼此之间应该是熟识关系，所以重案队的几名骨干都认为，接下来还是要按照这个思路查下去，对刘美娜的亲属和社会关系进行更广泛的排查。

除了办着刘美娜的案子，队里先前办的"女舞客失踪案"也有了一定的进展，但队里其他民警都在忙别的案子，李队暂时还无法调派更多人手，只能把重任又交给宁博涛，让他带着骆浩东、何兵等几个年轻民警，克服眼前的困难，尽全力把案子办好。只是任谁也没料到，真正考验他们的日子还在后头。

1993 年 8 月 6 日，盛阳市工人村。

一夜狂风暴雨过后，整个城市重归平静，街道被雨水冲刷得异常干净，空气也无比清爽，老百姓们继续按部就班地过着生活，但有些人的生命，已然在昨夜停止。

工人村位于春和街南部，最早的历史可以追溯到清代，当时的名字叫粉街。到 20 世纪七八十年代，晨西区内几家大型国营工厂相继在周边兴建职工宿舍，一排排十几、二十几平方米的小平房，密密麻麻挤在一起，形成无数曲径通幽的小巷。而就在这个清晨，在其中一条巷子中，一个上早班的工人，透过灰蒙蒙的雾气，看见一个女人一动不动地躺在地上……

接到报警后，技术队和重案队相继赶到现场。照例由法医和勘查员先做现场初勘，重案队的人配合搜集证物，以及进行现场调查。宁博涛站在一旁，双眉紧蹙，面带一丝愁绪，入神地盯着尸体的脸，心里琢磨着幸亏李队有事没来，要不然肯定要怪他是个乌鸦嘴。

女死者面色惨白，面颊布满殷红的刀口，几缕被雨水打湿的秀发湿漉漉地贴在额头上，上半身穿着一件红色花衬衫，下身穿了条弹力健美裤，身体曲线一览无余，脚上则穿着一双乳白色细跟高跟鞋，总体搭配比较洋气，看着很像是一个漂亮的布娃娃，只可惜是被戳坏了的。

骆浩东蹲下身子，拾起遗落在尸体旁的女士小坤包，拉开拉链，翻找证物。一张卡片最先跃入眼帘，他将卡片拿在手中，蓦地心中一凛。又是一张印着风景画的明信片，并且在明信片底部清楚地标明，画中景色为皇陵公园正红门。骆浩东赶紧把明信片翻转过来，再次看到一段令人难以琢磨的寄语，字体依然歪七扭八——"*知道我在想什么吗？你马上就要告诉我了，还值得我费劲去猜吗？*"他又赶紧翻回到明信片的正面，看到印在左下角的发行编号为 1987（0801-0010-02）。

"同样的手法，同套系的明信片，怎么会这样？难道眼前的案子和刘美娜被杀案，是同一个凶手干的？"骆浩东在心里嘀咕着，脑袋一时之间有些发蒙。

"傻愣着干吗呢？"宁博涛冲着发怔的他嚷嚷道。

"有点……有点蹊跷。"骆浩东回过神，赶紧把明信片递过去。

"'正红门'，这……这不会跟刘美娜那张是一套的吧？"宁博涛接过明信片，顿时也是一脸惊诧，"后面竟然也有段寄语？"

"是不是一套的不敢说，但肯定是出自相同的套系，这个我敢断定，只是寄语还是看不明白意思，感觉还挺诗情画意的。"骆浩东说。

宁博涛点下头，没再吭声，把视线重新放到死者的脸上，这才注意到，眼前的死者和刘美娜一样，面颊上同样有很多道划伤。"妈了个巴子，难道真的是？"宁博涛微微怔住，蓦地弯下腰，凑到尸体前，小心翼翼地扒开女孩的健美裤。不明就里的张法医正要抬手阻止，但已然来不及了。一道竖线，四道横线，犹如孕妇剖腹产之后留下的疤痕，深深刻在死者的小腹上！

不远处，何兵正在给一个自称认识死者的年轻女孩录口供。女孩说自己叫张迎春，而死者叫谢春燕，23岁，和她是老乡，两人一年多前从外省来盛阳打工，一起合租住在小巷尽头拐角处的一间平房里。

"老家哪儿的？"何兵问。

"齐河市双沟镇永成村。"女孩说。

"你们在什么地方上班？"何兵问。

"蓝豪演艺歌舞厅。"女孩说。

"具体做什么的？"何兵问。

"服……服务员。"女孩略带迟疑地说。

"好好说，做什么的？"听到死者在演艺歌舞厅上班，再看看死者的穿着，何兵心里就有数了。

"陪……陪酒小姐。"女孩轻声说。

"昨天谢春燕几点离开家的?"何兵问。

"10点左右,比平时稍微早那么点,但也算正常,通常我们上午11点到歌厅就行。"女孩解释说,"平时我们都是一起上下班,不过这几天我'大姨妈'来了,肚子疼得厉害,跟歌厅请了几天假。"

"那也就是说,近几天谢春燕在歌厅工作的情况你并不清楚是吧?"何兵问。

"对,她也没提过,应该没什么特别的事。"女孩说。

"她在这边有男朋友吗?"何兵问。

"没有,她在我们老家有对象,两人都订婚了。"女孩摇下头说,顿了顿,又接着说,"不过歌厅有个老客,挺喜欢她的,一直在追她,老送她东西。"

"那人叫什么?"何兵问。

"我们都叫他'立哥',四五十岁,听说是倒腾电器的,别的我就不清楚了。"女孩说。

"你们认识刘美娜吗?在春和街小学当老师的。"骆浩东不知道什么时候走了过来,插话问道。

"不认识,听都没听说过。"女孩干脆地说。

骆浩东冲何兵摇摇头,示意自己没有要问的了。何兵从笔录本上撕下一页纸,写下队里的电话号码交给女孩:"行,你先回去,案子的事情别到处乱讲,这是队里的电话,想起什么事情随时联系我们。"

演艺歌舞厅,曾经在盛阳市盛行一时,里面有乐队伴奏和歌手献唱,也有卡拉OK点唱,以及华丽的舞池和酒吧,档次高点的还有女孩陪酒,有点像旧时十里洋场大上海的夜总会。每天进进出出的宾客,大都是些社会混子和生意人，妥妥地算是高消费场所。然而歌舞厅的繁华，也仅仅维持了几年光景而已，随着练歌房、KTV 的兴起，大家越来越喜欢弄个包房关起门来可劲唱，类似这种大杂烩式的歌舞厅便逐渐没落了，当然这都是后话。

蓝豪演艺歌舞厅，开在雅悦宾馆的二楼，位于文化路东段，总共有四层，一楼开饭店，二楼开歌舞厅，三四楼是长包客房。借着文化路周围浓郁的文化气息，加之豪华气派的装修，所谓格调和档次都有了，它便逐渐成为盛阳市各种老板和暴发户显示身份的地界，生意一度相当火爆。

当然，类似"蓝豪"这种场所，管事的肯定都有些社会背景，也就是俗称看场子的。在"蓝豪"看场子的人叫杨松，40 多岁，坐过两次牢，一次是抢劫，一次是聚众斗殴，也不知道从什么地方论的，反正混社会的人都叫他六爷。据说他跟"蓝豪"的老板是拜把子兄弟，深受器重，在"蓝豪"里说一不二，加上这几年跟着老板弄了不少钱，财大气粗，狂妄得很。

从现场收队之后，宁博涛、骆浩东和何兵三人驱车直奔"蓝豪"而来。本来只是个例行询问，两个年轻人来就够了，但宁博涛了解杨松的底细，知道这人不好惹，怕两个年轻人镇不住场子，也问不出个子丑寅卯来，便跟着来了。

这一大早出的现场，收队之后也不过 9 点多，饭店和歌厅自然都还没开始营业。一个穿着保安制服的男人正在一楼大堂里溜达，眼见三人比较面生，穿着也上不了台面，便一脸不耐烦地把三人往外轰。宁博涛亮出证件，说找一下六爷。保安立马气势全无，一脸谄媚地说："六爷在四楼客房睡觉，我给您叫去。"

保安这一走，就过去 20 多分钟，三人正有些不耐烦，一楼电梯门终于开了，六爷穿着白色浴袍，趿拉着客房中的一次性拖鞋，手里拿着大哥大，满脸不悦地走出来。他一眼看见坐在大堂沙发上的宁博涛，立马换成一副笑脸，快走几步过来握着宁博涛的手，满嘴客套地说："哎呀，不知道是宁哥您大驾光临，失敬失敬啊！"

"那个，那个，给警官们拿几条烟过来，再沏壶茶，快点。"六爷冲保安摆摆手，坐到侧边沙发上，跷起二郎腿说，"宁哥，这一大早的，还带俩兄弟来，兴师动众的，啥事啊？"

"有个叫谢春燕的女孩，在你们这歌厅里做陪酒小姐，昨天夜里被人杀了。"宁博涛直截了当地说。

"啊，是吗？他妈的，敢动我的人，谁干的？"六爷一脸惊讶，语气愤愤地说。

"这个谢春燕平时在你们这儿工作表现怎么样，最近有没有跟什么人发生过冲突或者结怨什么的？"宁博涛问。

"歌厅里女孩的事我还真不太清楚，都是我一个小兄弟在管理。等等啊，我问问他在哪里。"六爷说着话，操起大哥大拨出一个号码，"二肥，在哪儿啊？哦，马上到啊，好，快点，到大堂来。"

六爷放下电话不久，三人透过大堂的落地玻璃窗，看到一辆黑色奔驰轿车缓缓停到门口，继而从车里走出个大胖子，穿着时下流行的红色"梦特娇"短袖针织 T 恤，手里也拿个大哥大，急匆匆地穿过大堂的旋转门走进来。

"过来，二肥。"六爷冲胖子招招手。

"怎么了大哥，啥事？"可能走急了，二肥呼哧带喘地说。

"咱歌厅有叫谢春燕的女孩吗？"六爷问。

"有啊，怎么了？"二肥干脆地说。

"哦，说是她昨晚上被人杀了。"六爷缓缓站起身，指着自己刚刚坐过的沙发，语气淡淡地说，"那什么，你坐吧，三位警官想了解点那女孩的情况，你配合一下。"

"好，好。"二肥规规矩矩地坐下。

"那你们聊，我回去补个觉，昨儿睡得太晚了。"六爷懒散地挥下手，"宁哥，哪天有机会带兄弟过来玩，费用算我的。"

宁博涛歪下嘴，勉强挤出一丝微笑，算是回应。

六爷走后，二肥的姿态立马180度大转弯，一边摆弄着手里的大哥大，一边大大咧咧地说："说吧，都想了解点啥？"

"谢春燕昨天晚上是几点离开歌厅的？"骆浩东开始发问。

"10点多，昨晚上下雨，没多少客人，我就让她们都走了。"二肥说。

"谢春燕是一个人走的吗？"骆浩东继续问。

"对，一个人，和她一起住的那女孩最近没来。"二肥说，"这帮女孩，哪天小费挣多了回家都打车走，挣少了就坐'倒骑驴'，昨晚上下雨，我看她们都是打车走的。"

"看到车牌号了吗？"骆浩东问。

"没太注意，不过没关系，在我们这儿拉活的就那么几个，回头我打听一下，然后再向各位汇报。"二肥说。

"那有劳你了。"宁博涛打量着二肥，心说，这哥们儿看着粗枝大叶，像个愣头青，言语谈吐却很有条理，对陪酒女孩的管理也很细心，便决定套套他的话，"你手下有多少个女孩？"

"20多个吧。"二肥说。

"听你的话，你还挺关注谢春燕的是吧？"宁博涛问道。

"也不是，其实每个我都挺上心的，我指着她们吃饭呢。"二肥咧咧嘴说，"你们可别怀疑到我身上，昨晚六爷和朋友打麻将，我伺候茶水来着，后半夜才回家。"

"谢春燕最近在歌厅里有没有跟什么人闹过不愉快？"宁博涛问。

"没有啊，挺顺的，谁敢到六爷的场子闹事，活腻了？"二肥豪气地说。

"对了……"宁博涛想了下，问，"'立哥'这人你认识吗？听说他追谢春燕来着。"

"你说张立啊？他在正原街开了几家电器商店。他追春燕？哎呀，就是玩玩，他外面'情况'太多了，逢场作戏而已。"二肥轻蔑地笑笑，"春燕当真了？不会吧，这丫头脑子挺活的啊！"

"没有，我们只是听说有这么个情况，问问而已。"宁博涛说，顿了顿，又问道，"你们这儿的女孩跟客人出去吗？"

二肥愣了下，随即狡黠一笑，故作坦诚道："哥，我看六爷也不拿您当外人，就跟您说句实在话，干我们这买卖的，哪家女孩不出去啊，钱到位咋都行，是吧！"

"谢春燕也跟客人出去过？"骆浩东问。

"没有，不过要是没被杀，也是早晚的事。"二肥哼下鼻子，用戏谑的语气说，"像她这种小丫头我见多了，一开始都嚷嚷着只陪酒不陪睡，可是慢慢地，看到别人大把大把挣钱，到最后没几个能坚持到底的，所以我从来不逼这群丫头，全让她们自己悟。"

这胖子，有点智慧，真是小看他了，怪不得被六爷器重。宁博涛在心里琢磨了一下，觉得问得差不多了，起身冲骆浩东和何兵勾勾手，示意可以离开了。二肥见三人要走，嚷嚷着让把茶几上的几条烟带走，几个人都没搭理他，头也不回地走了。

出了门，坐上车，已经忍耐许久的何兵，爆粗口说："他妈的，给他们狂的，明目张胆组织女孩陪酒卖淫，还敢当着咱们警察的面说！"

"就是，宁哥，咱找个由头干他们吧？太无法无天了！"骆浩东附和说。

"着什么急，就为这么点破事弄他们多没劲？能干这种买卖，还能干这么大，背后肯定有点门路，先不着急招他们。"宁博涛握着方向盘吊儿郎当地说，随即又正色道，"等着，慢慢来，这些货色身上的破事不会少，越张狂暴露得越早，都给他们攒着，到时候给他们一勺烩了！"

宁博涛这人虽然平时爱叽叽歪歪，但遇到正经事时还是能稳得住神，而且很有大局观。在他说完上面这段话的两年后，省厅针对"蓝豪"的一系列问题成立了专案组，查出黄赌毒、人命案等若干罪行，最终将这伙势力以及背后的老板全部抓捕归案。当然，这也是后话。

由于重案队申请了加急，张法医从现场收队回来，便抓紧时间进行尸检。到了下午2点多钟，尸检大致结束，宁博涛等不及正式的报告，拉着骆浩东直接来到解剖室，让张法医先给他口头说说结果。

张法医将尸体稍微侧翻，露出后背上的多处刺创，然后将尸体归位，说道："致命伤来自背后的这几次捅刺，造成被害人心脏破裂，最终死亡。死亡时间在昨天（8月5日）夜里11点左右。这个谢春燕应该没生过孩子，小腹上没看到妊娠纹，子宫形态也还是圆形的。至于她小腹上的图案，是在她完全停止呼吸后刻上去的。还有她面部的创痕，有多处也是在她死后才遭到锐器划伤留下的。"

"您的意思是说有故意的成分？"骆浩东敏锐地体会到张法医话中的意图。

张法医点点头，瞄了眼宁博涛，叹口气说："唉，'拧巴涛'，你得有个思想准备，如果我的感觉是对的，这一次的案子会相当棘手。"

宁博涛不明就里，瞪着眼睛说："啥意思？老张头，卖啥关子，有话痛快说呗。"

"行，我给你掰扯掰扯。"张法医脱掉乳胶手套，走到一旁的工作台旁，指着摆在台面上的一系列存证照片说，"你们看，眼下的案子和上一起那个入室杀人案，是不是有太多相似之处？被害人都是女性，面部都遭到锐器划伤，小腹部位都留有类似剖腹产疤痕样的图案，凶手在现场都留下一张明信片，而且明信片背后都有一段匪夷所思的寄语，还有，两起案件明显都是奔着伤人去的，没有财务损失。"

"这一次应该是背后偷袭，也就是说，除了杀人手法略有不同，案件中其余的犯罪模式都与上一起案子一模一样，对吗？"骆浩东总结说。

"就这，老张头？还装神弄鬼的，瞎卖关子，你不就想说两起案子有可能是同一个凶手干的吗？"宁博涛一脸不屑地说。

"没那么简单。"张法医轻摇下头，没理会宁博涛的挖苦，语重心长地说，"这几年，厅里给我分派了不少外出讲学交流的任务，让我有机会接触到一些国内外刑侦专家，也听了他们诸多的报告，算是长了些见识。在欧美，有一种罪犯，被称为'连环杀手'，如果从字面意义上解读，很简单，就是连续杀了很多人的一个罪犯，似乎跟咱们偶尔也能碰到的'杀人串案'差不多。其实不然，差别很大。连环杀手作案，大多是出于某种心理上的需求，并非我们现实中常见的杀人动机，比如为财、为色、为嫉妒和报复等等，都不是，他就是为了心里痛快。可怕的是，他会上瘾，会连续不断地作案。"

"哦，您这么说好像就能解释得通了，仔细想想眼下这两起案子中，凶手杀人后的很多动作都太不寻常了。"骆浩东说着话，忽地又拍了下自己的脑门说，"我想起来了，前段时间我看过一个外国电影，叫《沉默的羔羊》，您说的连环杀手，是不是就跟那里面演的那罪犯一样？"

"对，那部电影就是根据几个真实案例改编的，主角的原型就是一个叫泰德·邦迪的连环杀手。"张法医说，"当然，更具体的我也说不上来，目前在咱们国家这种案例比较罕见，专门研究的专家不多。"

张法医和骆浩东一来一往，说得很热闹，站在中间的宁博涛却一时陷入沉默。这倒也不怪他，90年代这会儿，"连环杀手"的名号，对我们国内的刑侦办案人员来说确实很陌生，也很少有干警经历过类似案件，宁博涛一时半会儿消化不了实属正常。片刻之后，他挠了下头，冲张法医说："反正你的意思是说，这凶手有点精神病，之后还会继续杀人，是吧？"

张法医笑笑说："行吧，你这么提炼也可以。"

"对了，老张头，还有个事，那个马葫芦井里的尸体能确定是三凤吗？"宁博涛又恢复碎嘴子的本性，叽叽歪歪地说，"这都多少天了，咋还没出结果，你到底能不能行了？"

"血型是对上了，指纹腐烂毁损有点严重，得先修复才能做比对。"张法医赔着笑说，"放心，手掌已经用药水泡上了，估计明天能出结果。其余的情况是这样的，人确实是被活活掐死的，身体里没检测到毒化物，死前应该发生过性行为，但没有强迫的痕迹，也没提取到凶手的精斑和毛发，应该是戴了保险套，全身上下值钱的东西都被撸走了。对了，我们在被害人的长指甲缝里采集到一小段白色棉纱线，应该是抵御侵害时钩到的，说明凶手是戴着棉线劳保手套把人掐死的，所以在被害人脖子上没有采集到指纹。"

"妈了个巴子，这接二连三的，我就说这阵子右眼皮老跳准没好事！"宁博涛自言自语道。

"对了，张法医，凶器能确定吗？杀害谢春燕和刘美娜的凶器是一样的吗？"骆浩东问。

"应该是同类凶器，这一次因为创口比较深，基本可以判断凶器刃长在8厘米左右，直径约为2.5厘米，经过试验对比，暂时找到一种比较接近的锐器……"张法医说着话，拉开工作台抽屉，拿出一枚长钢钉放到台面上，"喏，应该就是类似这样的凶器。"

宁博涛把钢钉拿在手上比画几下，质疑道："这玩意儿也使不上劲呀！"

"有可能凶手自己做了个把儿。"张法医说。

"钢钉，加个把儿？"张法医的话好像提醒了骆浩东，他迟疑一下，缓缓地说，"会不会是冰锥？"

宁博涛闻言，立马瞪大眼睛，看着骆浩东，两个人几乎同时说出一个名字："张冲！"

第十二章

财迷心窍

未曾遗忘

1993 年 6 月 15 日左右，"小土豆"在盛阳市百花舞厅中，从三凤手里收到一部二手传呼机，隔天便把传呼机转卖给百花舞厅中的另一个女舞客，随后他在 6 月 23 日因喝酒起纷争把人捅死，然后潜逃到郊区，直至 7 月 23 日被抓。在这期间，他大部分时间都躲在相好的家里没出来，只有在 7 月 14 日晚间偷偷回过一次市区，找一哥们儿弄了几条外烟。而马葫芦井中的尸体是在 7 月 30 日被发现的，经法医研判，确认死亡时间大致在半个月之前，也就是 7 月 16 日左右。很显然，这个日期与"小土豆"潜回市区的日期非常接近，所以如果马葫芦井中的女尸真是三凤的话，"小土豆"就非常值得怀疑。

　　现在，法医最新给出的结果显示，尸体确系三凤。但是"小土豆"的哥们儿先前表示，7 月 14 日当晚，"小土豆"确实去他家里拿过几条烟，他还留"小土豆"喝了顿酒，从晚上 9 点一直喝到下半夜，大概在凌晨 1 点"小土豆"才离开。而按照"小土豆"在马家屯的那个老相好的说法，那天晚上"小土豆"回到她家的时间是下半夜 2 点多，中间只差了一个多小时，"小土豆"是不可能完成杀人抛尸的，但问题还在于"小土豆"哥们儿的这份证词是否可信。

　　重案队从外围了解到，"小土豆"口中的那个哥们儿叫刘超，在一家食品厂开小货车，平时经常跟一些流氓地痞混在一起，家里人都不怎么搭理他，他长期一个人在外面租房子住。随后重案队去食品厂调查，据管理车队的领导说，通常司机送完货下班前都会把车开回厂里，但前段时间有一天下班，刘超跟他提出想借厂里的车用用，说是要给家里拉点东西，他就同意了。时间在两三周之前，具体的这位领导也说不清。两三周之前，意味着和三凤被杀的时间是重合的。重案队民警当场开始怀疑，搞不好是"小土豆"和刘超合伙把三凤杀了。车队领导又说刘超已经两天没来上班，没打电话请假，打传呼也找不到人。

两天没上班，这不正好是重案队上次找他核实"小土豆"的口供之后吗？难道说刘超做贼心虚跑路了？重案队赶紧派人赶去他的出租屋一探究竟，结果房门紧闭，敲了好久无人回应。随后找来房东开门，看到屋内已是一片狼藉，值钱的物件都被卷走，衣柜里的衣物也不见踪影，显然刘超是真的跑路了，不，应该说是畏罪潜逃。

技术队在刘超租住的房子中采集到多枚指纹，并且在衣柜背面找到一个女士背包，同时在刘超的睡床下，还发现一只女士短袜。而在抛尸现场的马葫芦井中，勘查员曾经也找到一只女士短袜，两只短袜无论是样式、质地，还是品牌，都一模一样，非常有可能都是三凤穿过的。随后技术队派人去刘超工作的食品厂，对他开的小货车进行勘查。他们先是在小货车驾驶室后排座位上采集到两根长鬈发，之后又在副驾驶一侧的车门储物格中找到一双棉线劳保手套，并在其中一只手套的拇指部位发现有抽线迹象，正好与遗留在三凤指甲缝中的那一段棉纱线相匹配。当然，关键和最有力的证据还是要用指纹说话，经过对比，在刘超睡觉的床头上采集到的指纹中，有两枚是属于三凤的。

以上诸多证据，已经完全可以确认刘超的杀人嫌疑，但重案队认为，杀人的不仅仅是他一个人，"小土豆"一定也参与了，搞不好还是主谋。

审讯室里，宁博涛带着骆浩东执行审讯，其余的人在隔壁观察室观审。宁博涛一上来也没绕圈子，直截了当地说道："我知道，杀人有你一个，你现在说还能算主动坦白交代，如果不想说也没问题，可一旦我们抓到刘超，他若是先招供的话，那将来量刑时你可就没有任何优势了。"

大概没想到宁博涛会这么直接，"小土豆"一脸意外的表情，他翻了翻那对小眼珠子，怔了怔，随即低头陷入沉默。宁博涛也不着急催促，让他自己先纠结一会儿，也给他时间权衡利弊。

半晌之后，"小土豆"似乎想明白了，主动打破沉默交代道："上个月14号下午，我给刘超打传呼，说想跟他借点钱。主要是我在农村待烦了，想筹点钱去外地闯闯。刘超说他这阵子手头也紧得很，然后反过来问我有没有什么路子一块弄点钱花。我顿时想到经常穿金戴银，看着手里有俩钱的三凤，就跟刘超说要不然想法子把三凤约出来，把她给抢了。刘超当即说这路子行，还说那些天天在舞厅里晃悠的娘们儿都贼有钱，多干几票也行。我说那就得一不做二不休把人都给做了，要不然早晚会暴露。刘超表示没问题，还说他晚上把单位的车借出来，做完之后把尸体扔到郊外去。就这么着，当天晚上刘超把三凤约到家里，两个人先睡了一觉，然后趁三凤躺在床上迷迷糊糊的时候把她给掐死了。

"之后，我们俩从她包里翻出五百多块钱，我拿了四百，剩下一百多以及三凤身上穿戴的金银首饰，还有传呼机什么的都留给了刘超。再之后，我俩喝了会儿酒，挨到下半夜1点左右，刘超开车拉上我出去抛尸。本来按计划是去郊区，但是半道上刘超憋泡尿，下车去尿尿，回车上后说街边有个马葫芦井，干脆把尸体扔井里得了。我一寻思也行，就按他说的办，把三凤扔井里去了。"

"谁动手杀的人？"宁博涛紧跟着问。

"是刘超，也是他把尸体扔进井里去的。""小土豆"使劲咬下嘴唇说。

"真的是刘超？"宁博涛盯着"小土豆"，加重语气追问道。

"真的，真的。""小土豆"连着点了两下头说。

"未必吧？"骆浩东突然插话，"从我们掌握的物证来看，三凤是被人戴着棉纱线劳保手套给掐死的，在这个过程中三凤有过挣扎，因此她的指甲将手套钩破了，而那只抽了线的手套，最终被我们在刘超的车里找到。更准确地说，手套是我们在车内副驾驶座位一侧的车门储物格里找到的。而你刚才说当时开车的是刘超，那么坐在副驾驶座位上的只能是你，脱掉手套随手放到身旁储物格里的也只能是你，那么动手杀人和抛尸的必然是你，对吗？"

"不……""小土豆"身子微颤，一时语塞，额头上瞬间冒出一层冷汗。

骆浩东看出端倪，继续说道："稍后，我们会采集手套里的皮屑，送去北京进行脱氧核糖核酸鉴定，从而便可以准确认定戴过那双手套的人，但是我们还是希望你能主动坦白，我们就不必再去北京折腾一趟，耗费不必要的时间。"

"这样吧，我们给你2分钟时间考虑，你自己来决定你的命运。"宁博涛虽然不太懂骆浩东说的那是什么鉴定技术，但是他懂得打配合。

"是我，是我干的，算我主动坦白行不行？""小土豆"的心理防线彻底崩溃，未及多想，忙不迭带着哭腔说道。

"行，算你主动坦白，那我就再给你个立功表现的机会。"瞅着"小土豆"的尿样，宁博涛脸上露出一丝不易察觉的微笑，"刘超现在跑了，你知道他有可能去哪儿吗？"

"他有个拜把子的哥们儿在南西市，也是道上混的，我估计他是投奔那哥们儿去了。""小土豆"举起戴着手铐的双手，蹭了几下额头上的汗珠说。

"怎么能找到那人？"骆浩东问。

"只知道他叫大勇，大名叫什么我不太清楚，好像是个开饭店的，应该好打听。""小土豆"说。

"行，那这问题先放一放，说说那个传呼机吧。"宁博涛说。

"那真是我从三凤手里收的，正主是谁我真不知道。""小土豆"哭丧着脸说，"好吧，其实我问过三凤传呼机是怎么弄来的，她跟我说是从一个老男人家里顺的，说是那男的想白睡她，她气不过，趁男人没注意，翻人家抽屉，看到一个传呼机，就偷偷藏到包里带走了。"

"这个男人的底细你还了解多少？"宁博涛问。

"我没问太细，就知道这么多。""小土豆"说。

瞅着"小土豆"的态度，倒也不像说假话，宁博涛歪着脑袋和骆浩东对下眼色，随即冲看守民警挥挥手，示意可以把人带走了。等"小土豆"的身影彻底消失，宁博涛起身冲骆浩东的肩膀扇了一巴掌，嘴里嚷嚷着说："行啊，小子，刚刚推理得不错。对了，那脱氧啥的鉴定，是真的假的？"

骆浩东呵呵笑道："我蒙他的，不过技术是真的，国外现在已经可以运用到实际办案中，只是咱们国内还处于研究探索阶段。"

总的来说，审讯算是比较成功的，基本上抓到刘超便可以结案。随后队里开会研究了一下，普遍认为抓捕刘超的风险不是太大，没必要兴师动众，便把去南西市的抓捕任务，派给了几个年轻民警。

至于王虹的失踪，就目前掌握的物证和线索来分析，大概率跟"小土豆"和刘超无关。如果属于王虹的传呼机真是三凤从别的男人家里偷窃而来的，意味着那个男人才是案件的真凶。接下来，要对在百花舞厅里与三凤有过接触的，以及曾经给三凤打过传呼的所有男人，逐一细致地进行排查，凶手非常有可能就隐藏在这些人当中。

第十三章

奸情败露

未曾遗忘

盛阳市，文明街道，文化路。

先前怀疑凶器有可能是"冰锥"之后，宁博涛和骆浩东第一时间赶去张冲开的画室，因为两人曾在上一次的走访中，亲眼看到张冲使用过冰锥。但是赶到画室后，两人却发现画室大门紧锁，向旁边照相馆里的人打听，说是张冲一早启程去北京观摩某位大师的艺术展了，估计来回得三五天。随后两人赶紧进行核实，确认张冲的确买了去北京的火车票，两天后在北京也的确有一场某大师的艺术展，如此看来张冲并非畏罪潜逃。两人一合计，也别打草惊蛇了，慢慢等吧，正好腾出些精力，放到三凤的案子上。骆浩东开玩笑说，这是老天爷帮他们合理分配办案时间，省得他们在两个案子上连轴转。宁博涛却没好气地回道："妈了个巴子，老天爷要是真开眼就该下个雷，把那些破烂玩意儿都劈死。"

在等待张冲返回盛阳的日子里，重案队迅速解决掉三凤的案子，而"王虹失踪案"也有了明确的排查方向，并圈定出嫌疑人的大致范围。刘美娜和谢春燕被杀，基本判定为同一凶手作案，目前在刘美娜的亲属和社会交往中还未发现可疑人员。曾经追求过谢春燕的"立哥"，以及案发当晚载过她的出租车司机，经调查均排除作案嫌疑。至于两名被害人之间的关系，目前未查到任何相关信息，如果非要说有那么一点点关联的话，那就是两个人的居住地都在晨西区春和街道辖区内，两个案发现场相距很近，直线距离也就五六百米。

如果两名被害人之间毫无关联，但是又被同一个凶手选中，那只能认为她们各自与凶手存在某种交往。以张冲来说，他与刘美娜的关系前面已经说得很清楚，那么他会认识谢春燕吗？答案是可能性很大。首先，他的画室和蓝豪演艺歌舞厅都开在文化路上，位置一个西一个东，直线距离也就三四百米；其次，骆浩东拿他的照片到"蓝豪"里询问，有个陪酒女孩指认出他，说在歌厅里见过他两三次，如此一来，张冲身上的作案嫌疑便又增大了。

张冲的北京之行非常愉快，因此多待了两天，来回足足用了一周。但是他未想到，刚刚回到画室，连行囊都没放好，警察就再次找上门来。

这一次宁博涛和骆浩东不像上次那么客气，直接亮出传唤证，并要求张冲提供他使用过的冰锥。这气势不仅把张冲搞蒙了，也让他产生过多联想，尤其警方要求他交出冰锥，似乎有刻意要把冰锥认定成凶器之嫌。张冲立马不淡定了，语无伦次地嚷嚷道："你们……你们这是要诬赖好人吗？破不了案想拿我顶雷是不是？"

"说的什么乱七八糟的，让你拿个冰锥你心虚什么？"张冲的胡嚷嚷，反让骆浩东更觉得他可疑。

"赶紧把冰锥交出来，跟我们走一趟。"宁博涛语气严厉地说。

眼瞅着两人态度坚决，张冲更觉得自己麻烦大了，稍微怔了下，然后支支吾吾地说："那个……那个……你们别抓我了行吗？我有……有证人。"

"什么证人？"骆浩东没太明白他的意思。

"时间证人。"张冲表情尴尬，声音很轻地说，"你们说的刘美娜被杀的那天晚上，我……我在一个大姐家待了一整晚。"

"什么大姐？"骆浩东还是没搞明白。

"你的情人?"宁博涛跟着问道。

张冲无声地点点头,随即解释道:"我上次没说实话,是不想给她惹麻烦,她有老公,有孩子,我跟她的关系要是传出去,她的家庭说不定就完蛋了。"顿了下,他又找补说:"我这人,算是比较好色,但从没想过要破坏别人家庭。"

"你还整得挺有情有义。"骆浩东嘲讽道。

"狗屁!"宁博涛冷哼一声,"你这号的我见多了,不就是想玩人家,还不想负责任,担心人家真离婚了,回过头再缠住你不放,是不是?"

"反正,算我求你们了行吗?找她核实的时候尽量低调,可以吗?"张冲满脸通红,哀求道。

"我们怎么做事,用不着你来教。"骆浩东没好气地说,"具体说说那天晚上的情形,还有那个女人的情况。"

"她叫姜杉,在五院(盛阳市第五人民医院)上班,是一名护士,老公在外地工作,女儿在南方上大学,她有个小侄女在我这儿上课,有时候她会帮忙接送,一来二去我们就好上了。那天下午,她呼我,说晚上在家里做几个好菜,让我过去聚聚,说她姑娘放暑假马上就回来了,以后就不方便了。之后,我在晚上8点多去了她家,怕去早了被她家邻居看到,然后一直待到第二天早晨6点多才回来。"张冲老老实实地说。

"她住在哪里?"宁博涛问。

"春和街小学东边有一片新盖的商品房,她住在30号楼1单元203室。"张冲说完,又补充说,"她今天轮休,应该在家。"

"那小区是不是叫向阳小区?"宁博涛闻言忽地皱紧双眉问。

"对,就是那里。"张冲肯定地回应道。

这就有意思了,姜杉和刘美娜竟然住在同一个小区,并且一个住在30号楼,另一个住在19号楼,相距只有几百米的距离,这难道仅仅是巧合吗？宁博涛想了想，不动声色地对张冲说："行吧，今天先不传唤你，但是冰锥我们得带走。你也不用多想，如果你没杀人，我们在那上面自然也不会验出什么，到时候会还给你的。"

张冲点点头，走到墙边的小吧台下面翻找一阵，随即拿出一只冰锥递向宁博涛。宁博涛从手包里掏出一个证物袋，示意张冲直接将冰锥放进去，然后将袋口封好交到骆浩东手上，紧跟着，像是随意一问，冲张冲说："蓝豪歌舞厅你去过吗？"

"去玩过几次。"张冲不假思索地说。

"这女的叫谢春燕，认识吗？"宁博涛从手包里取出一张照片，让张冲辨认。

"没什么印象。"张冲看了一眼照片，干脆地说。

宁博涛点下头，把照片放回包里，拉好拉链，把包往腋下一夹，冲骆浩东使了个眼色，两人随即一前一后走出画室。

从两三年前开始，盛阳市陆陆续续开始出现一些商品房小区，向阳小区算是开发规模比较大的，用的是老冶炼厂的地皮，几乎与工人村毗邻。

从画室出来，宁博涛和骆浩东第一时间自然是要去向阳小区找姜杉问话，以免张冲再找她串供。他们到了姜杉家门前，敲了一阵子门，一个年轻女孩从门里探出半个身子。女孩自称是这家的女儿，骆浩东便询问姜杉的去向。大概是觉得两个陌生的男子来势汹汹，姜杉的女儿只是盯着二人不言语。骆浩东无奈，只能亮明警察身份，正待继续追问，便见一个中年女子提着菜篮子踏着阶梯走上来，女孩冲来人轻声叫了声"妈"，二人便知道此人一定是姜杉了。

骆浩东再次表明身份，正要切入正题发问，看到宁博涛冲他递了个眼色，瞬间明白他的心意，便改口跟姜杉说想要进屋聊聊。姜杉不明就里，慌忙点头，把两人让进屋里。进到屋内，宁博涛又把姜杉的女儿劝回她自己的房间去，说想跟她妈妈单独聊两句。

"是不是我丈夫出啥事了？"姜杉一脸彷徨，抢先发问。

"没有，我们来跟你丈夫无关，是因为张冲。"宁博涛一脸严肃地说。

"为了张冲？"姜杉瞬间涨红了脸，下意识冲女儿房门望了眼，说话声音也轻了许多，"他……他怎么了？"

"你们俩的事我们都清楚了。"骆浩东接话道，"7 月 18 号晚上，他跟你在一起吗？"

"18 号……18 号……是，在我这里。"姜杉面色更加尴尬，稍微回忆下说。

"你真的确定？"骆浩东问。

"对，因为第二天孩子就回来了，那也是我们近段时间最后一次会面。"姜杉说。

"真的一整晚一刻都没离开过？"骆浩东加重语气又追问，因为确认这个时间线太重要了。姜杉和刘美娜住在同一个小区，张冲完全有可能趁姜杉不注意，溜出去把刘美娜杀了再返回来。

"嗯。"姜杉使劲点点头，轻声说道，"那天晚上，他折腾了我几次，中间真的没离开过。"

听了姜杉的话，两人都一脸掩饰不住的失望，憋到出了楼栋口，骆浩东忍不住开始吐槽，说这姜杉 40 多岁了吧，比张冲大了 10 来岁，这张冲是缺妈吗？宁博涛冷笑着说，估计那小子就好这口，刘美娜也比他大好几岁，当初他不也稀罕得不行不行的。形容他这种男的，有种说法叫啥来着……宁博涛一时想不起来，骆浩东帮他补充，叫恋母情结。

应该说，这次走访，两人已经尽可能做到低调。不管姜杉私生活如何，那也是她自己的问题，因为一个走访询问，把人家庭搞散了，宁博涛心里实在不落忍，但是以他的生活阅历，也很清楚这种事瞒不了多久。事实上确实如此。姜杉与丈夫长期分居两地，本身又特别爱打扮，年届中年，依然风韵犹存。这样的女人，就算是清清白白的，也会有无聊的人瞎嚼舌根子，何况她确实不太检点，周围那些"小脚侦缉队"早就盯上她了。那些人的警惕性，可比如今的"朝阳大妈"厉害多了，尤其"破鞋烂袜子"的事，是绝对逃不过他们的眼睛的。姜杉在外面养野男人了……姜杉把野男人招家里了……姜杉和野男人办事，把警察都招来了……很快，关于姜杉出轨的各种传言，便在小区周边散播开来。

理论上说，即使有姜杉的证明，也不能完全认定案发当时张冲不在现场。不过从他画室取来的那根冰锥上，技术队并没有发现可疑痕迹，而且创口试验比对也差点意思，明显冰锥的刃身要比真正的凶器长出不少。由此，张冲再一次被排除作案嫌疑。

如果张冲不是凶手，那又回到一个老问题上，凶手到底和两名被害人是什么关系？他是如何选中她们的？而眼下，在凶手未知的情形下，重案队只能继续深挖被害人的背景信息，或许在她们身上真的发生过什么不为人知的事情。于是李队吩咐下属，把谢春燕被杀一案的情况通报给她老家当地派出所，让派出所转告家属来一趟盛阳。一方面，按照相关规定，尸检完成后，若各方均无异议，十个工作日之后，家属就可以认领尸体；另一方面，家人肯定对谢春燕更加了解，或许可以提供有价值的线索。

队里打完电话，没想到中间只隔了一天，家属就赶到了。正好骆浩东待在队里没出去，李队便打发他去门岗处接一下人。到了门岗，骆浩东看到一个背着挎包的年轻男子，个子长得挺高，身材非常壮硕，一张脸胖嘟嘟的，看着很稚嫩，感觉也就 20 来岁的样子。他模糊记得谢春燕的资料上显示她有个弟弟，应该就是眼前的男子，结果近前一问，男子说他叫梁丰，是谢春燕的未婚夫。

骆浩东本来想把人带进队里，但梁丰一再坚持说要先看一眼谢春燕的尸体，怎么劝说都没用。实在拗不过他，骆浩东只好回队里请示，然后拿上车钥匙，载着梁丰去了技术队。到了技术队法医科，说明情况，张法医打发一个小助手带着两人去解剖室看尸体。

骆浩东不忍面对家属的哀号，便在门外等着，法医助手一个人带着梁丰进去解剖室。没承想，没过多大一会儿，他听到里面有人大喊他的名字，便赶紧冲了进去。结果看到尸体冷藏柜的抽屉大开着，梁丰昏倒在法医助手的怀中，法医助手一边费力地撑着，一边用另一只手的大拇指使劲按着梁丰的人中。

骆浩东赶紧跑过去，蹲着把梁丰接到自己怀里，语无伦次地说："这怎么了，刺激过度了？是不是得上医院？别有个心脏病啥的。"

骆浩东正嚷嚷着，梁丰眼皮突然动了动，继而缓缓睁开双眼，轻轻吐出一口气，喃喃道："不用，是累的。接到你们的电话，我立马动身了，没买到坐票，站了一天一夜。"

"真没事吗？"法医助手不放心地问，"要不然到科里喝点热水去？"

"没事。"梁丰轻摇下手。

骆浩东站起身，把梁丰扶正，说："那这样，你先跟我回队里，我给你弄点吃的，顺便也有些关于谢春燕的事情想问问你，行吗？"

梁丰无声地点点头。骆浩东扶着他，与法医助手别过。

回到队里，已经过了午饭时间，骆浩东懒得出去买，东拼西凑从其他民警手里划拉来两袋华丰方便面、一袋榨菜、一罐豆腐乳以及何兵贡献的两根火腿肠，足够梁丰凑合吃一顿。泡上方便面，倒上一大杯茶水，等着梁丰吃饱喝足，骆浩东才开始转入正题。

"你在老家知道谢春燕在盛阳做什么工作吗？"骆浩东问。

"先前根本不知道，我要是……"话说到一半，梁丰便不忍再说下去，显然当地派出所向家属通报过案情，梁丰已经知道谢春燕做了陪酒小姐。沉默了好一会儿，梁丰略微有些哽咽地说："当初说好了的，家里两边老人身体都不好，我留下照顾，春燕出来挣两年钱，回去我们就结婚。可怎么也没想到，她……她会干那种勾当。"梁丰突然用双手捂住脸颊，呜呜地哭出声来。

骆浩东拿来一沓手纸让梁丰把眼泪擦干，等着他情绪稍微平复些，又继续问道："谢春燕平时给你写信吗？还是会打电话？"

"一开始是写信，后来她给我留了个传呼机号。"梁丰说，"我们村部有台电话，每个月我都会借村部电话呼她一两次。"

"她有没有在聊天中提过什么特别的人或者事情，比如认识了什么人，遇到了什么不顺心的事？"骆浩东问。

"没有，她一直说她过得挺好的，让我在家安心照顾老人，等着她回去。"梁丰说。

"那我再冒昧问一句，"骆浩东斟酌着话语问，"谢春燕做过什么不光彩的事情吗？比较隐秘，很少人知道的那种。"

梁丰低头思索了一会儿，然后抬起头，吞吞吐吐地说："那个……那个人流算吗？"

"人流？"听到梁丰提到这两个字，骆浩东脑海中瞬间浮现出谢春燕小腹上的"剖腹产疤痕图案"，这两者都与孩子有关，似乎是有某种关联，便追问道，"具体说说，是怎么回事？"

"孩子是我的，那年我们俩初中刚毕业，不敢告诉家里，我跟几个发小凑了点钱，带她到县里找了个诊所把孩子打了。"梁丰说。

"都有谁知道这回事？"骆浩东问。

"没多少人知道，就我那几个发小，连春燕爸妈都不知道。"梁丰说。

"那几个发小现在还在村里吗？"骆浩东问。

"有两个在村里，还有两个出去打工了，听他们家里人说，现在一个在广州，另一个在福建那边，但是也好多年没联系了。"梁丰说道，"在广州的叫刘家声，在福建的叫王博。"

骆浩东将两人的名字写在记事本上，又在旁边写下"人流"两个字，一时之间也琢磨不出其中会有什么渊源。片刻之后，他像突然想起了什么，轻轻拍下桌子，拉开抽屉，取出一张明信片，举到梁丰眼前问："这种明信片你见过吗？"

"这明信片怎么了？"梁丰下意识地问。

"凶手留在案发现场的，似有所指，我们认为可能跟你对象谢春燕有关。"骆浩东解释说。

梁丰听完，主动将明信片拿在手中，仔细打量一阵，看到风景画上的标注，连忙说："哦，这是皇陵公园，春燕去玩过几次，她跟我提过，还说去过清宫和大帅府，和姐妹们照了很多照片，准备等回去了拿给我看。"

"她提过明信片方面的话题吗？"骆浩东问。

"那倒没有。"梁丰将明信片交还给骆浩东。

骆浩东将明信片收回抽屉里，想了想，觉得案子方面没啥可再问的，便换上关切的语气说道："你准备在这边待几天？"

"看政府怎么规定的吧，反正我得等着春燕尸体火化了，把骨灰带回老家去。"梁丰说。

骆浩东从笔录本上撕下一页纸，写下队里的电话，抬头看了眼梁丰，又觉不忍，把自己的传呼机号也写了上去，递给梁丰说："你人生地不熟的，有什么需要我们帮忙的，你可以打队里的电话，也可以打我的传呼。"

梁丰连声道谢，把纸小心折好，放到背包里。

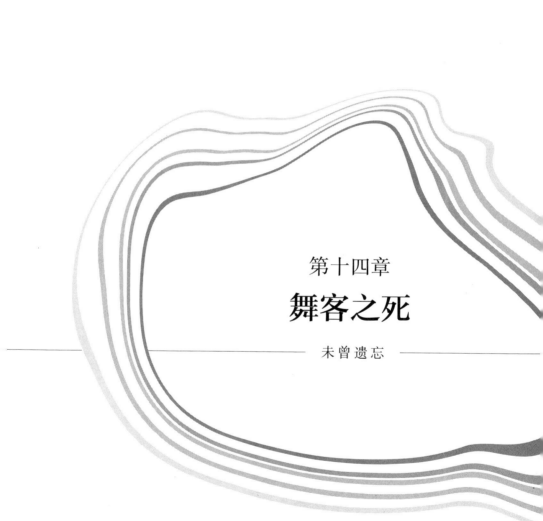

第十四章

舞客之死

未曾遗忘

远赴南西市执行抓捕任务的几名干警，押解着刘超顺利返回盛阳市。与先前判断的一致，抓捕刘超的过程并未经历太多波折，三凤被杀一案得以正式结案。但三凤身上的使命仍未终结，因为她极有可能接触过"王虹失踪案"的相关嫌疑人，两人也极有可能是在百花舞厅中勾搭上的，所以重案队决定继续围绕百花舞厅进行摸排。

　　王虹失踪至今已快三个月了，从以往的经验上判断，她应该已经被杀了，如果被三凤顺走传呼机的那个男人就是凶手的话，那他为什么没有杀三凤呢？是因为三凤在百花舞厅里算是有点小名气，他不确定带走三凤时有没有人注意到他，还是说他仅仅是觊觎三凤年轻漂亮的外表，想睡她一次而已？又或者是搞错了对象，睡三凤的，杀王虹的，根本不是一个人？可传呼机又是怎么一回事？

　　调查对象有可能搞错，那调查方向是不是也错了？这么多天，重案队明着暗着在百花舞厅里排查，不可能不让凶手警觉，他如果还想再次劫财的话，出于避险心理，应该不会选择继续留在百花舞厅里，而是另寻他处，去别的舞厅物色目标才对。

　　冷静下来细细反思，骆浩东突然觉得好像哪儿哪儿都不对了，便赶紧找到宁博涛表达了自己的担忧。宁博涛认为他说得有道理，尤其是调查方向上的问题，又拉上他去找李队汇报。李队也正在为案件调查工作推进得不顺利而发愁，听完二人的汇报，豁然开朗，立马召集骨干人员开会，研究讨论调整调查方向和策略。

但似乎已经迟了，有男子去分局报案，声称自己老婆从昨天傍晚离开家去舞厅跳舞，至今已经失联近 20 小时。打传呼没有回应，朋友和闺密也不知道她的去向，报案人很担心自己老婆的安危。分局知道重案队手头上正在查一起舞客失踪案，便给李队打电话说明情况，李队赶紧让分局把报案人送到重案队来。

报案人叫蒋哲，他老婆叫周淑琴，现年 44 岁，在银行工作，喜好跳舞，业余时间大都耗费在舞厅里，最常去的舞厅叫"白云舞厅"。蒋哲还说，昨天晚上他因为应酬，陪朋友打了通宵麻将，一大早回家没看到周淑琴，而且感觉她昨夜并没有回家，打电话给单位，单位表示她没来上班，他自己找了一大圈，一点消息都没有打探到，便只好报警了。

从照片上看，周淑琴人长得漂亮妩媚，工作很好，经济宽裕，丈夫做点小生意，平时爱打麻将，两个人谁也不管谁，各玩各的，也没有孩子牵挂，周淑琴自己可支配的时间比较充裕。这些个人特征，似乎与王虹存在一定的重合，重案队不免开始怀疑，劫杀王虹的凶手，可能又出来作案了。

不过周淑琴的丈夫蒋哲，心中却已经有了嫌疑人选，一口咬定是刘万江绑架了周淑琴。还说这个刘万江是周淑琴的前夫，平时爱喝酒，人很暴力，还因打架被判过刑，服刑期间周淑琴通过诉讼跟他解除了婚姻关系，随后不久改嫁给蒋哲。刘万江因此怀恨在心，出狱后三番五次找周淑琴麻烦，还通过各种威逼手段将两个孩子带走，前阵子因为索要抚养费的问题，他还叫嚣过说要杀死周淑琴。

客观地说，目前尚无法确认周淑琴的失踪与王虹案有关，所以蒋哲提供的线索也并非不可能，周淑琴的前夫刘万江是有作案动机的。趁着案件还热乎，李队吩咐队里所有民警，暂时把手里的案子都放一放，集中精力先把周淑琴这个案子的性质搞清楚，若真与前案相关，或许能够借此打通整个案件。

刘万江，现年 46 岁，原来是盛阳水泵厂的维修工人，常年驻外做售后服务，某日因有工友说他妻子出轨的闲话，刘万江愤而将工友的左眼打残，事后不仅被工厂开除，也因此被判处有期徒刑三年，于 1991 年 6 月刑满释放。获刑前，刘万江与周淑琴以及一双儿女住在工人村中，房子是水泵厂早年分给刘万江的，是一个带着小院的两间平房。在他坐牢期间，妻子与他离婚，带着一双儿女住到蒋哲家里。刘万江出狱后，两人经协商，将抚养权做了变更，一双儿女跟随刘万江又回到他们最初的家。刘万江目前在工人村农贸市场的门口开了个修鞋铺子，是家传的手艺，他有个叔叔早年是有名的鞋匠。

骆浩东和何兵找到修鞋铺时，才下午 3 点多，修鞋铺子竟然关着门，似乎是提早下班了。向旁边卖报纸的打听，说是刘万江带着孩子回乡下上坟去了，前天下午走的。继续追问，卖报纸的说听刘万江提过，上坟的地方叫台山村，那里也是刘万江的老家。

台山村属于盛阳市西部郊区，距离市区 40 多千米，是一个少数民族村，以种植水稻为生，人口也就一千多。村子虽不大，但他们也总不能像没头苍蝇似的乱找一通，骆浩东和何兵驱车 40 多分钟来到村里，直接把车开到村部，一打听，还真有人认识刘万江。刘万江是在台山村出生长大的，20 多岁才顶替父亲进城到水泵厂上班，现在爸妈都不在了，有一个弟弟和一个妹妹，目前还住在村里。

村部的人听说是城里来的公安要找刘万江，专门派了个人给两人指路。也就三四分钟的车程，两人在一个距离胡同口很近的农家小院前停下车。院门没关，两人走进院里，看到一个身子细瘦的中年男子坐在葡萄架下，手里拿着一本书，一边喝茶，一边入神地看着书。听到响动，男子转过身来，眼见二人面孔陌生，穿着打扮也与本村村民不同，面色陡然变得疑惑起来。

"你们是？"中年男子将手中的书放到茶桌上，缓缓从小木凳上站起身来，略显拘谨地问。

"我们是刑警队的。"骆浩东走上前问，"你是刘万江？"

"对，是我。"中年男子神色更加疑惑，"你们找我有啥事吗？"

"你前妻周淑琴失踪了。"何兵盯着刘万江，直截了当地说。

"啊，什么，她失踪了？"刘万江大惊失色，差点把手中的茶杯丢到地上，须臾，极力保持着镇静问，"那你们来找我干啥？专程来通知我这个消息的？"

"你哪天回村的？"骆浩东问。

"13号（8月13号），也就是前天回来的，回来给老人上坟。来，来，别站着了，过来坐着聊。"刘万江稍微缓过些神来，赶忙请两人到葡萄架下落座，又进屋子里取来两个茶杯，将茶水倒满，让二人先喝口茶再接着聊。

大夏天的，一路奔波，两人喉咙里早冒火了，便没推辞，共同举杯，一饮而尽，顿觉畅快许多。

"这房子1980年那会儿翻修过一次，一晃又十多年了，房梁上的瓦早不行了，月初那场大雨一下，里面都漏得不成样子。"刘万江瞅着自家的三间瓦房，一脸感慨地说，"往年上完坟顶多住一天就回去了，今年赶上我弟家盖门房，说顺便也给我这房子修修，就多待了几天。"

"那昨天晚上你也一直待在村里？"骆浩东切入正题问。

"对啊，天热，农村蚊子又多，大家都睡不好觉，我回来这两天，我弟他们还有周围邻居天天晚上过来打扑克，一打就是半宿。"刘万江面色坦然，苦笑一下，说，"你们不会觉得是我把周淑琴绑架了吧？"

"你难道没想过吗？"何兵试探着问，"你和周淑琴之间的事情，我们已经了解清楚，你心里难道不记恨她吗？"

"记恨归记恨，但也没到非要报复的份儿上。"刘万江轻描淡写道，随即又带些自嘲地说，"其实，我心里更多的是懊恼，觉得很对不起我的工友，他说得没错，周淑琴确实很早就和那个奸夫勾搭在一起了。"

"但据我们了解，前段时间你曾扬言要杀了她。"何兵继续试探着说。

"肯定又是那奸夫瞎挑拨，当时只是话赶话而已。"刘万江解释说，"那天周淑琴带着东西到铺子里来，说姑娘马上要上高中了，她给姑娘买了身衣服和一双运动鞋。我心里虽然有气，但也没拦着，默许她把东西放下。然后她走的时候，我跟她说了句下不为例。结果她身边那奸夫来劲了，说我没有权利阻止周淑琴关心孩子，还说有本事连孩子抚养费也别要。我一听立马火就上来了，说不要就不要，然后顺嘴又说了句'让周淑琴以后离孩子远点，否则我就杀了她'的气话。"

刘万江的解释倒很合情合理，但从他的只言片语中，骆浩东还是能察觉到，他心里怨气颇重。提到前妻时，直呼全名，表情冷淡，提到蒋哲时，咬牙切齿，一口一个奸夫叫着，显然并非如他嘴上说的那般释然。不过关于案发当晚行踪的问题，他应该没有撒谎，如果真是谎言，在村里随便找人问问便能戳破，实在犯不上。

既然案件与刘万江无关，那就没必要过多在他身上浪费时间，骆浩东拉着何兵起身告辞，顺便打量了一眼放在桌上的书，好像是一本探案小说。随即两人向院外走去，正要走出院门之际，与一对少男少女擦肩而过，骆浩东回头见刘万江对两人态度亲昵，估摸着那就是他的一双儿女了。

　　两人回到队里，天已经完全黑了，几位年轻民警正围在一张办公桌边吃饭，桌上放着一大盆挂面，显然他们也是刚回来，李队让食堂给他们开了小灶。骆浩东也凑过去盛了一碗，何兵因为惦记前几天犯高血压的老父亲，说要回家看看去，饭没吃就走了。

　　骆浩东一边端着饭盒吃面，一边四下寻摸，还特意晃悠到队长办公室望了望，里面只有李队一个人在，并未看到宁博涛的影子。一位民警看出他的心思，跟他说宁博涛还没回来，他们在白云舞厅里转悠一下午，啥线索也没问出来，宁博涛有些不甘心，便把他们先打发回来，说他自己想在舞厅里再待会儿。这民警还说外围调查也没啥收获，昨天晚上没人注意周淑琴是什么时候到的舞厅，又是什么时候走的，而且问了几个跟周淑琴关系特别好的闺密，都说她在外面没有情人。骆浩东听完，把饭盒里剩下的面条吃完，然后问那民警他们吃完饭之后干啥。民警说李队安排他们排查夜班出租车，尤其是经常在白云舞厅和百花舞厅附近转悠拉客的。骆浩东便问能不能先把他捎去白云舞厅。民警说没问题。

　　吃完面，一众人从队里出来，大概 20 分钟后，民警在白云舞厅门前把骆浩东放下。骆浩东一眼看到队里的新捷达车停在路边，车里面忽明忽暗的，显然宁博涛正坐在里面抽烟。他直接走到副驾驶的一侧，打开车门坐进车里。宁博涛显得有些意外，但也未过多纠结，只是问他刘万江查得怎么样了。骆浩东便将自己和何兵到台山村走访的过程一五一十汇报了一遍。

　　随后，车里大概沉寂了 10 分钟，气氛稍显沉闷，骆浩东抬腕看看表，忍不住没话找话说："都 8 点了，你不会就想这么一直坐着守株待兔吧？等着看凶手会不会再把女舞客骗出来？"

　　宁博涛轻轻哼了一声，吐出一口烟圈说："按照凶手的套路，他应该不会这么快再犯案的。"顿了下，他又半开玩笑地说："其实我只想安静地坐会儿，感受感受舞厅这边的地气，想想咱们要抓的凶手到底是个啥样人。"

"咱俩想一块了，我过来也是为这个。"骆浩东跃跃欲试道，"从台山村回来这一路，我老琢磨一个事，就像你刚刚说的，咱们好像从未坐下来认真研究一下凶手到底是怎样一个人。所以，我觉得咱们现在案子推进缓慢的原因，主要是对凶手缺乏一个明确的定位，排查走访时心里一点底都没有，纯属在碰运气，太被动了。而且，从一般人的心理来说，听说咱们在找杀人凶手，那肯定下意识就会往那些穷凶极恶的地痞流氓身上想，可如果凶手不是那样的呢？"

"那你的意思是？"宁博涛歪着脑袋看向骆浩东问。

"我的意思是咱别坐着感受地气了，应该进舞厅里实际感受下氛围，只有真正融入进去，才能知道那些人的所思所想，包括凶手的，也包括那些女舞客的。"骆浩东表情认真地说。

"那行，走呗。"宁博涛把烟屁股捻灭到车里的烟灰盒中，接着推门下车，支支吾吾地又说，"那什么，门票钱你先垫着，回头找老李报销。"

骆浩东跟着下车，哭笑不得地说了句："抠门。"

正值 8 月中旬，几乎是盛阳市一年中最热的时候，即使夜间温度也没见降多少，坐在车里自然更加闷热，所以冷不丁进到舞厅里，被空调冷气一吹，两人瞬间感觉还有点冷。

舞厅里灯光昏暗，需要站在门口适应一会儿才能看清周围的人群。骆浩东最近因为办案出入舞厅比较频繁，以往却极少踏足此类场所，像眼下这种放松心情来体验舞厅生活的机会更是第一次，与先前办案时的心境自然是大相径庭。办案时，眼里全是大老爷们儿，而此刻，眼里全是美女。

舞厅里美女确实多，个个妆容艳丽，穿搭时尚，花枝招展地坐在舞池周边的椅子上。而男舞客则绕着舞池边一圈一圈地转悠，视线挨个从女舞客脸上扫过。这好似一个约定俗成的规矩，没有孰轻孰重，也没有谁对谁不尊重，是一个双向选择的过程。男舞客看到合眼缘的女舞客，便会上前发出邀请，女舞客要是感觉男舞客还不错，那自然会应邀下场，不喜欢的话便会礼貌拒绝。

骆浩东和宁博涛随着人群慢慢溜达，没承想没走多大会儿，宁博涛先出手了。只见他向一个穿着黑色小碎花连衣裙的年轻女舞客走过去，单手背后很绅士地做出一个邀请动作。那女舞客个子不高，圆脸，大眼睛，皮肤白皙，留着中短发，发尾稍微有些烫卷，看着端庄恬静，有种小家碧玉的感觉。骆浩东在心里暗笑，这老家伙原来喜欢这种类型的女孩，眼光还不错，不过也不看看自己那张鞋拔子脸，这么好的女孩能搭理你？不过很快他发现自己错了，那女孩对宁博涛的邀请丝毫没有犹豫，立马伸出白皙的小手，任凭宁博涛牵入舞池之中。等到二人开始翩翩起舞，骆浩东才发现宁博涛这老家伙竟然是隐藏的"舞林高手"！舞步娴熟，身姿优美，一板一眼都透着专业，那女舞客舞技也是不俗，姿态流畅柔美，动作舒展大方，与宁博涛简直珠联璧合，很快他们便成为舞池中颇受瞩目的一对。

这一晚上，宁博涛又是华尔兹，又是伦巴，又是探戈舞的，换着花样跳，可谓如鱼得水，high 翻全场。一直到夜里 10 点 30 分，舞厅歇业，老家伙还意犹未尽，一边往舞厅外面走，一边哼着小曲，更气人的是，不时有女舞客凑过来跟他打招呼，嘴里都说着明天还来。骆浩东心说，这谁能想到，在队里神鬼厌弃的"拧巴涛"，在这个晚上竟做了回"舞林王者"。

回到车上，骆浩东由衷地赞叹道："宁哥，真没想到，你舞跳得那么好，花样还会那么多，简直太有魅力了！你应该在队里也多展示展示，让那些小警花好好看看，保准很快就能解决你的单身问题。"

"不稀罕理她们，那些小年轻懂啥叫魅力？"宁博涛兴奋劲显然没过，扬扬自得道，"我跟你说，老哥我当年在部队里是正儿八经的文艺标兵，唱歌跳舞都只是基本功，不算啥。"

骆浩东笑笑，把话题转到案子上："我原来觉得，经常混迹于舞厅里的女舞客，多是三凤那种不靠谱的女人，但我刚刚经过深度体验和广泛观察，发觉其实舞厅里男男女女都挺纯粹的，没有太多的歪心思，大多数人是本着认识新朋友以及交流舞技的目的而来，尤其舞技好的，特别受欢迎。并且，几乎每个人都盛装出席，家里值钱的东西也都会戴在身上，像什么金项链、金耳环、金戒指、金手镯、名牌手表等等，甚至传呼机都是标配，当然这就会让一些居心叵测、心术不正的人看到发财的机会。"

"赶紧说凶手。"宁博涛嫌弃骆浩东扯远了，催促说，"这一晚上，有心得了吧？"

骆浩东点点头，继续说："好。说到凶手，那得先从王虹和周淑琴说起。这两个女人身上具有共同的特质，漂亮、成熟、有钱、阅历丰富，那么这样的女人会被什么样的男人所征服，而且是在极短的时间内？就拿周淑琴来说，她很有可能在昨晚才跟凶手结识，可她不仅迅速为之倾倒，还放心大胆地跟着人走了，充分说明凶手有足够的人格魅力。展开来说：第一，我们要考虑舞厅娱乐的因素，这个人的舞技一定非常出色。第二，能够同时被两名自身条件非常好的女人看上，想必这个人的外貌应该很周正，个头也不会矮，在舞厅里给人的印象是成熟、稳重、绅士，但也不缺乏男子气概，年龄至少 40 岁。第三，这个人实际生活中经济状况很一般，但外在表现出来的样子会让人觉得很有钱，出手大方，经常会在舞厅里请女舞客喝东西，且不计回报。第四，咱们排查过很多出租车，但并没有人提供出相关线索，说明凶手应该有一辆车，有足够能力把女舞者悄无声息地从舞厅里带到某个地方。并且，为了展现他自己的高素质，那应该是一辆里外都非常干净的小轿车，但车不一定是他的，可能是借朋友的。第五，这个人应该有单独居住的空间，很可能与妻子离婚或者丧偶，作案现场应该就在他的家里。第六，这个人在舞厅里有一定的号召力，可能近一两个月才在白云舞厅中出现，但迅速征服了其他舞客，提到他很多人都认识，这也是为什么他能在短时间内博得陌生女舞客信任的原因之一。就好像你今天晚上，虽然大家都愿意和你跳舞，但是如果你想把人约走，恐怕没那么容易，因为她们不熟悉你，心智成熟的女人不会贸然跟你走。"

"行啊！这大半夜的舞我没白跳，你这分析得太像样了！"宁博涛认真听分析，不由得夸赞说，"咱现在马上回队里，你把刚刚说的这几点，赶紧汇总写份报告，明天发到大家手里，后面就按照你说的这几点查。"

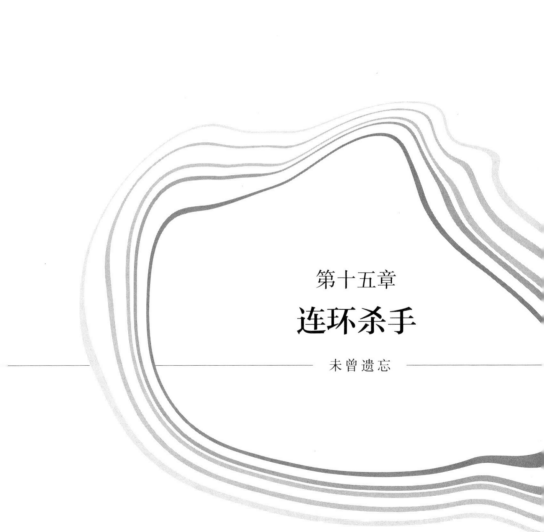

第十五章

连环杀手

未曾遗忘

骆浩东针对"女舞客失踪案"凶手的一番分析，不仅博得宁博涛的赞许，李队和队里其他民警也都觉得很靠谱，由此案件有了更明确的排查方向。不再需要多方走访，队里人手不足的局面稍有些缓解，但是容不得多做喘息，李队立马又把这些人调派到春和街的案子上。

　　"春和街的案子"，若真如张法医所推测的那样，凶手是所谓连环杀手，那对重案队来说是个全新的挑战。在以往的办案中，被害人身源、作案动机、案件特征，都能起到非常重要的指向性作用，可听张法医说的那意思，在变态连环杀人案中，这几点都不具备现实意义。也就是说，常规的办案方法，对连环杀手来说，很难找出他真正的犯罪诉求，只能被动地等待他犯错，才有可能将他抓获。

　　鉴于两起案件均发生在春和街道，推测凶手或许也经常在春和街一带活动或者居住，因此重案队将街道辖区内的前科犯罪人员作为首要排查对象，同时加派人手和扩大范围，对两名被害人的社会关系进行更细致的排查，争取尽快找出凶手的作案动机，以及两名被害人之间的联系，或者她们分别与凶手之间的联系。这期间，骆浩东帮助第二个被害人谢春燕的未婚夫梁丰协调好了尸体火化事宜。梁丰对此十分感激，带着谢春燕的骨灰回到老家之后，特意给他寄来一大麻袋当地特产黑木耳表达感谢，还给队里打电话反复叮嘱骆浩东，说日后案子要是破了，一定要第一时间通知他。挂掉电话，骆浩东想起梁丰之前提过，说谢春燕曾多次去皇陵公园游玩，而且在那边照过很多照片，便找到先前与谢春燕合租的女孩索要。女孩倒是很配合，任由骆浩东全部取走，但仔细研究过后，骆浩东却并未在那些照片中找到有价值的线索。

面对眼前的局面，骆浩东在心里暗暗着急。明明知道大家有可能在做无用功，但又给不出好的建议，资料室和图书馆他反复去查过，发现国内对同类案件的资料和文献，几乎是一片空白。迷茫之际，他想到曾经跟张法医探讨过一部此类型的外国电影，而且张法医提到过主角的原型，来自一个现实存在的连环杀手。叫什么来着？对，叫泰德·邦迪。张法医会不会对这个泰德·邦迪有更多了解呢？抱着一丝希望，骆浩东立马去技术队找张法医求教，答案正合他意，张法医确实在专家报告中听过泰德·邦迪的生平故事。说这个泰德·邦迪家境非常不好，连自己的亲生母亲是谁都不知道，但长得一表人才、风度翩翩，智商也超高。上大学期间，他曾经跟一个富家女交往过，虽然他很努力想保持这段关系，但最终还是被抛弃。此后，他接连杀害 30 多名妙龄少女，其中绝大部分是学生，有高中生，也有大学生，而这些学生无一例外都有一头如他那个女友一样的金色长发。

泰德·邦迪的故事给骆浩东带来一些启示，让他意识到原来连环杀人犯选择被害人也是有标准的，但这种标准或许并不具备现实意义，又或许并不是特别显眼的那种。想想目前的两个被害人，除了皆为漂亮女性之外，再就是都住在春和街辖区内，其余的好像就没什么关联了。再往深了想，这两人好像都是普通人眼中私生活不够检点的女人。刘美娜本质上或许并非如此，但是传言已经把她塑造成那种女人，她的所谓风流韵事不仅在学校里尽人皆知，在社会上也传得沸沸扬扬。谢春燕虽然卖笑不卖身，但陪酒小姐的职业着实不够光彩，甚至有人会直接把她们与妓女画上等号。难道说凶手杀死她们真的就是因为这一点？可如果说凶手作案是为了惩罚放荡女性的话，那么他应该在尸体上表现出一些与性爱有关的暗示吧？而事实上凶手并没有，反而暗示的是被害人的死与剖腹产和皇陵公园的明信片有关。

骆浩东的分析到底是对还是错，现实很快给出了答案。

1993 年 8 月 30 日早晨 6 点 08 分，位于盛阳市晨西区春和街道 5 路公交车站附近，一间公共厕所里出现一具女尸，是一名环卫工人打电话报的警。

案发在公厕女厕进门不远的地面上，被害人仰躺在血泊之中，脸上和脖子上都有被锐器刺伤过的痕迹，身上穿了一件粉色的雪纺连衣裙，搭配肉色丝袜，以及黑色高跟鞋，肩上斜挎着一个黑色的小坤包，看得出有精心做过打扮。

法医初勘完现场表示，死亡时间在昨夜，也就是 8 月 29 日晚 10 时许，背部有多处刺创，应该同谢春燕一样，致死原因系来自背后的偷袭。同样地，在被害人小腹部位，凶手用锐器刻下了一个类似剖腹产疤痕状的图案。也同样地，在被害人随身携带的女士小坤包中，找到一张印有皇陵公园风景画的明信片。现场被凶手用清洁工放置在厕所门口的拖把清理过，因此没有发现与其相关的痕迹线索。

张法医将明信片拿给骆浩东和宁博涛辨认。这一次明信片上的风景画，选取的是皇陵公园中的"牌楼"，也同样是公园中标志性的古建筑之一。而这张明信片下方标注的发行编号 1987（0801-0010-03）表明，其与前面两起案子中出现的明信片是出自同一个套系的。并且在这张明信片背后，凶手同样用歪七扭八的字体，写有一段寄语——"*上帝在天国之中，世界秩序井然！*"

很明显了，事实已经摆在眼前，该案与前两起案件为同一凶手所为。

与此同时，骆浩东的心情要更为复杂些，说不清是欣喜还是悲哀，因为这一次的案件，不仅印证了张法医关于连环杀手的判断，也印证了他对作案动机的判断。凶手连续作案的目的，就是要惩罚私生活不检点的放荡女子，因为眼前的被害人并不陌生，正是背叛家庭跟张冲出轨的姜杉。

死的是姜杉，案发现场在 5 路公交车春和街站附近，而 5 路公交车会途经文化路，并且在张冲的画室附近设有站点。从案发现场区域、案发时间点、被害人姜杉的着装打扮来推演，姜杉昨夜很有可能去画室见过张冲，随后她坐末班公交车回来，下车后因尿急进公厕中方便，凶手跟踪在她身后将她刺死。那这个凶手会不会是张冲呢？宁博涛吩咐何兵去 5 路公交车调度站，找寻昨夜开末班车的司机，询问相关线索，他自己则要与骆浩东再一次去会会张冲。

5 路公交车春和街站点设在辖区一条主路上，听说有人在公厕里被杀了，一大早坐公交车的，附近做买卖的，都跑过来看热闹。这些人里三层外三层地围在警戒线外，害得宁博涛好一顿嚷嚷，才和骆浩东从人群中挤出来。骆浩东倒没太留意到围观群众有那么多，只是机械地跟在宁博涛身后，整个人仍沉浸在明信片背后的那句寄语上。

"上帝在天国之中，世界秩序井然！上帝在天国之中，世界秩序井然……"骆浩东反复嘟念着。

"愣着干啥，赶紧走啊！"宁博涛见骆浩东失神地站在原地，没好气地催促道。

"上帝在天国之中，世界秩序井然！上帝……"骆浩东又轻声嘟念一句，然后咂了下嘴巴，试着说，"我有点想法，你说凶手的这条寄语，有没有可能跟宗教信仰有关系？"

"跟宗教无关，是一本小说中的经典句子。"一个男人的声音，从骆浩东背后传来。

骆浩东猛回头，看到一个背着帆布包的年轻人站在身后。年轻人长得高高瘦瘦，浓眉大眼，面相很端正，只是面色稍显苍白，看上去有些疲倦。骆浩东上下打量一番，估计这年轻人刚刚也在围观的人群当中，不经意听到了他的自言自语，所以跟了过来，便追问道："你说的是哪本小说？"

"'上帝在天国之中，世界秩序井然！'这句话出自阿加莎·克里斯蒂的侦探小说《ABC谋杀案》。"年轻人轻声回应道。

宁博涛也被吸引过来，冲年轻人追问道："你是阿加莎的书迷？"

"没有，只是看过这一本，对那句话有点印象，但家里有很多她的书。"年轻人笑笑说。

"那你听听这话，在没在她的哪本书里看到过。"骆浩东赶紧拿出记事本，翻找几页念道，"'知道我在想什么吗？你马上就要告诉我了，还值得我费劲去猜吗？'这话听过吗？"

年轻人摇摇头，苦笑着说："我说了，只看过那一本。"

骆浩东也无奈地笑笑："行，那谢谢你了。"

年轻人被打发走，宁博涛立马来了精神："有没有可能那三段话，都出自那个阿加莎啥的书？"

"太有可能了。"骆浩东赞同道。

"那凶手是模仿小说中的某段情节在作案吗？"宁博涛又问。

"也有这个可能。"骆浩东迟疑一下，疑惑地说，"可他又是图什么呢？是因为太过痴迷书中内容，走火入魔了？"

"这点稍后再研究，咱现在赶紧走，先会会张冲，接着去图书馆，把那个阿加莎啥的书都找出来研究研究。"宁博涛说着话，大步流星地向停在街边的捷达车走去。

骆浩东缓步跟着，脑子里仍琢磨着凶手为什么要借用小说中的经典句子和桥段来杀人，便没太注意前面的路，一个不留神，一只脚磕到了马路牙子上，差点被绊个跟头。而就在这一晃神的瞬间，他蓦地想起刚刚那个年轻人好像在什么地方见过，回头再找，年轻人已然没了踪影。

说起张冲，也不知道是最近走霉运，还是祸害女性多了遭报应，恐怕这一次彻底跟案子脱不了干系了。案子的三个被害人中有两个跟他有过交集，而且第三个被害人姜杉不仅是他的情人，还做过他的时间证人，甚至昨夜，也就是被杀当晚，极有可能和他见过面。先不说别的案子，单说姜杉的死，警方绝对有理由怀疑和他们这次会面有关。

从现场出来，骆浩东和宁博涛立即赶往张冲的画室，本来离得也不远，所以不到 10 分钟两人已然站在画室门口。宁博涛示意骆浩东敲门，但敲了好一阵子，里面一直没有回应。想来可能时间太早了，张冲还没起床，在二楼听不到。两人又去隔壁照相馆打探，照相馆已经开了门，老板晚间也住在店里。据他反映，昨天半夜隐约听到画室里有人在吵架，而且不时传出一个女人的哭声。

鉴于照相馆老板提供的新线索，张冲实属重大嫌疑人，就不能只是简单问话，必须带回队里正儿八经地审一审，而且需要对他的画室进行全面彻底的搜证。骆浩东回过头赶紧再去叫画室的门，这一次是连拍带踢再加喊，如此持续了几分钟后，里面终于有动静了。

画室的门被从里面打开，张冲穿着大裤衩和老头衫，头发乱糟糟的，眯着眼睛，带着一身酒气站在门里。看到门外站着的是宁、骆二人，抬手揉了揉眼睛，闪开身子，扬扬手，将二人让进画室。

宁博涛冲骆浩东使了个眼色，示意他到二楼去查查看。张冲有所察觉，显得不大高兴，觉得没经过他同意，便用身子挡住楼梯口。骆浩东没客气，一巴掌把他推开，径自迈步上楼。张冲正想追上去撒泼，被宁博涛一把拽住，指着他的鼻子说："昨天夜里姜杉是不是来过？"

张冲怔了下，磕磕巴巴地说："是……是啊，怎……怎么了？"

"你们昨晚吵架了？"宁博涛又问。

"对，对。"张冲点了两下头，反问道，"你们怎么知道的？"

"之后呢？"宁博涛依然卖着关子问。

"她就走了啊！"张冲似乎感觉到不寻常，语气有些着急地说，"你们到底要问什么？姜杉她咋了？"

宁博涛正要回应，看到骆浩东从楼上走下来，冲他轻轻摇下头，示意楼上没有发现异常情况。宁博涛一脸严肃，用非常官方的语气对张冲说："姜杉昨天夜里从你这儿离开后被人杀了，作为重大嫌疑人，我们现在要对你进行口头传唤，希望你能配合我们到队里接受问话。"

"啊，姜杉被杀了？"张冲一屁股坐到楼梯台阶上，用双手使劲揉搓着脸颊，似乎不敢相信自己听到的消息是真的，少顷，他摇晃着身子缓缓站起，轻声说道，"我上楼换身衣服行吗？"

宁博涛甩甩手，同时对骆浩东使了个眼色，示意他跟着，以免陡生波折。

公交车司机都有固定的班次，有的司机只开早晚高峰班。何兵运气不错，一到5路公交车调度站，正赶上昨夜开末班车的司机，跑完一圈早高峰班回到站里。何兵亮明身份，问司机昨天夜里开末班车时，有没有留意到一个穿着粉色连衣裙的女人从文化路上车，又从春和街下车的。司机想都没想便说确实有那么个女人，然后很实在地解释说之所以对那个女人印象深刻，一个是因为末班车乘客比较少，再一个那女的上车后一直在抹眼泪，当然最主要的是因为那女人打扮得很性感。何兵又问当时在春和街站下车的有几个人，司机说除了那个女人之外，还有个高个男人。何兵让他描述一下男人的样貌。司机说不太会形容。何兵又问能不能跟他回队里做个嫌疑人画像，司机让他等一下，然后去跟调度打了个招呼，便上了他的车。

何兵拉着公交车司机回到队里，赶上宁博涛和骆浩东刚把张冲带进审讯室里正要开审。他把公交车司机的口供跟李队汇报了下，李队让他先把司机带到隔壁观察室认认人。结果公交车司机经过一番仔细打量，摇头说张冲不是昨晚跟着姜杉下车的那个男人。李队便只能让何兵把人带出去，接着去做画像。

审讯室里边，气氛有些沉闷。张冲神情黯然地坐在审讯椅上，宁博涛盯着他看了一小会儿，然后开口发问道："说说吧，昨天晚上怎么回事？"

张冲轻咳两声，使劲咽下口水说："昨天傍晚，姜杉来画室找我，说想我了。我们一起喝完一瓶酒，然后就那啥了。完事之后，我们躺在床上有一搭没一搭地闲聊，她突然很郑重地跟我说，她想离婚，和我一起过。还说我和她的事，她住的小区里都在传，孩子也知道了，天天跟她搞冷战，并且她丈夫其实在外面早就有了别的女人，夫妻感情名存实亡，她想等丈夫下个月回来探亲就把婚离了。我一听立马傻了，我是不可能对她负责的，便说了些冠冕堂皇的话搪塞她，劝她不要轻易离婚。可她态度异常坚决，没办法，我只能告诉她实情，说我从来没想过跟她动真感情，只是把她当作一个性伙伴而已。然后她开始哭闹，骂我是骗子，磨磨叽叽两个多小时。这中间我一直没搭理她，后来她觉得实在无趣就走了。"

"她走的时候几点？"宁博涛问。

"我看了下表，是9点50左右，正好能赶上5路末班车经过文化路站。"张冲说。

"之后你都干吗了？"宁博涛又问。

"我挺郁闷的，自己又喝了瓶洋酒，然后稀里糊涂地睡着了，直到刚刚你们到我那儿敲门。"张冲说。

"你是说整个过程你一直很平和是吧？"骆浩东突然插话问。

"对，是我对不起她，我没资格冲她生气。"张冲说。

"你撒谎，你当时不仅生气，还动怒了，因为她威胁你了，对吗？"骆浩东加重语气道。

"威胁我什么？"张冲使劲皱了下眉头，做出一副莫名其妙的样子。

"她是你的时间证人，她要是反悔了，找我们承认她跟我们撒谎了，那在刘美娜的案子上，你是不是就无法撇清嫌疑了？"骆浩东狠狠瞪着张冲说。

似乎被骆浩东言中，张冲一脸惊诧，禁不住脱口而出："你……你怎么会知道的？"

"所以你就跟出去，寻找时机杀了她对吗？"骆浩东继续逼问道。

"你说得对，不……不，我没杀她……"张冲慌乱至极，语无伦次地说。

"到底杀没杀？"宁博涛厉声呵斥道。

"没，真没杀，我承认她昨晚情急之下威胁过我，说完就跑出去了。我当时脑子很乱，一时之间也不知道该怎么办，后来等我反应过来追出去，她已经上车走了，然后我就回画室了。"张冲急促地解释说。

张冲的口供是真是假难以判断，眼下的局面可以说是"死无对证"，任凭他如何编造说辞警方都无法反驳。而如果从张冲身上找不到突破口，那就只能试着从物证上着手，好在距离姜杉被杀仅仅过去十几个小时而已，可能包括凶器和血衣等还来不及处理，如果真能找到相关物证，将张冲钉死在姜杉的案子上，借此便可以打破整宗连环杀人案的瓶颈。

第十六章

君子背后

——— 未曾遗忘 ———

骆浩东是如何推理出案发当晚姜杉曾威胁过张冲的？答案是通过一个碎酒瓶。骆浩东先前到画室二楼查看时，发现在楼梯口附近的墙根下面有几片碎玻璃碴，并且墙上还有一个被重物砸过的印记，似乎是张冲在气急败坏之下，随手拾起喝完的酒瓶摔到墙上造成的。既然他口口声声说是自己对不起姜杉，那么他又何必如此暴怒呢？肯定是被姜杉拿捏住了什么把柄，而在骆浩东看来，那个把柄只能是张冲在刘美娜案件中的不在场证明。

　　事实表明，骆浩东猜对了。不仅这一次，实践也证明，他针对"女舞客失踪案"的犯罪人做出的一系列分析，对办案的指向性作用也相当明显。按照他给出的嫌疑人特征，重案队民警询问过多名经常出入百花舞厅的舞客，汇总这些人提供的线索，最终将嫌疑人范围缩小到三人。其中，一个是倒腾化妆品的小老板，一个是退休干部，还有一个是在某厂矿给领导开小车的司机。重案队随后暗中对这三人的社会背景进行了摸查，发现倒腾化妆品的小老板经济富足，不仅有家室，还在外面包养了一个情人，既不缺钱，也不缺女人。而那个退休干部，虽然是一个鳏夫，但是和女儿女婿生活在一起，并不具备作案条件。至于那个小车司机，则疑点重重。

　　那个小车司机叫潘洪波，最近一段时间经常在晚间出没于白云舞厅，在众舞客眼里，他是一个风度翩翩的君子，不仅舞技一流，出手也很阔绰，待人接物彬彬有礼，对每一个女舞伴都非常尊重，口碑特别好，大家都亲切地称他为潘哥。潘洪波现年52岁，虽然有家室，但自打春节过后她媳妇就一直在女儿家伺候月子和带孩子，基本不怎么回家，也就是近大半年来他都是一个人居住。工作则相对轻松，也很有规律，主要是早晚接送厂领导上下班，送完领导之后，他可以把车开回家，偷摸自用也没人管。至于他开的车，是一辆白色"拉达"轿车，他为人一贯细致勤勉，经常把小车里里外外擦得亮亮堂堂，这一点也让领导对他十分满意。

虽说改革开放初期，给领导开专车也算是一份体面的工作，而且跟着领导也多少能捞着点好处，但实质上还是赚得不够多，根本支撑不了他在舞厅中的消费水平。那么他大肆挥霍的钱是从哪里弄来的？会不会是杀人劫财所得呢？并且，无论是人设，还是作案场所，以及代步工具，均在骆浩东给出的嫌疑人特征范围内。随着调查愈加深入，潘洪波也越来越疑似案子的真凶，重案队决定正式对其进行传唤。

实事求是地说，重案队目前尚未掌握潘洪波实质的作案证据，不过大家都觉得可以试着通过"三凤偷来的王虹的传呼机"打开突破口。虽然这个传呼机因多次转手，指纹鉴定早已失去价值，但只要潘洪波敢承认他睡过三凤，便可以把他和王虹的传呼机联系在一起，重案队就有理由怀他与王虹的失踪有关，进而可以实施搜查。

潘洪波是被民警从单位带走的，一路上他情绪非常躁动，反复嚷着说自己是守法公民，警察不能冤枉好人，直到进入审讯室中依然喋喋不休。不过他越闹，重案队这帮人心里反而越有底，这帮老油子什么罪犯没见过，吵吵声最大的，往往认怂也是最快的。负责主审的宁博涛也不制止，只是用饶有意味的眼神盯着他看，任由他闹个够。等到他嚷嚷累了，自觉无趣了，自然也就消停了。

"有啥好激恼的，也不是啥大事。"宁博涛打着哈哈，轻描淡写地说。

"那你们找我到底啥事啊？"潘洪波像是受了莫大的委屈，"不管怎的，你们也不能无故去单位抓人，我这以后还不得让单位里那帮人埋汰死啊！"

"你也别把自己说得那么无辜，百花舞厅的那个三凤你不也嫖过吗？"宁博涛哼下鼻子，刻意用既成事实的口吻说道。

"三凤？"潘洪波愣了下，一脸警惕地说，"她不是被人杀了吗？报纸不是说凶手都已经抓到了吗？"

"一码归一码，你和她的问题还是要说清楚的。"宁博涛继续拿话绕潘洪波。

"我……我没付过钱，我和她不算嫖娼，顶多算是一夜情吧。"潘洪波自作聪明地说。

宁博涛等的就是这句话，讥笑道："这倒是真话，但是她从你家拿了这么个传呼机，也不知道是你给她的，还是她自己顺的。"

潘洪波面色瞬间变白，支支吾吾地问："什么……什么传呼机？"

"王虹的，同样是你在百花舞厅里认识的女舞客。"宁博涛提示道。

潘洪波闻言，脸颊不自觉地抽动一下，强作镇定道："我……我不懂你在说什么，也不认识什么王虹。"

"还有白云舞厅中的周淑琴，你应该也认识吧？"宁博涛眼神愈加严厉。

"我……不……认识，哦，不认识。"潘洪波嘴唇颤动着，说话都有些不利索了。

"嘴还挺硬。"见时机差不多了，宁博涛狠狠瞪向潘洪波，加重语气说，"你猜猜，待会儿我们去搜你的家，能不能找到更多与王虹和周淑琴有关的物件？"

宁博涛看似随意的口吻，实则一步步引导潘洪波踏入话术陷阱，潘洪波跟着他的节奏走，不知不觉稀里糊涂地便承认和三凤睡过，其实他本可以连他们之间认识的关系都否认掉，现在反悔已然是来不及了。他的心理防线也随之彻底崩溃，接下来未经宁博涛再多逼问，便主动承认王虹和周淑琴确实皆被他所杀。

其实，潘洪波前面还真没说假话，他是真的不知道三凤从他家顺走了王虹的传呼机。打从他有了从女舞客身上搞钱的念头起，他就知道传呼机这玩意儿容易暴露，不像金银首饰手表啥的满大街都差不多，偷偷卖了也不会有人注意到，所以他抢了那几个女舞客的传呼机后，随手便扔进写字桌抽屉里，直到现在也没留意到那里面少了一个。事到如今，他也只能感叹命运作祟，其实那天睡完三凤本来想着早上起来把人杀了，偏偏不凑巧老婆子给他打传呼说要回家拿点衣物，就这样他不得不把三凤放走，未承想反而成为他犯案以来最大的破绽。

审讯之后，立马开始搜家。正如宁博涛预料的那样，在潘洪波家中搜索到若干与王虹和周淑琴相关的证物，并且在卫生间里还采集到与两人血型相同的血迹。这也印证了潘洪波的口供，他用花言巧语把人骗回家中，一番云雨之后用绳索将她们勒死，随后拖至卫生间中进行肢解，再之后把尸体残骸装进大垃圾袋中，开车拉到郊区找个偏僻的荒野埋掉。

"女舞客失踪案"顺利告破，但"春和街案件"的调查进展依然不尽如人意。三个被打上放荡烙印的女人接连被杀，三个女人的居住地和被杀现场都在春和街辖区内，除此之外并未发现这三人之间再有任何实际联系，重案队中包括李队和宁博涛等老资格刑警，也不得不认真对待所谓"连环杀手"作案的判断。虽然他们觉得这种因心理问题导致的连环杀人案件听起来有些匪夷所思，但调查结果摆在眼前，费尽周折确实也没能找到具有现实意义的作案动机，似乎只能通过联想判断：凶手有可能是一个住在春和街辖区内的，曾经遭受过女人背叛的男人，他因为自己不堪的遭遇，心灵受到伤害，导致心态出了问题，进而报复社会，滥杀无辜。但是对凶手每次都要在案发现场留下一张明信片，以及残忍地在被害人的小腹上刻画出一幅图案，这两个怪诞的行径到底有什么寓意或者暗示，重案队这些人还是觉得摸不着头脑。

当然，重案队尚不愿因此轻易放过具有重大作案嫌疑的张冲，技术队已经彻底搜查过他的画室，但并未发现与案件相关的证物和痕迹，张冲本人则一直坚持先前的供述不松口，在延长了 12 小时的传唤时间后，重案队仍未找到有力的证据，无奈之下只能暂时先放人，不过李队安排了两名民警对他进行 24 小时的跟踪监视。至于那个叫阿加莎·克里斯蒂的侦探小说家的作品，凡是在图书馆里能找到的，宁博涛都带回队里，分派给几个内勤民警，让他们在最短的时间内通读一遍。果然，留在另外两个案发现场的明信片上的寄语，同样取自阿加莎·克里斯蒂的小说。"知道我在想什么吗？你马上就要告诉我了，还值得我费劲去猜吗？"取自《无人生还》。"人生苦短，有点希望，有些梦想，还有互道晚安。"取自《尼罗河上的惨案》。

骆浩东这阵子但凡能腾出点空，便会随便找出一本阿加莎的小说翻一翻，但截至目前并未在书中发现与案件相似的故事或者桥段，基本可以排除凶手模仿小说情节作案的可能，那便又回到原先的疑问上，凶手为什么要借用小说中的词句作为明信片上的寄语呢？这是一种炫耀或者是挑衅行为吗？一瞬间，正瞎琢磨着的骆浩东，脑海里突然闪出一丝灵感：三起作案中凶手的表现非常老到，现场没有搜索到任何关于他的痕迹，这会不会跟他痴迷于侦探小说有关？他的作案经验来自小说，而不是现实，是不是意味着他根本没有犯罪前科，也不是所谓老手，而是一个彻彻底底的新手？

除了以上线索，重案队手里还有一幅"嫌疑人画像"，是专业技术人员根据5路公交车司机的描述所画成的。画像中的人，是一个长脸的男人，20多岁的样子，个头很高，身材魁梧，案发当晚与姜杉同坐一辆末班公交车，同样在春和街车站前后脚下的车。理论上说，这个男人是具有作案嫌疑的，重案队因此派民警拿着"画像"在公交车站附近进行较大范围走访，希望有群众能将画像中的人辨认出来，但截至目前并没有找到此人的任何消息。

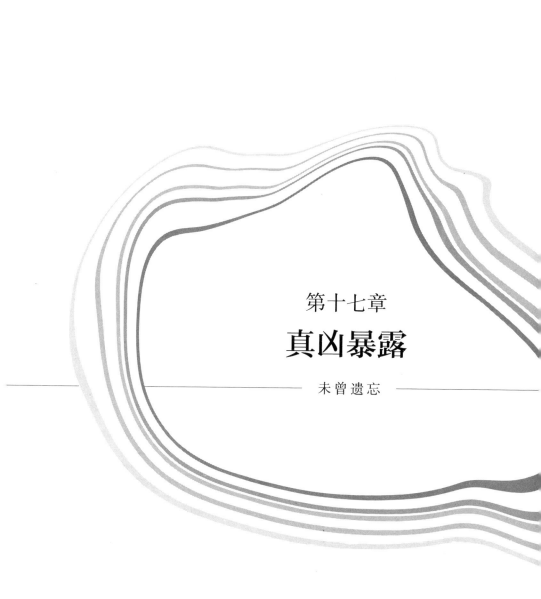

第十七章

真凶暴露

未曾遗忘

发生在盛阳市晨西区春和街道的三起案件，很有可能是一个连环杀手所为，其为一名男性，日常活动范围主要集中在春和街辖区内，犯罪动机系遭到女性的情感背叛，进而报复社会。针对以上案件特征，重案队派出大批警力对常年居住在春和街的成年男性，以及长期生活和工作在辖区内的本地或者外来男性务工人员，进行拉网式的排查走访。这多少带有一些无奈，面对所谓连环杀手性质的犯罪，所有人都很陌生，只能采取最常用、最原始，往往也是最有效的办案方式。

先前，重案队积极寻找被害人之间的关联性时，骆浩东心里很不以为然，认为队里是在做无用功，但现在他意识到找出这种关联性是非常必要的。理由很简单：社会上风流放荡成性的男男女女很多，为什么凶手偏偏选中她们三个？骆浩东认为在她们三个人身上，除了"放荡"这一共同要素，一定还有什么别的东西能将她们联系在一起。并且，或许那种关联，只有凶手能够注意到，而其他人，甚至被害人自己本身，都没有留意到。

带着上面的思路，骆浩东一边跟随宁博涛执行队里分派的排查任务，一边尽可能挤出一些时间，找几个被害人的家属深入沟通和交流信息，以至于每天都是大半夜才回到队里。然而，他还不能立马休息，还要强打着精神翻阅案子卷宗，期望能够通过这种方式把案子细节全部吃透，从而得到一些启发。

连着几个晚上，骆浩东翻阅卷宗都持续到下半夜，身子实在有些熬不住，便迷迷糊糊坐在椅子上睡着了。迷离中，三个女被害人的形象轮番在大脑中浮现，她们都顶着遇害时的妆容和装扮，扭动着纤细的腰肢，在一阵"噔噔噔"的声响中，翩翩冲骆浩东走来。很快，她们已然将骆浩东环绕，个个眉目含情，做出各种狐媚的姿态，继而几只白嫩无瑕的玉手开始轻轻抚摸骆浩东的脸颊和脖颈，被这样簇拥着，骆浩东感觉畅快无比。不知过了多久，突然间，脖颈上传来一阵疼痛，骆浩东环视身旁，竟看到三个女人的面庞已然血色全无，如僵尸般青面獠牙，张着血盆大口，正冲他撕咬着……

骆浩东身子打了个激灵，猛然睁开双眼，才发现自己刚刚做了个噩梦，而且是个荒诞无比的梦，不免倒吸了几口凉气，心有余悸地自我安慰一句："想必是日有所思，夜有所梦。"话音刚落，脑海里突然闪出一个念头，但只一掠而过，没留下丝毫印象。骆浩东很确定刚刚那个念头会带给他一些启示，于是他拍拍脑门，用力想，拼命回忆，希望能把转瞬即逝的灵感，从大脑中某个角落里再捞出来，只是一时之间并没能如愿。这让他很难受，就如同话到嘴边，突然忘记自己想要说什么一样。

骆浩东并不气馁，决定换一种思路，尝试着回忆出梦境中所有的场景和细节，从而试试看能不能再激发出一些灵感。梦境中，三个被害人妆容精致，装束艳丽，举手投足间都带有一种妩媚撩人的气质。虽然年龄和生活环境不同，但总体来说她们三个各有各的韵味和魅力，都算是美女。漂亮多姿、风流浪荡，是外人给她们贴的标签，可这样的人在社会中并不鲜见，凶手为何偏偏只选中她们三个呢？一定还有什么东西，是三个人共通的，能够激发凶手的阴暗面，令他无法控制自己……

骆浩东郁郁地闭上双眼，继续梳理梦境，脑海里用尽全力搜索着梦境中的细节。蓦然间，耳畔似乎传来一阵"噔噔噔"的声响，当然并非真的有声响，而是骆浩东回忆起刚刚的梦境中有过这么一阵声响，似乎正是这一阵声响让他有所顿悟。骆浩东终于捕捉到先前那一丝灵感，随即赶紧从卷宗中翻出几名被害人遇害时的尸体照片，拿在手上仔细端详起来，尤其注意观察照片中尸体的双脚部位。少顷，他将视线投向远处，嘴里轻轻嘟念道："难道犯罪人在意的被害人之间的关联会是'它'？"

骆浩东抑制不住一阵兴奋，使劲拍了下办公桌，又赶紧把手收回来，看了眼挂在大办公间墙上的表，已是下半夜2点，同事们都早已进入梦乡，他便只能暗自欣喜。再者说，刚刚那个推想只在其中两个被害人身上得到证实，尚需在刘美娜身上再做验证，结果如何还很难说，过早宣扬或许会打破队里现有的工作节奏，暂时还是低调为好。

好容易挨到天亮，骆浩东拦住从队长办公室懒沓沓走出来正要去洗漱的宁博涛，说他想去刘美娜家里再找找线索去。宁博涛问他是不是又有什么新想法，骆浩东点点头，又摇摇头，说得先验证一下，随后再向他汇报。经过这段时间的磨合，宁博涛对他已经充分信任，稍微琢磨了一下，正好看见何兵从食堂打了早饭回来，便让骆浩东先把早饭吃了，然后跟何兵一块过去。

吃了早饭，何兵开车，拉着骆浩东先去找刘美娜的父亲取钥匙，随后两人快马加鞭赶到位于向阳小区19号楼刘美娜的住所。

两人先后下车，走进楼里，一口气上到四楼。楼梯口右边便是刘美娜的家，也是春和街连环杀人案的第一个案发现场。何兵拿出钥匙开门，先走进房内，骆浩东紧随其后跟进去，顺手带上房门。

何兵不明所以，进到房内，便开始瞎转悠，骆浩东却在玄关处驻足未动，因为他感兴趣的只有搁置在门边的入户鞋柜。鞋柜是胡桃色的，大概1米高，外表有两扇百叶门，看着像是实木做的。骆浩东蹲下身子，将两扇门同时拉开，看到里面总共有五层，大部分空间已被占满。除了家居鞋和几双旅游鞋，里面摆着的大多是时尚女性爱穿的高跟鞋，高跟的、矮跟的、粗跟的、细跟的都有。骆浩东嘴角泛起一丝微笑，看到如此多的高跟鞋，想必自己的判断已然对了大半。那另一半呢？骆浩东的视线在眼前这些高跟鞋中迅速游走，很快他被一双杏色细高跟拉带凉鞋吸引住。他把鞋拿在手中，细细打量：鞋面崭新，脚底磨损几乎看不出，鞋跟细细的，有六七厘米高，上面还钉了一个新鞋掌，显然这是一双没穿过几次的新鞋。那这会不会就是案发当天刘美娜穿过的鞋呢？

"琢磨啥呢？"何兵看到骆浩东手里拿着双鞋在发愣，便凑到他身边问道，"你到底要找啥线索，别卖关子了行不？"

骆浩东把手里的高跟鞋冲何兵晃了晃："就找它。"

"这鞋怎么了？"何兵问。

骆浩东未急着回应，先从后屁股兜里拽出一个透明证物袋，将手里的高跟鞋装进去，随后才解释说："你好好回忆回忆，谢春燕和姜杉遇害时，是不是也穿着类似的细高跟鞋？"

"对啊，有什么问题吗？"何兵眨巴眨巴眼睛，还是不明就里。

骆浩东继续解释说："三个女人遇害时都穿着高跟鞋，这本身还不够说明问题吗？"

"哦，你是说凶手专门挑穿高跟鞋的女人下手？"何兵恍然大悟道。

"有这方面的激发因素，但应该不是全部。"骆浩东说。

"那倒是，穿这种高跟鞋确实挺吸引男人眼球的。"何兵轻点下头，顿了下，又反驳说，"不对，刘美娜是在家里被杀的，你怎么知道她当天穿过这双鞋呢？"

"去找人验证一下。"骆浩东抖抖手中的证物袋，信心满满地说。

"找谁啊？"何兵追问道。

"你自己不会想啊？"骆浩东一边推开门，一边故意逗何兵。

何兵从后面用力推搡一把，直接将骆浩东推出门外，回身一边用钥匙锁门，一边嚷嚷说："我发现你跟'拧巴涛'那老东西学坏了，说话越来越没个正行。"

二人开着玩笑，从刘美娜家的楼栋里走出。到了车上，骆浩东不再卖关子，跟何兵说去北站工商所，找一下刘美娜遇害前新交往的男朋友姜家原，案发当天两人曾一同在中街步行街逛过街，他肯定知道刘美娜穿的是什么鞋。

到了工商所，顺利见到姜家原。骆浩东拿出高跟凉鞋让他辨认，姜家原立马表示鞋是他和刘美娜当天逛街的时候新买的，还说刘美娜喜欢得不得了，买完就忍不住穿在脚上。如此便证实了骆浩东的判断，"高跟鞋"是凶手选择猎物的硬性标准。而更让骆浩东兴奋的是，刘美娜的鞋是案发当天新买的，买完刘美娜就穿在脚上，那之后她和姜家原一起吃了午餐，再之后两人分手，刘美娜自己坐公交车回家。也就是说，凶手只能是在这样一个时间段里选中刘美娜的，那么追踪这一时间段刘美娜的行踪轨迹，很可能就会追踪到凶手的踪迹。

"你觉得刘美娜有没有可能是在公交车上被凶手盯上的？还有谢春燕和姜杉，会不会也是在公交车上被凶手盯上的？"辞别姜家原，何兵不着急开车，歪着脑袋冲骆浩东问道。

"对，哦，不对，"骆浩东先是点头，又立马使劲摇头，"咱不都调查过吗？谢春燕被杀当晚，是坐出租车回的家。"

何兵表情有些失望，想了想，又问："那还有什么地方能让这三个女的产生联系？"

骆浩东沉吟一下，猛然抬头说："对了，咱们漏了一点，刘美娜的新鞋钉过鞋掌对吧？肯定是在她当天回家的途中钉的，有没有可能三个被害人曾经分别找过同一个修鞋师傅钉过鞋掌呢？"

"这靠谱，去证物室把鞋找出来看看不就行了？"何兵提议说。

"等等，不急……"骆浩东摆下手，像是突然想起什么，轻声嘟念道，"鞋匠、春和街、连环杀人……"

"什么乱七八糟的？"何兵一脸莫名其妙地问。

"刚刚提到修鞋师傅时，我脑子里突然冒出一个人来。"骆浩东解释说，"如果我没记错的话，从中街步行街到春和街应该坐9路公交车，刘美娜当日应该就是坐着9路车返回家中的，而9路公交车春和街站设在春和街农贸市场的边上，而在农贸市场门前只有一家修鞋铺子，鞋铺的主人就是咱们曾经走访过的刘万江……"

"你是说，给刘美娜修新鞋钉鞋掌的有可能是刘万江？"何兵终于明白骆浩东的意思。

"我觉得是他。"骆浩东点下头，接着又问，"对了，这几天排查走访，你手上是不是有那三个女被害人的照片？"

"有，在这里。"何兵拍拍放在汽车前操作台上的手包，随即发动引擎，一脚油门踩下去，带着轮胎摩擦地面发出的刺耳声响，车子猛地蹿了出去。

来来回回折腾，再回到春和街时已过了中午饭点，骆浩东和何兵都饿得不行，便先找家小吃店吃了碗面，然后才去到刘万江开的修鞋铺。

鞋铺的位置在靠近农贸市场东门的一个小铁皮房里，有六七米的样子，门口竖了块破旧的木招牌，上面写着铺子的经营范围，包括修鞋、擦鞋、皮鞋上浆改色、旅游鞋清洗、修拉链、修箱包、修伞等等的，总之服务项目还挺全面的。

骆浩东和何兵走进铺子的时候，铺子里正有活计，刘万江坐在补鞋机旁专心致志地修鞋，在他身后不远处，一个年轻人也正在闷头给客人擦鞋。听到脚步声，刘万江微微抬头，看到两人，瞬间一愣，想必认出二人是找他问过话的警察。而骆浩东的视线却被擦鞋的年轻人吸引住，因为这个年轻人他见过，正是前段时间在姜杉被杀现场外遇到的，帮助骆浩东破解"明信片上寄语"的那个年轻人。

刘万江注意到骆浩东的目光，赶忙解释说："这个是我儿子，平日休息的时候会来铺子帮帮忙。"

年轻人听到父亲的话音，也随之抬头冲骆浩东温和地笑笑。

骆浩东点点头淡然回应，心中却莫名一阵激动，年轻人的出现，让骆浩东觉得自己好像悟出点什么，案子脉络似乎也逐渐清晰起来。

"来，来，二位，别愣着，坐，坐。"刘万江拿了两个马扎，让二人落座，顺便扫了眼他们脚上穿的鞋，一边继续干手里的活计，一边问道，"二位是来修鞋的，还是有什么别的事情？"

骆浩东冲何兵使了个眼色，随即把视线放回到刘万江的脸上。何兵从手包里拿出三张照片，从中抽出刘美娜的照片举到刘万江眼前，问道："这个女的你见过吗？"

"这是那个小学老师吧？"刘万江抬头打量一眼照片，随即低头继续干活，"前阵子来我这儿钉过鞋掌，不过听说她被人杀了，是吗？"

"具体哪一天来的，能记住吗？"何兵继续问。

"应该有一段时间了，具体的说不上来，但她穿的那双鞋我能记住，是一双拉带高跟凉鞋。"刘万江说。

鞋能对上，那时间也差不了，刘美娜应该是在案发当天来刘万江这儿钉过鞋掌。骆浩东又冲何兵使了个眼色，何兵便把手里另外两张照片，也就是谢春燕和姜杉的照片，又举到刘万江眼前，让他辨认。

"这俩女的好像……"刘万江看着照片，话说到一半，眼神中蓦地闪过一丝犹疑，皱着眉头反问道，"哦，听说我们春和街这里有好几个女的被人杀了，不会就是这三个吧？"

何兵未置可否，问道："这俩女的你到底见没见过？"

刘万江迟疑一下，缓缓摇摇头，然后从脚边拾起一个长锥，开始给手上的鞋钻孔。

"一点印象也没有吗？"何兵追问。

刘万江又摇摇头，没言语，手上打孔的动作也没有停，似乎突然间对问话显得有些意兴阑珊，不太搭理两人了。

骆浩东见状，从何兵手里拿过那两张照片，起身走到刘万江儿子身前，让其辨认。年轻人看了几眼照片，又看了看正在专心修鞋的父亲，然后无声地摇了摇头。

骆浩东若有所思地盯着年轻人看了一会儿，突然转身冲刘万江问道："你喜欢看小说吧？上次在台山村见面时，看到你的茶桌上放着一本侦探小说。"

被骆浩东的话题吸引，刘万江勉强抬下头说："对，我以前是水泵厂的售后维修工人，常年驻扎在外地，闷的时候就买几本小说打发时间，时间长了便养成爱读小说的习惯。"

"阿加莎的小说爱看吗？"骆浩东又问。

"喜欢啊，她的书但凡市面上有卖的，我都买过。"刘万江表情有些诧异，"怎么，这有什么问题吗？"

"随便问问。"骆浩东微笑着说。但转瞬他脸上的笑容骤然凝滞了，因为他注意到刘万江手上拿着的那个钻孔锥——锥身细长尖利，七八厘米的样子，后面还带着一个木柄。骆浩东心中猛然一凛，随即强作镇定道："行，你们忙吧，我们走了。"

目送骆浩东和何兵离去的身影，刘万江下意识地将拿着锥子的手缩到补鞋机下面。

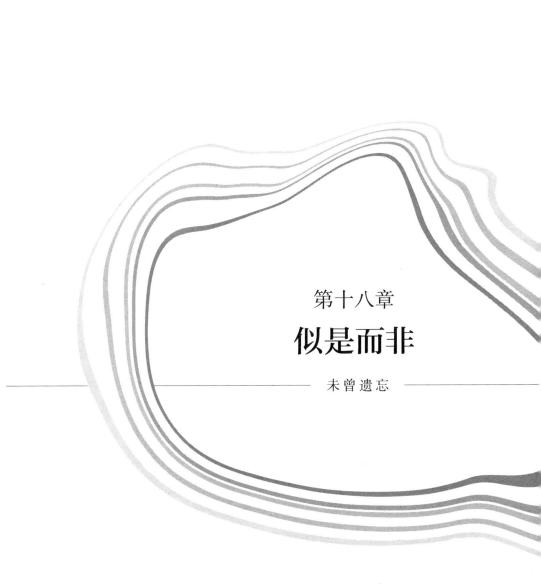

第十八章

似是而非

—— 未曾遗忘 ——

骆浩东突然结束问话，搞得何兵很茫然，上了车赶紧追问他原因。骆浩东卖着关子说，就差最后一个环节，应该就可以把凶手给揪出来。

车开出去没多远，骆浩东看到路边有个公用电话亭，便让何兵把车停下，随即推门下车，快步走进电话亭。他给周淑琴的现任老公蒋哲打了个传呼，没多大一会儿蒋哲便把电话打了过来。在电话里骆浩东问了蒋哲两个问题，蒋哲给出的答案和他预想的一模一样。

答案一是，周淑琴平时酷爱穿高跟鞋；答案二是，周淑琴曾经做过剖腹产手术，手术后负责缝合的大夫是个新手，技术很粗糙，手术创口长好后，留下一个像大蜈蚣似的难看的疤痕。

盛阳市晨西区春和街道连环杀人案的凶手是——刘万江。

刘万江喜欢看阿加莎的小说，对书里面的经典名句肯定了然于胸。他修鞋时用于给皮革钻孔的锥子，就是作案凶器。三名被害人之一的刘美娜，被杀当天曾与他有过接触，并且他对刘美娜的高跟鞋印象深刻，虽然他矢口否认在修鞋铺见过另外两名被害人谢春燕和姜杉，但从他回应的姿态来看，有隐瞒事实的可能。刘万江的家在春和街工人村中，与谢春燕租住的平房仅有不到 200 米的距离，与刘美娜居住的向阳小区也没超过 1 千米的距离，至于 5 路公交车站则稍远一点，但他开的修鞋铺与车站也在 1 千米的范围之内，总体来说三个案发现场都是他步行可触及的，并且他对周边的环境异常熟悉，这可以视为他的一种犯罪模式或者习惯，也给他作案以及逃离现场提供了极大的便利和保护。同样，因为长期生活在相同的区域内，关于三名被害人的风言风语，刘万江一定早有耳闻，于是将她们与婚内出轨的前妻周淑琴归为同一类私生活不检点的放荡女人；也同样，三名被害人都喜欢穿高跟鞋，这也与周淑琴的爱好相似，但是她们并未像周淑琴一样做过剖腹产，于是刘万江便亲手赋予她们一个剖腹产疤痕图案。也就是说，在杀人的过程中，刘万江把三名被害人当作周淑琴的化身，借由惩罚她们，来发泄心底对周淑琴的怨气。当然，想必终有一天他也会杀了周淑琴，只不过被小车司机潘洪波抢了先。

以上便是骆浩东指认刘万江为凶手的依据，以及全面解析刘万江整个犯罪的思维逻辑。宁博涛和李队听完大感意外，根本没想到杀人的会是个修鞋匠，而且犯罪动机如此匪夷所思，甚至两人听完感觉只是理解个大概意思，不过骆浩东提到修鞋锥有可能是凶器这点，听着倒很像是那么回事，总之，无论怎样这个刘万江都值得抓。

李队立即召集人马，布置抓捕计划。鉴于刘万江为穷凶极恶之徒，他身处的修鞋铺又开在闹市之中，为避免累及无辜群众，以及造成恶劣社会影响，重案队将抓捕计划定在晚间。

晚上7点多，整个工人村已经被黑暗完全吞噬，仅存的几盏路灯发出的光亮，还不如一只萤火虫的能量。这与远处新商品房小区中明亮的万家灯火形成鲜明的对比，黯淡的工人村就好似一个迟暮的老人，在孤独和落寞中苟活着。

刘万江家院门紧闭，扒着围墙能看到小院中的两间平房都亮着灯，窗户上挡着窗帘，里面人影晃动。窗户下面有一个生着火的煤炉子，上面坐着烧水壶，住在平房区的，一般烧水做饭都用这种炉子。

不知道是不是听到外面的响动，刘万江家的灯突然全灭了。重案队这边正纳闷，便听到"吱呀"一声门响，院门被轻轻拉开，瞬即出现三个晃动的人影，他们托着笨重的行李，轻手轻脚地从小院中走出。显然，刘万江这是要带着一双儿女跑路。

猛然间数道手电筒的光柱齐齐照向三人，周边埋伏的民警迅速跳出来呈包围之势向三人围拢过来。刘万江本为大恶之徒，又具有前科犯罪经验，反应自然也是不慢。他只呆立了几秒钟，便立即清楚眼前的状况，但显然他并不想束手就擒，说时迟那时快，只见他飞快拉开手中旅行包的拉链，从里面掏出一把匕首，返身一把揽住自己女儿的脖颈，随即将匕首抵在女儿的咽喉之上。

"都滚开，他妈的，到底还是让你们发现了！"刘万江将自己的女儿挟持为人质，歇斯底里嚷道，"对，那三个臭娘们儿都是老子杀的，她们和周淑琴一样全都是'破鞋'，整天穿着高跟鞋招摇过市，四处卖弄风骚，还嫌弃老子活干得不好，老子杀了她们，是在教她们做人！"

宁博涛带着骆浩东和何兵等人负责从正面堵截，眼瞅着刘万江女儿在其怀里死命挣扎，而刘万江的胳膊却越勒越紧，丝毫不顾及骨肉之情，宁博涛也不敢太强硬，放下手中的枪，操着温和的语气说："错不错的，先把孩子放了，咱们再掰扯行吗？都是老爷们儿，万事好商量，千万别当着孩子的面轻举妄动。"

"滚你妈的，别假惺惺的，你们这些王八蛋，都滚开，让你们的人都滚开！"刘万江恶狠狠地揽着女儿的脖颈，且嚷且退，女儿在他的臂膀之下，满面涨红，气息渐促，双手无助地在半空中胡乱抓着，似乎是在拼命求助。

"爸，你放开妹妹吧！爸，求你了，你别这样！"刚刚一瞬间，被吓蒙的刘万江的儿子，似乎终于缓过神来，嘴里带着哭腔，冲刘万江哭喊道。

"给我闭嘴，小瘪犊子，轮得着你来教育老子？和你们的那个妈一样，你们一直都看不上我对吗？要不是老子逼着你们回来，你们是不是巴不得让那个姓蒋的当你们老子！"刘万江恶狠狠痛斥道。

"爸，你胡说什么呢？求你，你别这样，你快要把妹妹勒死了……"刘万江儿子哭喊着，不顾一切地冲向刘万江，跪倒在其身前祈求。

"死就死吧，我早活够了，索性咱一家都别活了！"刘万江似乎完全丧心病狂了一般，飞起一脚将儿子踹倒，嘴里高声叫嚷着，随之用力挥起匕首，狠命冲女儿的脖颈刺去……

"砰"，一声清脆的枪响声，骤然划破工人村的暗夜，电光石火之间，刘万江的眉心已然插入一颗子弹。就如身子被按下暂停键一般，刘万江整个人猛然怔住，手中的匕首当啷落地，僵持几秒，晃了晃身子，轰然倒下。

开枪的是骆浩东，情势危急之下，他只能选择将刘万江击毙。这是他除了训练第一次实弹射击，第一次开枪便打死一条人命，当然也拯救了一条人命，他不知道该惶恐还是欣慰。只觉得霎时间，脑袋里开始嗡嗡作响，周遭发生的一切他都听不见也看不见，呆呆站着，保持着举枪射击的姿态，整个人陷入一种眩晕状态。

一旁的宁博涛见状，赶忙将他手中的枪卸下，骆浩东随即蹲在地上，哇哇干呕起来。宁博涛似乎见怪不怪，满不在乎地冲他屁股踢了一脚，嘴里嚷嚷着说："妈了个巴子，能不能有点老爷们儿样，别给我丢人现眼，赶紧起来。"

嫌疑人刘万江在被抓捕的过程中，当场承认连环杀人的犯罪事实，并在现场负隅顽抗，将自己的女儿挟持为人质，甚至企图与自己的女儿和儿子同归于尽。人质为难之时，重案队干警骆浩东果断开枪将之击毙，人质得以安然获救，为整个抓捕行动画上一个圆满的句号。

当然，从办案规程上说，嫌疑人的认罪并非最终的认定，必须结合其对犯罪动机和过程的描述，对犯罪现场的指认，以及凶器和物证的搜集，才能最终定案。眼下在嫌疑人被击毙的情形下，只能通过目击证人以及其家属和社会关系的证言来完善证据链。

犯罪嫌疑人刘万江的一双儿女中，女儿叫刘湘，现年 15 岁，暑假过后刚升入高一，由于在抓捕刘万江的当时，她被挟持为人质，并目睹父亲被击毙，精神上遭受巨大的冲击和刺激，短时间内不适合进行问话，而她本人也明确表示拒绝警方的问话。

而刘万江的儿子叫刘明，现年 19 岁，初中毕业之后便踏入社会发展，由于没有文凭和特殊技能，很长一段时间都处于待业状态，目前在一家新开的星级酒店里当保安。保安的工作需要上夜班，但平时白天休息的时间也多，刘明比较懂事，休息时间基本都会去修鞋铺给刘万江打下手，帮忙给客人擦擦鞋什么的。据他回忆：他父亲三次作案的当晚，他都在单位值夜班，那天在姜杉被杀现场附近偶遇骆浩东，也是因为他正好下夜班路过那里。他也坦言，三个被害人案发当天确实都光顾过修鞋铺，也确实都闹过一点不愉快。刘美娜当时嫌弃刘万江给她选的鞋掌不够美观，非逼着刘万江重新给她钉一个。谢春燕在钉完鞋掌之后故意找毛病、借机讨价还价。姜杉则是因为刘明在给她擦鞋时，不小心将一点点鞋油沾到她的丝袜上，她就数落刘明，刘万江看不过眼，便和她争辩几句，记恨在心。至于有关皇陵公园明信片的问题，刘明表示他们全家人聚齐，最后一次出游的地方便是皇陵公园，而且当时妈妈还买过一整套明信片做纪念，刘万江对皇陵公园的明信片有执念或许源于此。

至此，整个连环杀人案的脉络算是完全梳理清楚，与先前骆浩东的判断大致相同，整个证据链也基本完整，缺乏的唯有凶器。从刘万江的修鞋铺中，搜索到多种型号和样式的修鞋锥，其中一把名为直针锥的，无论长度和宽度，均与法医先前给出的凶器数据相吻合，法医通过模拟实验比对，结果也证实这种类型的鞋锥便是凶器。但在这把直针锥上，并未发现相关血迹，不过估计刘万江手里不止一把这样的修鞋锥，可能他早早地已经抛掉了真正用于作案的那一把，或者藏匿在只有他自己知道的某个地方。总之证据链方面都没问题，没找到凶器也并不妨碍最终结案。

案件圆满结案，整个盛阳市局乃至省公安厅均一片欢欣鼓舞，鉴于重案队在此次案件侦办过程中表现出色，特授予集体二等功、相关骨干人员个人三等功的嘉奖，其中便包括骆浩东。

由于此类因心理失衡导致的连环杀人案在盛阳市极为罕见，案情又跌宕起伏、曲折复杂，因此受到各大主流媒体的高度关注，并争相进行报道。其中尤以《法制晚报》最为深入，从案情细节，到警方的侦办过程，以及记者深入工人村挖掘凶手日常生活状态，采访周围的邻居等，用了整整一个版面，深度还原了整个案件的全貌。其中还特别提到了重案队以及击毙凶手勇救人质的骆浩东。骆浩东也履行了对谢春燕未婚夫梁丰的承诺，特地给他邮寄了一份《法制晚报》，以免口舌解释不清楚。而此时的他，并未料到，变故正悄然而至。

结案两个多月后，这天适逢盛阳市下了冬季第一场雪，刑警队组织在岗民警对刑警队大院以及周边人行步道上的积雪进行清理，重案队民警几乎都参与了，骆浩东因为重感冒，便留在办公室里值班。骆浩东昨晚高烧到近 40℃，难受得一晚上没睡好，到了早上发烧虽然轻了，但脑袋还是晕乎乎的，正想着稍微眯一会儿，却接到门岗打来的电话，说大门外有一对母子点名要见他，说是要反映一个什么案子方面的事情。挂掉电话，骆浩东觉得有些莫名其妙，但也不敢怠慢，赶紧跑到门岗接人去。

到了门岗，骆浩东看到一个长相端庄的女子，带着一个十七八岁的男孩，站在门岗值班室门口。两人看着很面生，骆浩东走上前去表明身份，询问二人找他的原因。结果女子一张口，差点惊掉他的下巴，他二话不说赶紧将女子和孩子带到办公室。

"你说春和街的案子我们办错了，刘万江不是凶手，有什么依据吗？"看着孩子脸蛋冻得通红，骆浩东给孩子倒了杯热水，然后便忙不迭冲女子问道。

"我叫苏芸，和万江算是……算是情人关系。"女子一脸尴尬，看了身边孩子一眼，轻声说道，"我前几天偶然从《法制晚报》上看到万江那个案子，里面介绍第二起案子发生在 8 月下暴雨那晚的 11 点多，但是那晚万江明明大半个晚上都在我家里。"

"你说大半个晚上是几点？"骆浩东插话问。

"那天孩子过生日，我把万江叫到家里吃饭，他心情不错，多喝了几杯，吃完饭便在我那儿睡着了，醒来时已经是下半夜 1 点多了。"苏芸解释说，"本来我想留他过夜，但外面狂风暴雨的，他儿子又上夜班，他惦记女儿一个人在家不安全，硬是顶着风雨走了。"

"你儿子的生日具体是？"骆浩东追问道。

"8 月 5 号。"苏芸急切地说，"真的，孩子能证明，他走的时候，不小心把孩子也吵醒了，还缠着不让他走。"

"对，那晚万江叔叔给我买个大蛋糕，我们一块过的生日，他下半夜才从我家走的。"苏芸儿子跟着说道。

骆浩东抬眼盯着苏芸儿子看了会儿，男孩显得很坦然，骆浩东脑袋里一阵抽动，剧疼无比。若真如苏芸所说，起码从时间点上看，谢春燕的案子跟刘万江是无关的，骆浩东使劲揉着太阳穴，冲苏芸问道："这可不是开玩笑的，你真的能确定？"

"能，到哪儿我都敢保证。"苏芸拍着胸脯说，"再者说，我看报纸上说，万江是因为对周淑琴的出轨耿耿于怀，愤恨无处发泄，才杀了那几个女的。可实质上，万江确实挺讨厌那个蒋哲的，不仅因为蒋哲给他戴了绿帽子，也是因为自己坐牢期间，蒋哲对待两个孩子特别不好，但是对周淑琴他心里更多的是愧疚，根本不到你们想象的那种恨得不行的地步。"

"愧疚？为什么？"骆浩东纳闷地问道。

"其实周淑琴以前也不是那样的人，都因为我和万江她才……"苏芸垂下眼眸，面颊涌上一抹绯红，吞吞吐吐地说，"在厂里我丈夫和万江是师兄弟，两个人关系特别要好，那时我们两家的关系也处得很好。76年（1976 年）夏天，我丈夫出车祸去世了，当时孩子才 5 个月多点，两边老人身体都不好，指望不上，我只能和孩子相依为命。万江看我们孤儿寡母可怜，就一直暗中帮衬我们，时间长了我们俩就有了私情。我们自以为隐瞒得好，但还是被周淑琴察觉到，当时她刚怀老二，挺着个大肚子偷偷跟踪万江到我家，把我们抓了个现行。之后，我和万江断了关系，周淑琴表面原谅了万江，但自此性情大变，变得爱打扮，爱交际，也不怎么顾家和孩子，后来时兴跳舞，她就天天去舞厅，逐渐地人也变得轻浮了。"

"会不会刘万江只是故意在你面前显得自己比较大度？"骆浩东质疑道，"你要知道，是刘万江自己亲口承认的。"

"万江这人脾气是有些急，爱喝点酒，有时候喝醉愿意吆五喝六的，再加上坐过牢，总觉得别人看不起他，日子过得比较消沉，但是他真没有你们想象中的那么暴力。"苏芸执拗地说，"我不知道他为什么会承认自己杀人，反正下雨那天晚上他真的跟我和孩子待在一起。"

"那天晚上他在你们家有别人看到吗？"骆浩东沉吟一下，又问。

"应该没有。"苏芸说，"我们俩也是最近这半年才又在一起的，不想太张扬，他来我家时会注意避着点人。"

"你住哪里？"骆浩东问。

"工人村长房巷 125 号。"苏芸说。

骆浩东拿出记事本记下地址，抬头看了眼墙上的表，估摸着队里的人快回来了，便起身说："行，我先送你们出去，你说的问题，我一定跟队里反映，有消息会尽快通知你的，你注意千万不要对外人讲。"

"我明白，我也是思来想去好多天才决定来的，还特意给孩子请了假，你们一定要给我个答复。"苏芸临走不放心地说道，"先前我只知道万江犯案了，但不知道具体情形，既然现在知道他是冤枉的，我就一定要给他讨个公道，他真的是一个好人。"

刘万江若真是被冤枉的，那问题可就大了。送走苏芸母子，骆浩东感觉一阵眩晕，强打着精神好不容易走回办公室，一屁股坐到椅子上，咳嗽了好久，冒了一身的冷汗，感觉自己都快虚脱了。感冒是一个方面，更主要的是苏芸带来的消息对他内心的冲击太大了，自抓捕那晚过后，他几乎每晚都会在梦里重复着开枪击毙刘万江的场景，每每在刘万江倒下的那一刻被惊醒，时常分不清倒下的是刘万江还是自己，他不敢想象若自己真的错杀了一个无辜的人，他该如何面对以后的日子。

不仅仅是他，宁博涛和李队听完他的复述，当场也蒙了。加上骆浩东，三个人合计了一下，决定还是要再去跟苏芸深入了解一下情况。于是当天傍晚，按照苏芸给的地址，三人到苏芸家走访，苏芸依然坚持自己先前的说法，三人无奈，只能郁郁地离开。次日一早，李队找到支队长，如实汇报情况，支队长也是吓了一身汗，更不敢耽搁，立马赶去市局找领导汇报。局领导听取汇报后，很是错愕，也很是犯难。案子刚刚被树为典型，又是通过媒体大肆宣扬，又是对办案人员歌功授奖，若真是个冤假错案，那还得了？但是不管怎样，既然案子有了新线索，那就必须查个水落石出。局领导经过开会研究，责令支队长亲自挂帅，除重案队人员以外，在别的大队选派几个得力的民警，组成专案组，专门核查此案。但鉴于案情复杂，有可能对警方产生巨大的负面影响，此次任务，务必低调，所有参与人员严禁对外声张。

之后，专案组将案子的整个脉络重新捋了一遍，又反复询问苏芸多次，并赶赴台山村与刘万江的一双儿女进行了问话核实。而刘万江的这一双儿女，眼下面临的处境也异常艰难。父亲突然变成杀人恶魔，周遭邻居的嘴脸可想而知，又时常有媒体记者和好奇者前去骚扰，加之妹妹刘湘的精神状态堪忧，哥哥刘明不得不辞掉工作，带着妹妹回到父亲位于台山村的老宅过活。据刘明向专案组人员反映，他只是在小时候对苏芸有过一些接触，长大之后就没再见过，至于苏芸和父亲刘万江之间的私情，刘明表示他和妹妹也是近段时间才有所耳闻。

很快，专案组的核查便走入死胡同，除了苏芸的证词，未再发现任何别的可追查的线索。而就在这时，核查的消息被走漏，这倒也正常，世界上哪有不透风的墙，任何单位都有些不服从组织纪律的人。消息很快在社会上散播开来，媒体也及时跟进报道，各种捕风捉影的消息甚嚣尘上，社会舆论对警方极为不利，令专案组承受着巨大的压力。尤其是重案队的人，特别是亲手击毙刘万江的骆浩东，内心更是无比忐忑，他有种不祥的预感，更大的危机正一步一步向他靠近。

盛阳市，1994年1月3日凌晨1点左右，一名穿着高跟长靴的女子被杀死在出租房的楼道里。被害人叫陈瑶，在曼琳歌舞厅做陪酒小姐，独自租住在北江区盛和街道华苑小区 19 号楼 602 室。从现场环境和尸体状况判断，陈瑶是被人从背后偷袭刺死的，凶器是一把尖锐利器，致伤创口与春和街连环杀人案尸体特征很像。凶手在现场留下一张带有风景画的明信片，风景画则为皇陵公园隆恩门，与先前"春和街连环杀人案"中出现的明信片为同样的套系，唯一有些差别的是其背后并无寄语。另外，凶手在被害人小腹部位，用锐器刻下一个类似剖腹产手术后留下的疤痕图案。

放荡女、高跟鞋、尖锐凶器、剖腹产疤痕图案、皇陵公园明信片，如此多相似的案件特征，怎能不让警方联想到"春和街连环杀人案"？可是前案凶手已经当场认罪并被击毙，那么眼前的只能归结为模仿作案。进一步深入调查被害人背景信息发现，陈瑶竟然曾经也在蓝豪演艺歌舞厅做过陪酒小姐，甚至跟管事的二肥还是情人关系，遇害前她住的房子便是二肥给租的。不过一个月前，二肥因另有新欢把她给踹了，她一气之下跳槽到曼琳歌舞厅，还带走两个当红的陪酒小姐。二肥因此跟她彻底闹翻，还扬言要找人弄死她。不过在接受警方的传唤时，二肥给出了不在案发现场的人证，因此被排除作案的可能。然而，排除他本人作案，并不意味他不会雇凶报复杀人，并通过模仿连环杀手作案，来误导警方的办案视线，从而逃脱追查。

随后的尸检结果表明，凶器同样是一把修鞋用的钻孔锥，但与前案使用的凶器存在细小差别，可以肯定不是同型号的钻孔锥，这似乎让案件看起来更像一种模仿作案。不过关于尸体上的疤痕图案，以及皇陵公园明信片这两点细节，警方从未对外公布过，媒体的报道也未提及，模仿作案的人又怎么会知道？而且连明信片的套系都一清二楚，甚至选取的单张明信片与"春和街连环杀人案"中的也未重叠，恐怕除了警方，也只有真正的连环杀人犯才能这么清楚。加之苏芸提供的证词，也令刘万江的认罪出现反转，所以总体来看，"春和街连环杀人案"存在办错案子的可能。那问题就又绕回来了，既然刘万江不是凶手，他为什么要承认罪行？还有个疑问，如果是真凶出来继续作案，为什么在凶器的选择上和明信片使用的情节上，会与前案存在细微差异？

线索绕来绕去，案件特征你中有我我中有你，随着"陈瑶案"的出现，不管最终真相如何，实质上都给"春和街连环杀人案"蒙上一层厚厚的阴霾，因此李津录、宁博涛、骆浩东、何兵等重案队骨干人员，被要求接受组织上的督导审查。虽然督导组来来回回反反复复核查了几个月，最终并没有查出任何问题，事实上在整个案子的侦破调查过程中，这些人完全没有过越界和舞弊行为，一切都是跟着证据才走到眼下的地步，不过毕竟案子真相存在很大争议，再有媒体以及社会大众的质疑声不绝，若继续把这几个骨干人员堂而皇之放在原来的岗位属实不大合适。于是，先是何兵被调到分局治安大队，紧接着宁博涛被调到派出所，另有一位民警被调到分局禁毒大队，李队虽然位置没动，但先前他升任副支队长的呼声很高，现在也只能原地踏步。

至于骆浩东，原本局里想将他退回出入境管理支队，但在李队和宁博涛的帮忙推荐下，骆浩东得以调入同省的金海市刑侦支队。骆浩东本身就是金海人，父母也早想让他调回老家工作，此次调动也算一举两得，既方便照顾父母，又能够继续做他梦寐以求的刑警。当然，李队和宁博涛之所以愿意帮他，是真的觉得他是块好材料，不干刑警可惜了，所以在得知骆浩东是金海市人后，宁博涛找了先前在部队的小兄弟，后来转业到金海市公安局的马江民，共同将此事促成。

离开省城前，骆浩东特意去了趟台山村，想探望一下刘万江的一双儿女。他很清楚案子带给两个孩子心灵上的创伤，恐怕一时半会儿难以愈合，尤其每每想起那个身子瘦瘦的女孩刘湘，被父亲勒住脖子无法呼吸，眼神中流露出的那种惶恐和绝望，他心里都格外难受和愧疚，不过没想到去到村里之后发现为时已晚，刘明和刘湘早已离开台山村。据他们的叔叔说，大概在1月中旬，两个人突然悄无声息地走了，估计是去北京或者上海给刘湘治病了。刘湘因为被父亲挟持为人质，又差点被父亲杀死，并目睹父亲被击毙的惨状，身心受到巨大的冲击，据说从那一晚起，她突然失语了，沟通全靠写字，且整晚整晚失眠，睁着眼睛犹如行尸走肉般，吃喝拉撒都得哥哥提醒。刘明先前跟叔叔提过，想要带妹妹去大城市看病，最好是北京或者上海那种医疗发达的城市，只是他叔叔没想到，他会选择不辞而别的方式。听了刘明叔叔的话，骆浩东心里更不好过了。

重案大队这拨人被停职审查后，"春和街连环杀人案"与"陈瑶案"被并案调查，由市局牵头成立专案组，专案专办。然而遗憾的是，尽管专案组不辞辛劳，夜以继日，竭尽全力地追踪调查，案件仍迟迟未能迎来突破，"陈瑶案"最终成为一桩悬案，而"春和街连环杀人案"的定性虽然最终并没有反转，但其实在盛阳警方很多干警心中都是一笔糊涂账。

第十九章

回到现时

—— 未曾遗忘 ——

金海市，现在。

夜深人静，骆辛默默坐在床头，视线空洞而又专注地盯在对面墙上。整整一面白墙，贴满了大头照，照片中的人看面相便知是穷凶极恶之徒，最新贴上的是刘万江的照片。

骆辛很清楚母亲是什么样的人，她是那么温婉，那么善良，根本不会惹出能够致命的麻烦，问题一定出在父亲身上。父亲从警近二十年，抓过无数罪犯，其中不乏亡命之徒、奸诈恶人，他们想要报复父亲，想要折磨父亲，所以杀害了母亲。

试想一下，以骆辛的性格，他怎么可能任由方龄和张川这些外人去查他母亲的案子，而自己却不闻不问？实际上，他从来未曾松懈过，一直在暗中悄悄调查着。但凡有时间，他便会钻进档案室中翻阅父亲办过的案件卷宗，大脑中原本余下的存储空间，也全部被父亲抓捕过的罪犯的资料填满，他相信杀害母亲的凶手一定就在这些人中间或者身边。

骆辛对着满墙照片，不自觉地重复着"钢琴手"的动作。不知过了多久，他拿起搁在床头桌上的水性笔，起身走到照片墙前，在刘万江的照片旁画了一个横向箭头，写出一个名字——刘明。

他决定亲自去趟盛阳市，对"春和街连环杀人案"全面彻底地复盘一次，无论当年案子办得是错还是对，他都要给父亲一个交代，完成父亲未竟的任务，更重要的是找出其中可能与母亲被害有关联的线索。

"我要去盛阳。"一大早，骆辛将周时好堵在办公桌里，语气不容拒绝。

"去吧，先前传真过来的案情资料也不全面，还有物证资料，最好也亲自去过目一下。"周时好干脆地说道。

骆辛没想到周时好会答应得这么爽快，不免一愣。

"哦，马局和盛阳那边通过气了，这案子两家一块办，那边马上也会派人过来了解'冯佳佳案'的具体情况，咱们这边我跟局里争取了，让你们俩过去，能行吗？"周时好看了眼站在骆辛身后的叶小秋说道。

"行，行，保证完成任务。"叶小秋抢着说。

"那边负责这案子的还是重案队，会安排专人和你们对接。"周时好深知骆辛的脾气，盛阳的案子跟他爸有直接干系，搞不好跟他妈妈的死也有关系，你拦着不让他去他也得去，不如就名正言顺地派他过去，便叮嘱叶小秋道，"相关手续和证明文件我让郑翔去办了，待会儿找他要去，到了那边多谦虚向人家请教，遇到任何问题都要及时打电话向我汇报。"

"明白，明白。"叶小秋点头应承道。

"关晓芝那一家人的背景要深入调查清楚，冯佳佳的案子不排除雇凶杀人的可能。"先前去家访，关晓芝奶奶的表现给骆辛留下很深的印象，孙女跳楼了，儿子郁郁而终，儿媳变成疯婆子，换成一般人早歇斯底里了，可这老太太身上却有种超乎寻常的冷静，不免让骆辛觉得有些不寒而栗。而这个家庭接二连三的不幸，均拜冯佳佳和陈卓所赐，老太太接近不了陈卓，雇个人杀冯佳佳出口恶气还是不难的。

"还有关海祥日记本上那两个女孩，很值得关注，我就不信陈卓祸害那么多女孩，能一点把柄都不留！"叶小秋顺着骆辛的话说。

周时好点点头，又嘱咐道："你们准备好了就出发，路上多加小心，慢点开车。"

　　方龄昨夜耗费大半个晚上，看完有关盛阳市"春和街连环杀人案"的传真资料，下半夜便没怎么睡好，骆浩东的影子总在她脑子里晃。

　　躺在床上，方龄像烙饼似的翻来覆去，到了下半夜两三点，实在忍不住，给周时好打了通电话，确认郑文惠生骆辛的时候，的确做过剖腹产手术。或许正是因为郑文惠腹部也有一道剖腹产手术留下的疤痕，让骆浩东心理产生应激反应，导致他生理上出现障碍，以至于此后很多年夫妻俩都过着无性的婚姻生活。从心理学的角度讲，性压抑或者性苦闷最容易导致人的心理产生失衡表现，所以骆浩东在这段无性婚姻中的种种病态行径，便有据可循了。问题在于为什么妻子腹部的手术疤痕会让他有那么大的反应？

　　"春和街连环杀人案"中，最显著的特征便是凶手在三个女被害人腹部都刻下一个类似剖腹产手术疤痕状的图案，相信这也是骆浩东对这宗连环杀人案最深的记忆点。当然，另一个深刻的记忆点，一定是他开枪击毙嫌疑人刘万江的那一刻。两个记忆点共同组成了他对这宗案件的回忆，而这种回忆总能够唤醒他深埋在心底，无法言明的自责与内疚。他一定早已在心中默认，"春和街连环杀人案"他办错了，而且开枪杀死了一个无辜的人。这是他职业生涯的耻辱，也是他做人的污点，如果可以，他永远也不想再触碰那段回忆，甚至假装已经忘掉那段往事，但偏偏妻子腹部上的疤痕，却时时刻刻提醒着他，令他焦灼痛苦万分。

　　方龄是刑侦局犯罪对策研究室的专家，她研究罪犯，也研究警察，都是研究人的，她深知一个人个性的养成，跟人生的每段经历都息息相关，所以人的个性是多面化的。而了解了骆浩东在省城探案的那段往事，方龄便也能理解他与郑文惠婚姻的不幸。但理解归理解，对骆浩东因自身问题而去精神折磨妻子和孩子的行径，她内心中还是充满鄙视。不过总体来看，骆浩东还算是一个好人，也是一个病人，那关键问题来了，他是杀害妻子的凶手吗？

方龄先前跟马局沟通过之后，调看了有关张建江黑社会团伙覆灭的卷宗档案，包括张建江在内的团伙核心成员有四人最终被判处极刑，有一人被判处死缓，目前此人已因病在狱中过世，另有一人由无期徒刑减刑为有期徒刑二十年，至今仍在金海市第一监狱中服刑。关于雇凶杀害骆浩东的那个成员，也在被处以极刑的名单中，当年根据他的交代，办案人员曾远赴外地追捕行凶者，但那时该行凶者已经因另一宗案子被当地警方在抓捕过程中击毙。

金海市第一监狱，提审贾闯。

贾闯便是获得减刑的那个黑社会成员，他是张建江的亲外甥，团伙中的脏事经手不多，身上没背人命案子，所以获刑最轻。他也是截至目前，张建江黑社会团伙核心成员中唯一在世的。

"你还记得骆浩东吗？"方龄直截了当地问。

"记得。"贾闯轻声应道。

"当年他妻子失踪的事，你知道多少？"

"听说一些。"

"我们最近找到了她的尸体，是被人杀害的，是你们干的吗？"张川接下话问。

"我们杀她干啥？"贾闯苦笑着说，"完全没有必要，早听说他们夫妻感情不好，当年我还以为骆浩东在外面养了小三，再说黑社会要教训一个人，不会把尸体藏起来。"

"那你觉得会是骆浩东干的吗？"方龄抬眼盯着贾闯问，"他当年给出的供词说他妻子失踪那晚，他跟你们整晚都在一起喝酒，你有印象吗？"

"那晚喝酒，是因为我舅舅想让他帮忙捞个兄弟出来，紧接着第二天他媳妇就失踪了，他第一时间怀疑是我们搞的鬼，气势汹汹闯进我舅舅的办公室一通质问，所以我印象很深。"贾闯不假思索地说道。

"骆浩东儿子的车祸是不是你们指使的？"张川问。

"不是。"贾闯干脆否认道，顿了顿，抬手挠了下额头，吞吞吐吐地说，"对了，有个事不知道该不该和你们说。"

"说说看。"本想起身结束问话的方龄，复又坐下说道。

"前阵子，号里来了个新人，老家是外地的，我俩没事总在一块瞎聊。聊着聊着就聊到当年四哥（雇凶杀害骆浩东的主谋）雇杀手杀骆浩东的事。他说他认识那个杀手，关系还很不错，有一次他们俩在一块喝酒，杀手喝多了，跟他说金海那趟买卖其实是捡了个现成，说他在医院停车场埋伏目标人物的时候，目睹有人在车上把目标人物杀死，他顺势冒充是他杀死的，照样领了钱跑路。"贾闯一口气说道。

"你是说杀骆浩东的凶手另有其人？"这消息太让人惊讶了，方龄不自觉地提高音量问，"那杀手知道凶手是什么人吗？"

"说是没看清。"贾闯道。

"那犯人叫什么，现在在哪儿？"张川急促地追问道。

"叫姜勇，在二监区。"贾闯道。

问话到此，方龄冲看守民警摆摆手，示意把贾闯带出去，随即和张川立马找到监狱方面的领导，提出要再提审犯人姜勇。很快姜勇被带进审讯室，他对两人的问话极为配合，拍着胸脯表示他先前跟贾闯说的那番话一点也没掺假，确确实实当年那杀手没有亲手杀死骆浩东，这就意味着骆浩东被杀一案出现了反复。

叶小秋觉得骆辛今天的表现有些怪，他没让叶小秋送他回去收拾行囊，而是自己打车走了。直到下午 2 点，叶小秋才等到他的电话，让她去家里接他，然后出发去盛阳。

金海到盛阳约 400 千米，高速公路上一路顺畅，于傍晚 6 点多两人平安抵达盛阳。看天色已晚，两人没去重案队打扰，自行找了家快捷酒店安顿下来。放下行囊，叶小秋拿手机搜索周边的餐馆，找到一家素食面馆，而且距离酒店很近，便带着骆辛去把晚饭解决了。近段时间叶小秋经常陪骆辛吃素，好像确实觉得自己身体里少了很多油脂，身子轻快了许多，搞得她也有点喜欢吃素了。

吃过晚饭，两人开始为重走犯罪现场做准备。案子距今已经过去二三十年了，当年的案发地肯定已经大变样，为此骆辛特意让叶小秋从网上下载了两幅地图，一幅是 20 世纪 90 年代的，一幅是最新版本的城市地图，两相对照，应该能更精确地找到几个案发现场。

上车，出发，大概半小时之后，汽车驶入春和街地界。夜晚的春和街到处灯火辉煌、霓虹闪烁，街道上依然车水马龙，街边的店铺和餐馆里人头攒动，看上去生意都很红火。工人村的路牌还在，但工人村已经发生天翻地覆的变化，低矮的平房和狭窄的巷道，被一幢幢高楼大厦和宽阔的柏油马路取代，这对工人村里的老百姓肯定是好事情，但对骆辛和叶小秋来说，已经失去了实地考察的价值。

原春和街农贸市场所在地，现在已经盖起一家星级酒店，骆辛和叶小秋对照着地图，在紧邻酒店停车场东门的位置，找到刘万江修鞋铺原本所在的方位。在骆辛看来，这个地点很重要，因为它不仅是三个被害人交集之地，也是整个连环杀人案件的起始之地。

以修鞋铺为起点，工人村在西，向阳小区在东，5 路公交车站在南，三个案发地之间，乃至到修鞋铺的距离，均在 1 千米的范围内，这不像是一个有组织力的杀手所为，通常对一个有组织力的连环杀手来说，会选择远离自己的栖身地作案，而无组织力的杀手才愿意选择自己熟悉的区域作案。

案件中被害人一，于案发当日午后 1 点到 2 点，到修鞋铺给自己新买的高跟鞋钉掌，这种做法在当年很流行，一方面在那个时代新鞋比较金贵，钉个鞋掌抗磨，能穿久一点；另一方面走路咔咔作响也很带派。话归正传，在钉鞋掌期间被害人一因鞋掌样式问题与刘万江发生争执，随后在离开后遭到跟踪。骆辛和叶小秋把车停在路边停车位上，按照手机上的地图指引试着重走跟踪路线，差不多步行 10 分钟，手机地图上显示目的地已经到达，两人随即便看到一个老旧破败的住宅小区。这倒也正常，向阳小区几乎是盛阳市最早那一批建成的商品房小区，距今比案件发生的年月还要长，所以眼前的破落和陈旧也在情理之中。被害人所住的 19 号楼也好找，就在小区路边。当然，这些都不重要，重要的是来回只需 20 分钟，刘万江随便找个借口离开修鞋铺一会儿，便能不显山不露水地搞清楚被害人一的具体住址。

"白天踩点，晚上作案，这刘万江挺有耐心的。"叶小秋感叹道。

"何止耐心，通常连环杀手第一个作案对象大多是机遇型的，被害人对他们脑海中幻想的对象而言很难达到完美，同样地，在作案过程中他们也不可能把自己内心的诉求表达得那么清晰。而反观刘万江第一次作案：首先，被害人漂亮，有传闻其私生活不检点，喜好穿高跟鞋，这几个特质完全符合他想要的，属于完美被害人；其次，杀人之后通过摧残面部、留明信片、标注寄语、腹部刻画这四个仪式化的动作，完美体现出自己的内心诉求，也就是所谓犯罪标记行为；* 最后，案件善后清理工作细致缜密，在现场未留一丝一毫有价值的线索。那么综合起来看，刘万江第一次作案可以说是异常完美，也是比较罕见的。说明这种杀人的念头、杀人的计划、杀人的过程，在他心底已酝酿许久，当然其终极欲望还是要惩罚出轨的前妻。"

"这样说来，不仅是耐心的问题，他还需要回去准备凶器和明信片，才能完成所谓完美作案，对吧？"叶小秋接连问道，"对了，如果说毁容、留明信片、腹部刻画，起到的是象征他前妻的寓意，那他特意标注出的出自阿加莎小说的名言又是为什么？"

"炫耀。"骆辛果断地说道，"这一点才是最有价值的个性化标识，说明刘万江痴迷犯罪小说，痴迷犯罪，就好像有些人喜欢追星，会忍不住把明星的照片或者新闻分享出来一样，都是期望能够获得更多人响应和认同。"

"所以他不需要杀人经历，完全可以借鉴在书本中学到的经验，一刀封喉，以最高效的方式杀死目标对象，并且把犯罪现场处理干净，对吧？"叶小秋顿悟道。

"这应该也是他想要炫耀的一个点。"骆辛答完，顿了下，又问，"对了，你有没有注意到作案过程中有个看录影带的情节？"

"看到了，我还看到资料上标注录影带的名字叫《神探亨特》。"叶小秋答，"我上网查了一下，是一部犯罪题材的系列美剧，上世纪八九十年代在国内播出后曾经火遍大江南北。"

"这除了再次佐证了他对犯罪事物的痴迷，也更深层次地体现出他的个性化标识。"骆辛稍微提高音量说道，"试想一下，什么样的人会在自己第一次杀人时，留在现场看完一部录影带？这样的心理素质，可不是普通犯罪人能做到的，很像是那种所谓天生变态狂。"

"不过刘万江曾因失手打残工友坐过牢，坐牢期间肯定会接触到各种乱七八糟的罪犯，说不定因此磨炼出强大的犯罪心态呢？"叶小秋提示道。

"不会的。"骆辛摇头道，"如果刘万江真如你所说的那样，他没必要做这么多花里胡哨的事，他会直接找他前妻进行报复。"

"听你这话里话外，怎么有点把刘万江排除在外的意思？"叶小秋的表情愈加疑惑，"都有点把我搞蒙了。"

"等等看吧。"骆辛未置可否，语气有些含糊。

两人一路交流案情，不知不觉已从向阳小区回到修鞋铺，随即又以修鞋铺为起点，继续往第三个案发现场5路公交车站方向走去。到了5路车站，发现车站还在，但案发时的公厕已经变为一家超市。当然，刘万江当年跟踪被害人三是在街对面的5路车站，因为一去一回的车站是分立在街道两边的。用时比修鞋铺到向阳小区稍微少点，大概只用了8分钟。

叶小秋站在站牌下，冲街对面指了指："刘万江当时跟踪到对面车站，看着被害人三上了5路公交车，然后返回去拿凶器和明信片，再回来埋伏，他怎么会知道被害人三一定会回来？"

"他不知道，他不过是死等罢了，就像他在大雨之夜埋伏被害人二一样，他只是期待她们能够出现，结果她们就真的出现了。"骆辛道。

"下雨了吗？"叶小秋突然感觉脸上湿湿的，伸手到半空中接，有几滴雨珠落在她掌心上。

"那回去吧，今天可以了。"骆辛道。

说着话，两人快步走回修鞋铺取车，也结束了这一晚上的实地复盘。

同一个晚上，在金海市一家小旅馆里，孙松愁眉紧锁地坐在凌乱不堪的大床上，手上的香烟一口跟着一口，屋子里烟雾弥漫，令人窒息，但他全然不知，深深地沉浸在自己的思绪中。

打从看到女儿孙雅洁尸体的那一刻，他便下定决心，一定要为女儿讨个公道，一定要让伤害女儿的人渣受到惩罚，否则他绝不离开金海。他本以为自己一定可以坚持下去，但最近接连来了两个人，尤其是中午来的那个人，让他开始犹豫。

这两人的目的都只有一个，让他接受和解，申请撤销案件，并尽快离开金海市。说实话，两个人给出的解释和计划很能打动他，但两人一个匪一个官，在这件案子上竟然殊途同归，让他觉得有些不可思议，但又确实令他心动，所谓"近奸近杀古无讹，恶人自有恶人磨"，如果让他选，他喜欢"匪"的方式。

问题是，这两个人会不会也是受陈卓方指使来演戏的？陈卓方私下找过他好多次，提出用高额补偿费进行和解，都被他断然拒绝。难道是一计不成，又生一计，开始使诈了？一时之间，孙松踌躇不定，不知该如何决断。

不知不觉，一支烟又燃尽，他将烟屁股按灭在烟灰缸的瞬间，蓦然想到了一个词——"破釜沉舟"。

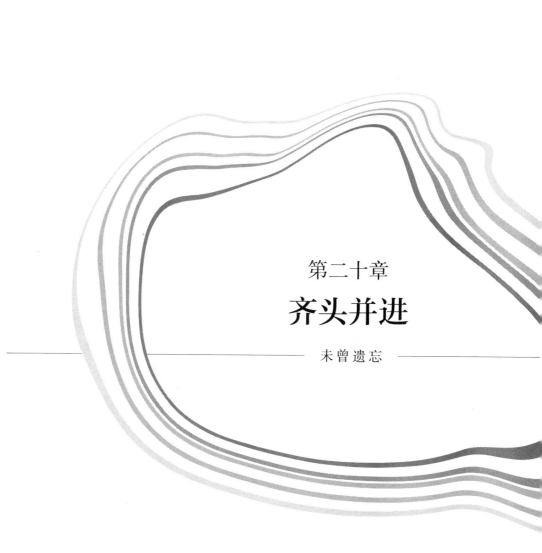

第二十章

齐头并进

未曾遗忘

次日，骆辛和叶小秋早早地便到盛阳市刑警队重案队报到，负责跟他们对接的竟然是骆辛爸爸的老熟人何兵。

当年因为案子上的争议，包括何兵在内的几个办案骨干相继被调离重案队，兜兜转转几年后，因为一个专案欠缺人手，何兵又被抽调回来，此后便留在队内。不过这么多年他始终原地踏步，没捞着一官半职，他对此倒也不太在意，能干回刑警老本行，心里已经知足了。

论岁数，何兵比骆辛他爸小1岁，现在也是50多岁的人，两鬓已经有了些许的白发，皮肤黝黑，眼神淡漠，下巴微微能看出些胡茬，一张脸看上去有些沧桑，但又透着精干。何兵仰头打量着站在自己工位前的骆辛和叶小秋，眼神愈加冷淡，阴沉着脸，不说话，心里却在暗骂：这么重要的案子，竟然派来这两个长得跟豆芽菜似的菜鸟，金海市局那帮人是脑子有病吗？

骆辛看出他的表情变化，直不棱登地说："我爸是骆浩东。"

"你是浩东的儿子？"何兵闻言，态度立马180度大转弯，语气和蔼道，"走，走，你们跟我来。"

说话间，何兵起身离座，出了大办公间，将两人带到走廊尽头一间小屋子里。屋子里很干净，办公桌椅齐全，桌上醒目地堆着几个大纸箱。何兵跟两人介绍说，这屋子原本是队里临时存放资料用的，现在特意腾出来给骆辛和叶小秋专用。有关"春和街连环杀人案"，以及第四起疑似案件的卷宗档案和物证资料，全都在桌上那几个纸箱中，两人可以在这里安心研究，不会有人来打扰。

"我们需要一块白板。"骆辛说。

"没问题，马上办。"何兵痛快答应，跟着又说，"春和街的案子，现在队里只有我参与过，所以队里指派我来配合你们，如果你们想去案发现场看看，或者想见见当年在案子中涉及的一些当事人，我都可以安排。"

"现场我们昨晚去过了。"叶小秋嘴快地说道。

"哦，那边变化挺大的，去看了是不是也没什么太大价值了？"何兵道。

"没事，我们感受感受地气就行。"叶小秋道。

何兵说话间瞥了眼骆辛，见他已经从纸箱里拿出一份卷宗在专心翻看，便道："行，那你们忙吧，有事随时找我。"

"谢谢。"叶小秋礼貌地笑笑。

何兵走后，叶小秋打量着桌上的箱子，建议说："咱俩分下工吧，你先研究春和街那三起案子，第四起疑似案件的资料我来看。"

"不用，暂时先把第四起案子剔除。"骆辛斩钉截铁道。

"为啥，你已经认定是模仿作案？"叶小秋诧异地问，随即一拍脑袋，"对啊，刘万江先前已经被击毙了，他怎么可能继续作案，可不就是模仿作案吗！"

"跟这个无关。"骆辛将视线从卷宗上移开，斜了叶小秋一眼，"昨晚现场白去了？自己昨晚在现场说过什么话都不记得了？"

"我说啥了？"叶小秋飞快地眨了眨眼睛，努力搜索着记忆，嘴里喃喃地说，"我说了刘万江有耐心，白天跟踪，晚上作案……踩好点，回去拿凶器和明信片……然后回来埋伏……苦等……"

"这些就够了，你觉得这样一个有耐性、有韧性的凶手，他会在第四起作案中漏掉明信片上的寄语吗？"骆辛提示道。

"就这么简单？"叶小秋恍然大悟，"也对，我记得你先前说过，连环杀手都有很严重的强迫症，尤其这种标记性行为，漏掉任何一个环节都会让他们觉得作案不够完美，所以第四起案子应该是模仿作案。"

"就这么简单！"骆辛摊摊手，强调道，"很多犯罪行为，在那个年代似乎难以理解，似乎让人觉得匪夷所思，时常成为办案的瓶颈，那是因为他们经历得太少，没有人帮他们总结和归纳而已。"

"就如 DNA 检验技术一出，很多疑难案件便迎刃而解；同样，侦破手段的升级和多元化，也使得原本看似晦涩难懂的案件，变得很容易定性和解析。"叶小秋完全读懂了骆辛的心思，怔了怔，又不解地问，"既然你都想明白了，那咱研究这些卷宗有啥意义？"

"先抓真凶，再抓模仿犯。"骆辛语气淡淡地说。

"真凶？"叶小秋又是一怔，紧接着追问道，"你是说春和街的案子不是刘万江做的？可他明明当场认罪了，而且作案细节说得大差不差，再说如果不是他做的，他干吗承认呢？"

骆辛微微抬头，目光深沉，幽幽地道："那就要看他想保护谁了。"

骆辛和叶小秋连着多天窝在盛阳重案队的小屋里钻研案情资料，金海市这边的调查也在按部就班地进行着。

关于"冯佳佳被杀案"，最先排除的是情感纠葛因素，曾经与冯佳佳有过暧昧关系的两名男子及其家属均没有作案时间。然后是天尚温泉山庄的总经理迈克·陈，经上级批准，队里通过电信部门调阅了他的手机通话记录和定位信息，在其手机通话中未发现与冯佳佳有关的通话，并且手机定位信息显示，9 月 20 日晚间 6 点到 11 点，迈克·陈确实身在天尚温泉山庄内。而经法医尸检以及外围相关调查情况综合研判，冯佳佳是死于当晚8点到9点，如果迈克·陈的口供和手机定位信息没有猫腻的话，他自然没有作案时间。

至于关晓芝那一家人，骆辛临去盛阳前特意嘱咐过要做重点调查，但经上级批准，核查这一家人的手机通话记录和银行流水，均未发现可疑动作，并且就目前掌握的信息看，也没有什么反常之处。

关晓芝，终年18岁，陈卓忠实粉丝，前年7月初经冯佳佳牵线与陈卓见面后被迷奸，之后又接连遭到各种网暴，最终在前年8月29日自杀身亡。

父亲关海祥，终年42岁，生前为职业写作人，曾出版过两部悬疑小说。他于本年8月16日，因肝癌晚期，逝世于本市肿瘤医院。郑翔在肿瘤医院拿到了他的病例，并且有医生和护士证明，他的母亲以及一些朋友，共同陪他度过了生命中最后几小时。

母亲许燕燕，现年41岁，先前是一家物流公司的财务人员，因目睹了女儿跳楼自杀的场面，身心受到巨大冲击，目前整个人处于严重精神失常状态。

奶奶张秀珍，现年68岁，原本为本市医科大学附属医院中西医结合科的大夫，擅长中医，主治各种肝胆病。退休后在自家住的单元楼一楼租了个门头房开中医诊所，因医术高超，收费低廉，诊所每天的病人络绎不绝，直到儿子去世，没人照顾疯儿媳，无奈才把诊所关了。

当然，冯佳佳一案最大的疑问，便是案情特征与发生在1993年盛阳市破获的一宗连环杀人案颇为相似。问题是那宗案件本身争议颇多，在结案的次年，也就是1994年1月3日，又冒出一起类似案件，而且这起被命名为"94·01·03"专案的案件，至今仍是一桩悬案。再说具体一些，1993年的连环杀人案和1994年的案子，虽然凶手杀人后都在现场留下一张带有皇陵公园风景画的明信片，但 1993 年的案子中出现的明信片上，均留有凶手从犯罪小说中摘抄的一段语录，而 1994 年的则没有。就是这样一个微小的差别，让案件更加扑朔迷离，到底是前面的案子办错了，真凶逍遥法外继续作案，还是后面的案子为模仿作案，盛阳那边始终也未有个明确的说法。而眼下的"冯佳佳案"的情节，则与 1994 年的悬案更为相似，留在现场的明信片上同样未标注语录，那这两个案子会是一个人做的吗？又或者 1994 年的案子为模仿作案，那冯佳佳的案子会是又一次模仿吗？

这就又回到关于杀人动机的疑问。冯佳佳漂亮、私生活放荡、爱穿高跟鞋，这与先前那宗连环杀人案中的被害人特征高度匹配，那么本案到底是连环杀人案的延续，还是说凶手只是想通过这样一个带有争议性的案件，转移警方追查的视线，从而掩盖真实的作案目的呢？总之，不管怎样，包括盛阳那边来办案的同人，大家基本能达成一个共识，这个凶手应该或多或少与当年的连环杀人案有点牵扯。

周时好给骆辛打了个电话，大致说了一下金海这边的调查进展。刚挂掉电话，便有电话打进来，是法医沈春华的来电，让他到解剖室去一趟，说有一些发现要跟他说道说道。周时好不敢怠慢，喊上郑翔，立马赶往技术队。

两人到了解剖室，看到沈春华正对着摆在桌上的一些照片和物件出神，周时好迫不及待地问："怎么了，有啥发现？"

沈春华微微抬头，从桌上拿起一把类似螺丝刀的物件，直奔主题道："这把叫'直针锥'，纳鞋底时钻孔用的，被确定为盛阳那宗连环杀人案的凶器。"

周时好随着沈春华的介绍认真打量，直针锥为铜柄、钢身，身长七八厘米的样子，头部为实心尖头。

沈春华放下手中所谓直针锥，接着又拿起一把类似物件，介绍道："这把叫'直孔锥'，可以带着线钻孔，通过模拟实验，对比被害人身上的创伤形态，我认为这把才是杀死冯佳佳的凶器。"

周时好一眼看出差别，直孔锥同样是铜柄、钢身，但在头部尖头后面有一个椭圆形的小孔。

"那也就是说，'冯佳佳案'与早年那起连环杀人案，在凶器的使用上存在差异？"郑翔忍不住插话问，"那与1994年那起悬案相比呢？"

沈春华轻点下头，指着桌上的照片道："我仔细研究过盛阳同人们带过来的资料，1994年的案子与前面的连环杀人案，被害人身上的创伤形态表面上看似相同，但仔细丈量还是会发现微小的差异。前面三起案子用的直针锥，致命伤为几处纵行创伤，深度为8厘米，宽度为2.5厘米。而直孔锥造成的创伤形态，虽然深度与其相同，但宽度其实只有2.4厘米，而且切开创伤口会发现，创伤壁要比前者稍显粗糙一些。"

周时好从沈春华手中接过直孔锥，把玩着说道："那就是说，杀死冯佳佳的和那起疑似案件的凶器，是这种直孔锥？"

沈春华总结道："总之，咱们现在至少能证明后面两起案件或许是有关联的，至于与前案有没有关联那就要看骆辛的了。"

方龄和张川通过黑社会团伙成员贾闯，确认了骆浩东不在案发现场的证据，但新的疑问又来了，据贾闯和同监室犯人姜勇提供的信息显示，当年杀害骆浩东的，并非黑社会团伙成员雇的杀手，而是另有其人。

那杀害郑文惠和骆浩东的会不会是同一个人？带着这样的疑问，方龄和张川再次翻阅起有关骆浩东被害一案的卷宗档案：

2008年6月21日早上8时许，一名到市中心医院看病的市民，在将车停到医院急诊楼前的停车场时，发现旁边轿车顺着车门流了一地的血，遂赶紧报警。出警后，民警发现车内驾驶员座位上有一男性死者，随身携带的证件显示其为市刑警支队一大队大队长骆浩东。

骆浩东身上共有三处刀伤，分别为右侧上腹部、右侧胸部以及右侧颈部，致死原因为右颈外动脉破裂，导致失血性休克死亡。死亡时间为前一晚，也就是2008年6月20日晚11点到12点。据医院护士和护工反映，骆浩东经常在晚间到病房探视儿子骆辛，大家都认识他，知道他们一家的状况，所以容许他在病房里待到深夜。案发当晚，他陪躺在病床上的儿子说了会儿话，大约在11点离开。

综合以上几点信息，不难推断案发过程：当晚骆浩东离开病房后，在院子里上了自己的车，与此同时，凶手迅速拉开副驾驶一侧的车门钻进车里将他捅死。这一套动作干净利落，预谋性很强，所以接手办案的人员很快便认定是职业杀手所为。

当年监控探头的应用还不普遍，中心医院大院中也只在车辆进出口处安了监控探头，进口处的探头拍到案发当晚，曾经有一辆灰色轿车紧随骆浩东的车开进医院大院，随后这辆灰色轿车又在当晚11点23分从停车场出口处离开。办案人员通过车牌追查该车辆，发现是几日前的失窃车辆，于是更加坐实职业杀手作案的推断。

方龄和张川实地考察，发现中心医院在原本停车场的位置上又盖起一座高楼，医院大楼内的格局也有很大变化。通过走访医院保卫科了解到，当时医院一部分住院病房和门诊部是在同一个大楼里，门诊部在东楼，住院部在西楼，西楼的大门晚间会上锁，但东西楼之间是贯通的，从东楼穿过一段走廊便能进入西楼。再有，医院急诊部设在门诊部一楼，所以医院外面的大门24小时可以自由出入。

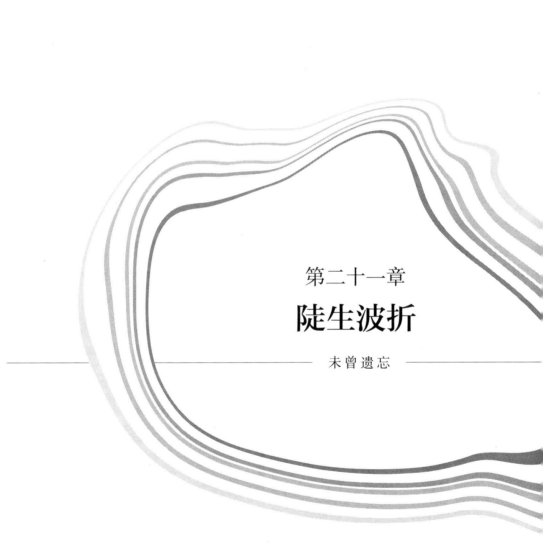

第二十一章

陡生波折

—— 未曾遗忘 ——

周时好明显能感觉到，自从自己和方龄的关系缓和之后，林悦到队里的次数和给他打电话的次数都比以往要频繁。

这么多年，林悦早已在心里将周时好据为己有，虽然两人暂时没有复合，但她也不允许有别的女人靠近周时好。应该说很长一段时期，他们俩彼此都有这个默契，都给他们之间这段感情留着余地。直到方龄的出现，让林悦心里有种说不出的危机感，尤其最近她听内勤女警苗苗说周时好和方龄之间不再针尖对麦芒了，而且相处得越来越融洽，心里的危机感便更甚了。

这又到晚饭时间，周时好正琢磨着去食堂对付一口，却听到办公室门外响起一阵清脆且富有节奏的高跟鞋声响。方龄和林悦都喜欢穿高跟鞋，但林悦个子高，步子大，鞋跟落地的声音格外重。果然，没几秒，林悦便推门走进来。

"吃饭了没？"林悦大大咧咧地坐到沙发上，跷起二郎腿道，"自己一个人吃饭没意思，要不你陪我吃点？"

"有啥可吃的？"周时好随口一问。

"现在大闸蟹应该挺肥的吧，咱去吃大闸蟹？"林悦回应道，"我有个朋友最近开了个海鲜馆子，馆子不大，但据说菜做得不错，要不咱尝尝去？"

周时好想了想，最近确实忙得晕头转向，吃顿饭权当放松一下，便道："那走吧。"

不多时，两人坐上林悦的豪车出了支队大院。正值晚高峰，马路上车潮汹涌，汽车只能走走停停，如乌龟般缓慢行驶。周时好很长时间没睡个好觉了，在汽车富有节奏的颠簸下，不觉一阵困意袭来，身子渐渐歪倒在座椅背上，沉沉睡去，看得林悦一阵心疼。不知过了多久，周时好听到裤兜里的手机响了，闭着眼睛摸出手机放到耳边，瞬即便听到郑翔在电话那端慌慌张张地说了句："头儿，出事了，赶紧上网看新闻。"周时好赶紧坐直身子，使劲晃晃脑袋，驱散着睡意，随之解开手机屏幕上的密码，点开新闻浏览软件，迅速翻看起来。半分钟过后，他突然失声嚷道："别去吃饭了，赶紧，赶紧去市局！"

"怎么了？"林悦被吓了一跳。

"工作上的事，一句话两句话说不清楚，你好好开车，尽量加快速度。"周时好不想林悦担心，尽量稳住声音。

林悦很少见他这么失态，估计是真有什么大事发生，便不再追问，提起车速，专心开车。汽车在车潮中闪转腾挪艰难穿行着，周时好电话不停地响，他硬挺着不接。终于在半小时后，汽车驶进市局大院，林悦刚把车停稳，周时好便推门跳下车，撒丫子往办公大楼里跑。

大概 1 小时之前，《金海晚报》通过自己的官方媒介号，在几个主流的网络社交平台上发布了一则配有视频影像的新闻稿。视频影像部分分为两段：前一段显示陈卓的豪华私人座驾在机场停车场，被一个驾乘黑色比亚迪轿车的不明人士砸碎车窗玻璃的场景；后一段的主角则是骆辛，大概半分钟的视频影像显示他从一辆黑色比亚迪轿车上下来，将拿在手中的一个重物扔到街边的垃圾箱中，然后返身回到车上，轿车随即开走。两相综合，网友很容易猜出骆辛便是砸陈卓座驾的元凶。该新闻稿的文字部分则指明，视频中的男子为金海市公安局参与侦办陈卓强奸案的一位民警，以此揭露警方办案人员通过自导自演砸车事件，违规取得证物的恶劣行径。

市局副局长办公室，马江民拿起放在桌上的文件夹，冲着刚刚进门的周时好狠狠摔了过去，周时好自知理亏，愣是没敢躲。马江民指着桌上的电脑屏幕，愤怒溢于言表，高声呵斥道："跟没跟你说过，执法一定要合法，你用这种非法的手段，取得天大的证据能用吗？就这种话我强调过多少次了，你他妈的都给我当耳旁风了是吧？"

"我……我要说我事先不知道，您能相信吗？"周时好见马江民这是真动气了，本来不想争辩，但末了还是没忍住。

"你不知道？机场的监控视频你先前看没看过？老叶的比亚迪你不认识？"马江民用手指使劲敲着桌子，"你知不知道现在局里多被动？你看没看网民都在说什么，已经不是违法取得证物的事了，是捏造了！"

"行，马局，我真知道错了，是我管理不当，只要这事能平，局里怎么处置，我都认。"周时好审时度势，知道此时说什么都白费，还不如态度诚恳点。

"既然证物用不了，案子肯定得撤，至于过错人员怎么处置，局里还得开会研究。"马局喘口粗气道。

周时好耷拉个脑袋，将摔在地上的文件夹捡起来，规规矩矩放回马局桌上，道："那我先回队里了。"

"赶紧滚！"马局气愤难平地瞪了周时好一眼，没好气地说。

周时好赔着笑，退出马局办公室，关上门的一瞬间，大大松了口气。这老头一句话都没舍得数落骆辛，如此看来估计这事老头能帮着给平了，不过这也给他自己敲了个警钟，像方龄先前说的那样，确实应该对骆辛适当做些约束，否则这孩子容易走火入魔。

次日上午，金海市公安局在官方媒介号上发布通告，承认有办案人员违法取得证物的事实，宣布撤销对"陈卓强奸案"的调查，并诚恳向陈卓以及公众致歉，对视频中出现的民警以及伙同人员给予留职察看处分，对案件负责人给予记大过处分。

似乎是约好了一样，通告发出去没多久，孙雅洁的父亲孙松主动来到队里，告知队里他已经与陈卓方进行了和解，现在正式提出申请撤销案件。天尚温泉山庄少女死亡事件，由此便彻底翻篇。

盛阳市这边，接到处分通知的时候，骆辛和叶小秋正跟着何兵走访刘万江儿子刘明的小学老师。

老教师 70 多岁了，精神头很好，还很健谈。她在春和街小学干了一辈子，提起自己的学生刘明，言语中尽是惋惜："刘明这孩子我有印象，从一年级到六年级都在我带的班上，还有他妹妹我也带过两年，兄妹俩学习都很好，可惜遇上那么一对不靠谱的爹妈，要不然刘明不至于初中毕业，便早早地踏入社会。"

"刘明当年在班级里表现怎么样？"骆辛问。

"挺好的，他是内向的孩子，不怎么爱说话，很耐得住性子，喜欢看书，其他小朋友在外面疯跑踢球玩的时候，他都窝在教室里看书。"老教师介绍说。

"刘美娜老师你还记得吗？"骆辛问。

"当然。"老教师凄然点头，"就是被刘明他爸杀死的那个呗。"

"她教过刘明吗？"骆辛问。

"算是教过。"老教师未加思索，语气干脆地说，"刘美娜当实习老师的时候，在我的班上帮忙带了两个月的课。"

"这么说先前被害人一，对刘万江来说并不陌生？"叶小秋开始领会骆辛的用意，他一定是觉得三个被害人之间的交集，并不仅仅是修鞋而已，但这对案件的结果又有什么意义呢？

骆辛对这个答案似乎并不意外，接着又问："田露这个女孩你有印象吗？"

"她也在我的班上，和刘明是同学。"老教师回答，跟着又问道，"你说的田露，指的是她妈妈是个护士，同样被刘明他爸杀了的那个女同学吧？"

"对，他们俩在班级里关系怎么样？"骆辛点下头，又问。

"没太注意。"老教师想了下，主动提示道，"噢，对了，据我了解，他们俩初中也在一个班上。"

"现在还能联系到田露吗？"骆辛问。

"能，我有她的电话，她现在在交通台做主持人，你们去广电大厦肯定能找到她。"老教师拾起桌上的老花镜架到鼻梁上，又把手机拿到手上翻找一阵，接着把手机屏幕朝向骆辛，"喏，就是这个电话号码，你们记一下。"

叶小秋记下电话号码，三人相继起身，与老教师道别离开。上了车，开动车子，何兵自然知道下一站的目的地，肯定是去广电大厦见田露。在刚刚与老教师的问话中，何兵虽一言未发，但很用心地听了骆辛的提问，尽可能让自己跟上骆辛的思路。

刘万江的两个孩子都是在工人村长大的，小学读的当然是春和街小学，自然与在那里当老师的被害人一会有接触。被害人三的女儿田露也是春和街的孩子，就读的小学同样是春和街小学，那自然有可能与刘万江的孩子认识。再往前想想，被害人二，也就是那个陪酒女，当年租住的房子离刘万江家很近，她每天都会从刘万江家门前经过，或许在案发前他们就曾经见过，或者经常照面，那也就是说三个被害人与刘万江或多或少都有些关联。不对，如果说关联，更直接点的应该是刘万江的儿子刘明吧？何兵一边开车，一边在心里暗自琢磨，突然意识到，骆辛做的这些补充侦查，好像针对的不是刘万江，而是他的儿子刘明。

一晃神的工夫，汽车已经驶入广电大厦门前的停车场。三人下车，进入大厦，叶小秋在前台给田露打了个电话。不多时，田露便从楼上下来。如今她也是个中年女人了，不过看起来保养得很好，风韵犹存的样子。

叶小秋亮明身份，四个人在大堂中的咖啡厅找了个卡座坐下。其实骆辛的问题很简单，就是想问一下田露当年和刘明的关系怎么样。案件过去那么多年了，田露显然早已从母亲亡故的悲痛中走出来，落落大方地答道："我和刘明在初中时期有过短暂的交往，就是小男生和小女生那种朦胧而又暧昧的交往，但是很快被我妈发现了，那时候刘明他爸总出差，他妈总出去跳舞，据说还把男人领回家睡觉。我妈说他妈不是正经人，教育出的孩子也不会好到哪儿去，死活不让我和他来往。再后来，他爸被抓了，他妈改嫁，他也转学了，我俩基本没怎么见过面。后来我上大学那年我妈还念叨，说幸亏我没和他好，说他啥也不是，跟他爸在农贸市场门口修鞋。"

刘明和被害人三的女儿不仅是同学，还曾经有过短暂的恋爱经历，而且分手的原因还跟被害人三有关，如果说案发当天，因为在擦鞋过程中引起被害人三的不满，导致凶手出现应激反应，那么反应更大的必然是刘明而非刘万江。不用骆辛多解释，此时的叶小秋和何兵已经完全读懂他的心思，他的目标就是刘明。

见过田露之后，已经到了午饭点，何兵听叶小秋提过骆辛吃素，他正好知道一家菜品不错的素食自助餐厅，便带两人去吃自助餐，他请客。吃饭的时候，何兵将刘明的问题直接点破，骆辛未置可否，表示稍后会给他一份完整的报告解释，并提出，他还想见一个人，就是刘万江的情人，当年替刘万江喊冤的苏芸。

"你找她做什么？"何兵疑惑地问。

"我想亲自印证一下她当年有没有说谎。"骆辛沉声道，紧接着又接连问道，"对了，刘明当年是在一家酒店当保安吧，这家酒店目前还在吗？能不能找到他的旧同事聊聊？"

"这个得容我一些时间去找找看，工人村整体拆迁改造之后，当年的住户有的要了回迁楼，有的拿了钱去别地买房，苏芸是个什么情况还不好说，而且过去这么多年了，她人在不在世还两说。至于刘明工作过的那家酒店，叫恒源大酒店，当年是市内为数不多的三星级酒店之一，不过已经倒闭好多年了，中间又换了几拨经营方，也没折腾明白，我那天路过，发现又改成出租公寓楼了，估计想找到原先的员工，恐怕不太容易。"何兵表情颇有些为难，顿了顿，换上轻松的语气道，"明天是国庆节，这案子稀里糊涂这么多年也过来了，也不差这几天，你们要不要回金海休息几天？"

骆辛斩钉截铁地摇摇头，不容置疑道："你先按我说的找人，接下来几天的工作，我们会看着办。"骆辛口中的我们，指的是他和叶小秋。

"那行吧。"何兵讪笑一下道，对骆辛这种说话的腔调，心里多多少少有些不舒服，要不是看在骆浩东的面子上，他早发飙了。

当晚，何兵给老同事宁博涛打电话，聊到骆辛免不了吐槽几句。说骆辛和他爸骆浩东这爷儿俩简直太不像了，骆浩东高大壮实，为人憨厚正派，做事一板一眼，对工作充满热忱。而骆辛瘦得像麻秆，模样长得也磕碜，可能出过车祸的缘故，性格上有缺陷，言谈举止死气沉沉的，也不大懂人情世故，做事喜欢剑走偏锋，不过感觉确实有点能耐，当年春和街的案子落到这小子手里，说不定还真能有一个明确的说法。

　　国庆假期第一天，骆辛和叶小秋去了趟刘万江位于盛阳郊区的老家台山村。刘万江的兄弟已经去世，不过妹妹还健在。据他妹妹说，当年刘明和刘湘走得匆忙，没和任何亲戚打招呼，搞得他们这些长辈心里很是过意不去，觉得没有帮助大哥照顾好俩孩子。他妹妹自己觉得俩孩子这么做的原因，一方面是要去大城市给刘湘看病，另一方面当时已经有媒体记者从市里面追到村里，纠缠兄妹俩要做采访，本来村里对俩孩子就议论纷纷，又接二连三有记者来捣乱，俩孩子心里肯定很难受，所以干脆一走了之。不过她也没想明白，这么多年那兄妹俩怎么会一点消息都没有。那年村里规划修路，大哥家的房子在规划范围内，他们想尽办法也没能联系到那俩孩子，最后妹妹和二哥商量，替俩孩子把字签了，让村里扒了大哥家的房子，补偿款至今分文未动，还等着俩孩子回村里来给他们。

　　从台山村空手而归，回到酒店已接近傍晚，两人简单吃了点东西，便各自回房间洗漱休息。半夜骆辛被手机铃声吵醒，打电话的是"明光星星希望之家"的周姐，她在电话里哭着说崔鸿菲教授出车祸了，目前正在医院抢救，医生说恐有生命危险。

　　仿佛那个魔咒又应验了，凡是亲近骆辛、对他好的人，都不会有好下场。骆辛心情沉重地喊醒叶小秋，两人连夜上路，返回金海。一路高速狂奔，下了高速路口，进入金海市区天已经亮了。两人直奔医院，此时崔教授的手术已经结束，主刀医生表示性命算是保住了，但人恐怕永远无法醒来。

　　当骆辛听到"植物人"三个字从周姐口中说出的时候，神经似乎便不受控制，手指飞快地弹动着，面颊也跟着抽动，甚至整个身子都在抽搐。每个人都看出他伤心至极，只是不会表达而已。

　　接下来的几天，骆辛大多时候都待在 ICU 病房外的休息区默默地坐着，似乎在等待奇迹的降临。一周之后，崔教授依然沉沉睡着，没有一丝一毫苏醒的迹象，骆辛逐渐意识到，崔教授可能真的要在病床上无限期地睡下去，就如当年的他一样。

这么多天，除了叶小秋始终陪在骆辛身边，周时好时不时也会到医院看两眼，这会儿眼见骆辛情绪终于恢复正常，才敢把车祸的真相说给他听：

崔教授外地有个朋友，趁着国庆假期携全家老小来金海度假。10月1日当晚，在朋友住的酒店餐厅，崔教授定了一桌酒席给朋友接风。大约晚上9点30分，酒席结束，崔教授和朋友告别，独自坐上回家的出租车。

崔教授家住在城北一所全封闭管理的高档小区，出租车不让进小区内，崔教授便让司机把车停在小区大门口前，然后下车。而就在她下车的一刹那，突然从后方冒出一辆加速疾驶的吉普车，冲着崔教授猛地就撞了过去。出租车司机当场便被吓傻了，等他反应过来时，吉普车已经逃得无影无踪。

周时好安排人手沿着出租车当晚的行驶路线调阅街边的监控录像，发现肇事车辆先前便一直不急不缓地跟在出租车后方，而通过车牌调查发现那是一部失窃车辆，目前该车辆仍下落不明，刑警支队联合交警部门正在全力追查中。

从上述情节不难看出，车撞人事件其实是一起有预谋的故意杀人案件，但是以崔教授一贯与人为善的行事风格，骆辛实在想不明白什么人会对她如此仇恨，而且还是用那么残忍的方式进行报复。他立马叫上叶小秋出了医院，吩咐叶小秋开车去"明光星星希望之家"，他想问问周姐崔教授最近有没有得罪什么人。

周姐是崔教授的干女儿，一直以来都尽心尽力辅佐崔教授打理"明光星星希望之家"，像什么财务、人事、后勤等方方面面的工作，都被她一肩挑包揽下来，毕竟像"明光星星希望之家"这种慈善型的学校，是雇不起太多行政人员的。

说起来，骆辛认识周姐也蛮久的，打从他第一次接受崔教授的治疗时周姐就在，估摸着现在她也有40多岁了。但更具体的情况骆辛就不大清楚了，只是大概知道她最初是崔教授雇的家庭保姆，后来两个人相处时间长了，有了很深的感情，崔教授主动提出收她为干女儿。崔教授本身一辈子没结过婚，膝下无儿无女，有周姐的陪伴和照顾，对她来说倒也是件好事。

崔教授虽然躺在病床上，但"明光星星希望之家"暂时还得正常运转，所以周姐这几天是医院和学校两头跑，特别辛苦，整个人明显清瘦了不少。但即使这样，她依然还剩下200多斤的身子，"熊猫"本色未变。"熊猫阿姨"是学校里的孩子给周姐起的绰号，她虽然长得胖，但面相很和善，加之总戴着一个大黑框的眼镜，看起来萌萌的。

周姐的办公室在学校的二楼，骆辛和叶小秋赶到的时候，她似乎也刚刚进门，正在用毛巾擦着沾在衣服上的白点子，看到两人，大大咧咧地说："刚刚去食堂帮着包包子了，中午学校吃包子，你们俩也留下来吃点吧。"

"崔教授最近有没有得罪什么人？"骆辛直截了当地问。

"没有啊！"周姐头摇得像拨浪鼓，"干妈是什么样的人，你最清楚了，她怎么可能招惹是非？"

骆辛想了想，又问："那她最近有没有接诊过什么特别的病人？"

"应该没有。"周姐也稍微想了下，回应说，随即自责道，"那天我开车送干妈到酒店，本来想留下来等干妈的，但干妈非说不用，让我先回家，我就开车走了，现在想想真后悔，我当时应该坚持坚持，等干妈一起回家就好了。"

"你别这么说，这种事情谁也无法预料。"叶小秋安慰道。

"对了，你怎么办？"周姐红着眼眶，瞅了眼骆辛，关切地问道，"要不然让学校里的李老师跟你试一试？李老师其实水平也挺高的，这一点你不用担心。"

这十多年来，如果时间允许的话，骆辛几乎每周都会和崔教授见一面，接受一次心理辅导，现在崔教授躺在病床上昏睡不醒，显然这样的会面以后都不会再有了。但即使这样，骆辛也不可能接受别人的辅导，不是水平能力的问题，而是信任度的问题。自打骆辛奇迹般苏醒之后，真正能够走进他内心的，让他可以完全信任的人，就只有两个，一个是前搭档宁雪，另一个便是崔教授，她们是无可替代的。

眼见骆辛沉默不语，周姐便明白了他的心思，忧心忡忡地继续说道："眼下还有个迫在眉睫需要解决的问题，那就是没了干妈，这学校以后怎么办下去？"

"你想怎么办？"骆辛眉头紧锁道。

"我想……我想实在不行，就只能关门了。"周姐显然把骆辛当成自己人，沉吟一下，征询道，"干妈现在这种情况，这学校也没有办下去的意义，反正医院那边干妈身边也需要人，把学校关了，我以后可以全心全意照顾干妈，你看行吗？"

这学校是崔教授的梦想和心血，也是唯一能够带给骆辛身心放松和安全感的地方，他自然是万般不舍，但是面对眼前这种状况，他也只能认可周姐的决定。毕竟照顾好崔教授的身体，是今后生活中最重要的事情，他满心期待崔教授也能像当年的自己一样，有一天可以奇迹般苏醒过来。

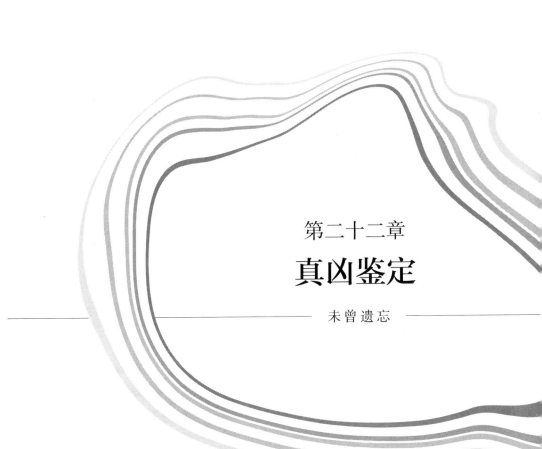

第二十二章

真凶鉴定

—— 未曾遗忘 ——

整个国庆假期，何兵一天都没闲着。他先通过市局的数据库调阅了苏芸的户籍档案，发现几年前已经销户，意味着她已过世。再往前查，发现她的户籍地址曾经做过变更，也就是说，工人村整体拆迁后，她拿了补偿款去别地买了房。何兵按照变更后的地址找过去，发现房子已经卖了，而新主人又把房子租给了别人。何兵又通过房客联系到房子的新主人，好在新主人当年在买房交易时，留过苏芸儿子的一个手机号码，何兵通过这个号码才终于联系到苏芸的儿子。苏芸的儿子叫郑厚仁，他表示自己目前身在金海市，在一家饭馆当大厨。

　　查找苏芸的过程，可以说是一波三折，但终归还有个大概的方向可寻，接着再找刘明的旧同事，对何兵来说可真就是只能碰运气了。毕竟时间已经过去二三十年，酒店工作又是个流动性极大的工种，而且大多数人都是吃青春饭，很少能够坚持干几十年的，不过这恐怕也是唯一可以追查的方向。酒店员工的流转，大多数还是在酒店业的圈子里，或许当年真的有恒源酒店的员工跳槽到别家酒店，至今仍在酒店工作的呢？抱着这样的思路，何兵去图书馆翻找资料和报纸，查了下盛阳市酒店业的发展史，锁定几家于20世纪90年代开业，至今仍然在正常运转的星级酒店，作为重点查找对象。

　　何兵用最笨的办法，一家一家跑，一家一家问，跑了七八家，终于在一家老牌四星级酒店找到一位曾经在恒源酒店工作过的员工，而且当年他恰巧就在保安部，和刘明是同部门的。据这位员工回忆，他只记得有刘明那个人，但对其他相关细节，脑子里一点印象也没有。不过他提供了一条信息，说恒源酒店当时尚处于内部装修阶段，还未正式开门纳客，保安夜班的工作基本上没啥事，而且管得不严，很多保安夜里都偷偷跑到附近一个24小时营业的游戏厅里打游戏或者看美女。

何兵把消息传给骆辛，骆辛表示很满意，因为这就意味着刘明是有作案时间的。至于对苏芸儿子郑厚仁的问话，因为他人在金海，就简单多了。骆辛和叶小秋找到他工作的饭馆，趁着还未到饭口，和他聊了聊。

"我妈当年说的都是真的，下雨那晚刘叔确实在我家待到下半夜，我用自己的人格担保。"郑厚仁拍着胸口说。

"你对刘万江的孩子有印象吗？"骆辛问。

"当然有，我都见过，妹妹人挺乖巧的，不怎么爱说话，哥哥人不咋的，一身臭毛病。"郑厚仁愤愤道，"我听我妈说，她和刘叔当时之所以不敢大大方方交往，主要是因为刘叔的儿子不同意他爸再给他找个妈，而且……"

见他欲言又止，叶小秋追问道："而且什么？你想说什么就大方地说，不必有顾虑。"

"反正我有点搞不懂他。"郑厚仁狐疑道，"当年我和我妈去公安局给刘叔喊冤，后来被媒体报了出来，有一天晚上他突然跑到我家里来，很不高兴地数落我妈，让我妈不要管他家的事情，还唆使我妈改说法，让我妈跟公安局的人说先前是她搞错了。我妈没同意，他甚至不惜跪在地上哀求，反正就是软硬兼施，不让我妈给刘叔翻案。我到现在也想不通他心里是咋想的，好像就是想让那案子赶紧稀里糊涂糊弄过去，我有时候甚至怀疑人是他杀的。"

郑厚仁的怀疑，正是骆辛所认定的，种种迹象表明，刘明才是"春和街连环杀人案"的真凶。

每一个反社会人格连环杀手的养成，都与其成长经历有着密不可分的关系，童年时期经历不负责任的母亲，青春期经历狂躁、消极，乃至暴力成性的父亲，几乎是造就反社会人格的标准途径。很不幸，这两条都让刘明赶上了。

因为父亲常年驻外地工作，事实上刘明就好似身处在一个单亲家庭一样，童年时期大多时间都是跟母亲一起度过的，母亲就代表着他对整个世界的最初认知。遗憾的是，因为父亲的出轨（刘明彼时并不知情），母亲备受打击，从而一步步滑进堕落的深渊，直至导致刘明父亲入狱，乃至家人离散。

经历了母亲陡然间的冷落和堕落，以及生活中的一系列变故，童年时期的刘明看透了世事无常，他的精神世界开始走向歧途。跟随继父生活的那段时间，让他饱受冷暴力之苦，让他在思想的歧路上越走越远。而随着父亲的出狱，他又回到父亲身边生活，同样地，生活不顺遂、意志消沉、情绪暴躁的父亲，并没有成为他精神世界的好榜样，反而令正处在青春期的他，反社会的人格日趋成熟。他开始有了暴力幻想，开始痴迷犯罪和与犯罪有关的一切事物，比如看犯罪小说、犯罪电影，钻研犯罪经验，等等。

所谓反社会型人格，简单点说，就是指某些人在面对生活中的不如意，面对挫折和失败时，不愿意反省，从不从自身找原因，而是总把过错推给他人和社会。而对刘明来说，"他人"便是他的母亲。在他的意识里，认为自己之所以过得狼狈不堪，其根源就在于母亲的堕落。是母亲的堕落，让他和妹妹饱受周围人的嘲笑之苦；是母亲的堕落，让父亲成为犯人，历经蹉跎，终生颓废；是母亲的堕落，让他和妹妹过着寄人篱下，看人脸色度日的生活；是母亲的堕落，让他过早地荒废学业，没能继续读高中甚至大学，更没法找到一份体面的工作。所以，当他遭遇如他母亲一样堕落的、教过他的小学老师，以及初恋情人的母亲，甚至陪酒女邻居的轻视和挑衅时，内心的怒火喷薄而出，终于将长久以来的暴力幻想变为现实。

然而，他的终极目标，当然是他的母亲。先前的一切惩罚，都是一种预演，一种磨炼，从而才能更完美地去毁灭。所以，对那些被选择代替母亲进行预演的角色，他必须在她们身上赋予更多母亲的特征——漂亮的脸蛋、放荡的私生活、性感的高跟鞋，是那些人本身就具有的，她们没有的是剖腹产疤痕和皇陵公园的明信片，于是刘明就人为地"赠与"她们。

明信片上的语录，体现更多的是对犯罪的炫耀，所映射的是一个不成熟的心智，以及将犯罪当成享乐的畸形心态；同样，将多次作案的地点选择在自己熟悉的区域，尤其距离栖身地很近的区域，是无组织力连环杀手的特征，如果不是，那就说明凶手的经验和阅历不够丰富，是年轻人的体现；三次案发均在刘明上夜班期间，而这恰恰也给了他充分的作案时间，因为单位管理并不严格，没人在乎他夜里到底在不在工作岗位上；刘明带着妹妹不声不响悄然离开台山村，应该跟苏芸坚持己见为刘万江翻案有直接关系，从这一点上也能看出刘明的心虚。

综上所述，"春和街连环杀人案"从犯罪特征和犯罪行为上分析，更贴合刘明的成长经历和心理特质。其父刘万江应该是在质问过他的犯罪过程和犯罪动机后，有感于父母的过错，影响了孩子的一生，心怀愧疚，遂选择牺牲自己，代为受过。

骆辛对整个案件的重塑和侧写，分析合理，推理恰当，证据链和犯罪行为可以互相印证，得到金海和盛阳两地办案单位的一致认可，"春和街连环杀人案"也终于有了明确的认定，只不过还未到真正结案时，因为凶手刘明至今仍逍遥法外，不知所终。

周时好上一次在医院把崔教授车祸的真相告知骆辛，其实还有个消息他没来得及说，那就是陈卓已经从国外回到金海了。这也是意料之中的事，像他这种富二代，在国内被粉丝追捧习惯了，在国外虽然物质上啥也不缺，但也没啥存在感，心理上的落差很大，日子过得没滋没味，所以孙雅洁的案子一了结，他就迫不及待买了机票回国了。

周时好虽然表面上看起来圆滑世故，处世八面玲珑，懂得审时度势，但骨子里绝对正义，也不会轻易认输。陈卓祸害了那么多女孩，已知的至少有两名女孩直接或间接因他而死，周时好怎么可能轻易放过他？孙雅洁的案子不让查，那就从别的受害女孩身上重新寻找证据，就像叶小秋先前说的那样，他也不信陈卓做事能滴水不漏，真就没在任何女孩身上留下一点把柄。这样想来，周时好突然觉得撤销孙雅洁的案子也并非坏事，至少能让陈卓放松戒备回到国内。周时好暗下决心，这一次如果能够找到证据钉死陈卓，决不能再让他轻易跑出国，一定要让他真正站在法庭上接受法律的制裁，所以此后的调查取证势必要更加谨慎低调。好在冯佳佳的案子中，依然存在与陈卓方的交集，必要的时候可用这个案子打掩护。

法医沈春华已经认定"冯佳佳案"中出现的凶器，与"94·01·03"专案中出现的凶器为同类锐器，而且这两起案子的案情特征一模一样，完全具备并案调查的条件。而对1994年的案子，骆辛倾向于认为是模仿作案，因此可以进一步明确凶手在"冯佳佳案"中使用同样的手法，是为了欲盖弥彰，达到扰乱警方办案视线的目的，从而掩盖其与冯佳佳之间存在的利害关系。所以，队里经过开会讨论，决定分两路侦查：一路由骆辛和叶小秋负责，侦查方向侧重在 1994 年的案子上，也就是说，这两个人负责抓模仿犯，这当然需要盛阳那边的配合；另一路则由支队这边一大队负责，主攻眼下冯佳佳的案子，围绕冯佳佳的社会关系和社会交往展开调查，找出具有作案动机的嫌疑人。两路人马要随时互通有无、分享信息，希望最终能够二者归一、胜利会合。

进一步就"冯佳佳案"展开说，先前已经排除劫财和情杀动机，虽然杀人灭口的可能性依然存在，但目前没有可追查的线索，也未找到可追查线索的方向，接下来调查的重点，暂时只能放在仇杀方面。这也是最有可能接近事实真相的一种动机，冯佳佳作为陈卓的"粉头"，有太多女孩是通过她的引导，才一步步走进陈卓的圈套之中，最终遭到迷奸。想必因此想要报复她的人不在少数，就像关晓芝的父亲关海祥一样，曾经跑到茶叶店暴打了她一顿。

如果关海祥没有在 8 月因病去世，他肯定是案子的第一嫌疑人，不过还是应该感谢他，先前去他家走访，骆辛和叶小秋意外收获到两个女孩的资料，这两个女孩的遭遇与关晓芝如出一辙，都是在冯佳佳的引见下，成为陈卓的迷奸对象。从前面提到的报复杀人的动机来看，她们既是"陈卓迷奸案"中的受害者，也具有报复杀死冯佳佳的犯罪嫌疑，所以眼下这两个女孩对警方来说极为重要。两个女孩一个叫姜黎黎，另一个叫程爽，前者在证券公司工作，后者是幼儿园老师，两人都不是金海本地人，之前郑翔通过手机跟她们联系，得知两个女孩均利用国庆假期回老家探亲了，不过两个女孩都说假期结束回金海之后会主动联系郑翔。

第一个联系郑翔的，是叫姜黎黎的女孩，约在一家咖啡厅见面，郑翔和周时好到的时候，才发现女孩的男朋友也在场。女孩表示，她是在三年前被陈卓迷奸的，当时她大学刚毕业，什么都不懂，也不太敢声张，稀里糊涂地就把微信聊天记录都删除了，等反应过来手里什么证据都没有了。她当年同样在网上发过帖子揭露过陈卓的不法行径，毫无例外也遭受到大规模的网络暴力，帖子也被删除得干干净净。她想告诉郑翔和周时好的是，她花了两年多的时间，才从被性侵和网暴的阴影中走出来，实在不想再重复那种恐怖的经历，事实上她也帮不了警方什么，所以希望警方不要再为难她，不要再联系她。

女孩的男朋友也表示，想跟女孩过平静的日子。还说他不在乎女孩的过去，当然在那段过往的经历中女孩本身也没做错什么，也没什么可介意的，但是人总要活在现实中，而这个时代的现实，便是一旦女孩站出来指控陈卓，陈卓方一定会反击，一定会在网络上引导话题和操纵舆论，那么对女孩的非议，就不仅是女孩的家人、朋友、周围的同事关注而已，而是全网、全社会都在关注。并且，网络上很多人其实并不关心真相，他们只是按照自己的想象去认定事实，去恶毒地审判你，去肆无忌惮地攻击你。在那些冰冷的流量大数据面前，人的尊严乃至生命，根本不值一提。

对冯佳佳的被杀，女孩和男朋友均表示不知情，说到冯佳佳被杀当晚，两个人回忆半晌，表示当日两个人下班便一起回家了，之后未再出过门。恋人之间互相做证，法理上是有效的，但就实际办案来说真实性还有待商榷，并不能完全排除两人作案的可能。

针对姜黎黎和她男朋友做进一步调查发现，两人在同一家公司上班，感情很稳定，目前处于同居状态。二人住的房子是租的，距离单位很近，是一个比较老的住宅小区，单元楼里没有监控探头，无法证实案发当晚两人到底出没出过门。不过单就身形来看，姜黎黎男朋友跟凶手还真有几分相像，都是又高又壮实的那种，而且他老家是盛阳的，问题是他现年还不到 30 岁，1994 年那起案子发生时，他还只是个刚学会走路的孩童，怎么可能犯案？既然他跟 1994 年的案子无关，那么杀冯佳佳的凶手就不应该是他。

另一个叫程爽的女孩，因为家里长辈突发疾病，向单位请了几天假，所以比姜黎黎晚几天回到金海。好在她算是信守承诺，回金海的当天下午，便主动给郑翔打了电话，并表示自己可以到队里去接受问话。

通完电话大约 1 小时后，郑翔在支队大门口接到程爽，引她来到周时好的办公室。程爽个子不高，长得娇小玲珑，眉毛弯弯的，眼睛很大，脸上挂着盈盈浅笑，看着很通透。周时好稍微打量几眼，便明显感觉到这女孩与上一个见到的姜黎黎截然不同，身上有一股聪慧而又坚韧的劲头。

周时好用纸杯接了杯水搁到程爽身前，程爽礼貌道谢，拿起水杯轻呷一口，接着便开始讲述自己作为陈卓粉丝的遭遇。事情发生在两年前，整个过程跟姜黎黎说的差不多，而姜黎黎的遭遇要比她更早，综合两个女孩陈述的情形来看，陈卓至少在三年前就对这种事情游刃有余，不难想象会有多少无辜少女遭遇过他的魔爪。

"你有没有想过报警，或者上网发帖子揭露陈卓丑陋的嘴脸？"周时好语气温和地问。

"想过……"程爽轻点下头，又使劲摇摇头，迟疑一下，说，"我很想，但是……但是我不能，我……我有难言之隐。"

"你害怕被网暴吧？"郑翔想当然地问。

程爽又点点头，瞪大眼睛说："你们都见识过，很恐怖对不对？而且你们警察应对这种事情，也是束手无策，不是吗？"

周时好苦笑一下，他听得出程爽刚刚话里的意思并不单单指的是网暴，便又问道："还有呢？"

"还有……还有……就是我有把柄在陈卓他们手上。"程爽支吾道。

"把柄？什么把柄？"郑翔一脸紧张，急不可耐地追问道，"你怎么会有把柄被他们抓到？"

"我被陈卓那什么了之后，第二天早上，可能他感觉到我是'第一次'的缘故，就用微信给我转了一万块钱，说让我当作男朋友送给女朋友的礼物，让我喜欢什么自己去买。当时我信以为真，就开心地收下了，没承想却为此受尽屈辱。"程爽咬了咬嘴唇，颤声道，"那次之后，他就不搭理我了，还拉黑我的微信，我有点反应过来被骗了。我很生气，就质问那个'粉头'冯佳佳，没想到冯佳佳提到了陈卓给我的那一万块钱，话里话外那意思说我是主动出来'卖'的。而且还威胁我说，他们手上有转账记录，如果我敢乱说话，他们就告我卖淫和敲诈。"

"人渣，都是人渣！"郑翔忍不住愤愤道，"所以，你害怕了？"

"我见识过他们在网上使的手段，他们手握转账凭证，别说告我敲诈了，单单是移花接木拼接微信聊天记录发到网上，便足够让我身败名裂。"程爽一脸委屈道。

"聊天记录还在吗？"周时好问。

程爽怔了怔，迟疑道："那个……那个手机后来被我弄丢了。"

周时好点点头，沉吟一下，然后抬眼盯着程爽问道："如果有一天，我们找到陈卓的犯罪证据，你愿意站出来指证他吗？"

程爽眨眨眼睛，双唇翕动，但没有发出声音，面色犹豫不决，但末了还是轻轻点了两下头。

周时好笑笑，随即郑重道："你放心，我们一定会保护好你，无论是你的人身安全，还是你的名誉权。"

程爽再次无声点点头回应。

"你最后一次见到冯佳佳是什么时候？"周时好转了话题问。

"就是那天她带我去温泉山庄见陈卓那一次，此后再也没见过她。"程爽不假思索地回应道。

"她被人杀了，你听说了吗？"周时好盯着程爽问道。

"她死了？"程爽一脸惊讶，拧眉道，"你不会觉得是我杀了她吧？"

"上个月，也就是9月20号晚上，你在哪里，在做什么？"周时好不答反问。

程爽愣了愣，凝神片刻道："不好意思，我真记不清了，不过晚上我一般很少出门。对了，我住的公寓楼门口有监控，不信你们可以调监控看一下。"

"你有男朋友吗？"周时好缓和语气道。

"啊？没有啊！这有什么说法吗？"问题有些跳跃，程爽先是一怔，但随即便反应过来，苦笑着道，"哦，你们是觉我如果有的话，会让他帮我去报复冯佳佳？"

这女孩脑袋果然很灵活，一点就透，郑翔赶紧解释道："这是我们办案的常规流程，你别介意，没有特别针对你的意思。"

"没事，理解。"程爽抬腕看下表，浅笑道，"天不早了，我刚回来，还得回去收拾收拾，明天要开始上班了，如果你们没有别的问题，那我就回去了。"

"行，回去吧，如果再想起什么，随时联系我们。"周时好从桌上拿起车钥匙，扔给郑翔，使了个眼色道，"外面天黑了，把人给我安安全全送回家。"

"不用，不用，你们都挺忙的，我自己打车回去就可以了。"程爽连忙摆手，婉言谢绝道。

"没事，别客气，这是我们应该做的。"郑翔说着话，拉开门，做了个请的姿势。

程爽见此，便不再推辞，起身冲周时好挥挥手道别，又冲郑翔笑笑，然后走出门口。

两人相继出门，周时好伸着脖子瞄着两人的背影，嘿嘿笑了笑，自言自语道："这两人什么情况？"

其实，打从这两人一进门，周时好就有种感觉，两人好像并不是初次见面的样子。程爽看着郑翔的眼神里充满亲近感，郑翔也一样，但凡周时好问点能刺激到程爽的话，他都赶紧跳出来打圆场。并且，先前郑翔带着程爽穿过大办公间，冲周时好的办公室来的时候，还殷勤地指着自己的工位给程爽介绍，周时好完全想不出这有啥必要，只能说郑翔这小子喜欢人家。

果然，半晌之后，郑翔回来还车钥匙，满面春风，笑容跟抹了蜜似的。周时好忍不住调侃道："怎么了这是，送趟女孩回家，脸上这幸福感有点藏不住了呀？"

"没有啊，没有啊……"郑翔用手抹着两边脸颊，掩饰道。

"可拉倒吧，别装了，给我老实交代，你俩怎么回事？感觉关系很熟，先前就认识？"周时好歪着嘴角，继续调侃道，"你是不是对人家有意思？"

"没，没，是……是这样的。"郑翔满面通红，支吾着解释道，"先前她和姜黎黎不是说从老家回来主动联系咱们嘛，我怕这中间有变数，就加了她俩的微信。随后我看程爽的朋友圈，发现她和我大学时期一个非常要好的同学是老乡，我忍不住问她认不认识我那同学，结果她说不认识，接着我们随便聊了几句，感觉挺投机的，于是之后这几天，时不时地我们就一起聊会儿天。然后那天，她妈高血压犯了，挺严重的，想住院治疗，但是去了医院，被告知没有床位，她很着急，就跟我念叨几句。我突然想到，我那大学同学家里挺有实力的，于是试着给他打了个电话，求他帮个忙，没想到人家一个电话就给解决了，所以程爽挺感激我的，要不然她怎么会那么配合，主动来咱队里接受问话？"

"哼哼，这该死的缘分，看来你们俩还真有戏。"周时好轻轻拍掌道。

"有啥戏，八字还没一撇呢。"郑翔摆摆手，随即正色道，"对了，周队，你觉没觉得程爽好像也没完全跟咱们交实底，她会不会知道陈卓一些事情，或者手里留着什么证据？"

"确实，这女孩很聪明，心思细腻，感觉并没有完全信任咱们。"周时好叹口气道，"她大概知道在咱们这座城市，陈卓的家族势力过于庞大，我们和人家较量，未必能有胜算。"顿了顿，周时好抬手指了指对面的椅子，继续道，"你坐下，说到这个我嘱咐你几句。程爽这女孩，被陈卓那渣男伤害过，你要是真想跟人家好，就要放弃一切杂念，一心一意对人家好，否则别招惹人家。"

"不会的，不会的，咱这没日没夜地工作，工资又不高，我还怕人家看不上我。而且我想好了，如果真有一天需要她站出来指证陈卓，无论惹来多少闲言碎语，我都会跟她共同面对。"郑翔一本正经地说。

"哼，都想好了跟人家共同进退，还说对人家没意思？"周时好呵呵笑道，很快便又换上严肃的表情道，"作为过来人，我再嘱咐你一句。像程爽这种受过伤的女孩，往往比较敏感，你说话要注意拿捏分寸，而且一定要把感情和工作分开，谈感情的时候不要聊案子，聊案子的时候不要夹带私情，不要让人家女孩觉得你接近她，对她好，是为了套她话，为了寻找陈卓的犯罪证据，这样对人家女孩也是一种伤害，对你们的感情绝无好处，知道吗？"

"我明白，我会把握好分寸的。"郑翔使劲点着头道。

骆浩东之死，如今出现变数，但仅凭一个在押犯人的话，也不可能轻易翻案。方龄跟马局汇报之后，两人商量了一下，觉得暂时先不往上面汇报，也不要四处声张，以免惹出不必要的争论，反正现阶段方龄和张川正在调查"郑文惠案"，如果骆浩东被杀另有真凶，那恐怕也跟郑文惠的案子脱不了干系，干脆让方龄和张川一肩挑了，把两个案子合并在一起查查看。

在骆辛成为植物人昏睡在病床上的那几年，骆辛的姥姥，也就是郑文惠的母亲，也因肺癌多次住院，并最终在市中心医院安然长逝。所以，那几年郑文惠的生活圈子和人际交往，几乎就仅限于市中心医院，因此她被杀的线索终归还是应该在医院里挖掘。方龄和张川认真总结了前一阶段的调查，发现他们出现一个重大疏漏，先前他们一直周旋于当年能够与骆辛和郑文惠这对母子发生交集的医生和护士以及病友家属之间，却忽视了郑文惠母亲这一块的调查，先不论导致郑文惠怀孕和杀害她的是不是同一个人，她完全有可能是在胸外科病房照顾母亲期间，与某个男人渐生情愫，或者惹来杀身之祸的。

当年骆辛的病房在医院西楼的四楼，而郑文惠母亲所住的胸外科病房在二楼，有相当长的一段时间，郑文惠每天都要辗转在这两个楼层的病房里。个中辛苦劳累不难想象，丈夫又因工作繁忙无法帮她分担，如此处境恐怕换成任何人，都免不了心力交瘁、身心俱疲，而往往在这个时候，人的内心是最脆弱的，最容易感动，也容易冲动，可能就会做出不理智的行为。

当年郑文惠母亲的主治医生，现在依然在市中心医院胸外科任职，是一位女士，据她回忆说：郑文惠母亲当年需要吃一种靶向药来缓解肺癌病情，从医院正常渠道买价格特别贵，她知道郑文惠的经济状况不是很好，出于同情私下里给郑文惠介绍了一个医疗代表。是个男的，当时三十七八岁，郑文惠通过这个医疗代表购买靶向药品，要比在医院买便宜不少，因此两个人在那段时间来往比较密切，而且这个医疗代表对郑文惠印象特别好，多次当着她的面夸赞郑文惠。

女医生告诉方龄和张川，这个医疗代表早前已经自己创业，开了家专门代理进口医疗器械的公司，并将此人的公司地址和手机号码给了二人。随后，按照女医生提供的信息，方龄和张川直接去了那个前医疗代表的公司，顺利地见到他本人。

"郑文惠？记得，记得，印象很深刻。"听到方龄提起郑文惠，这个前医疗代表大方地表示记忆犹新。

"据说当年你们关系很好，那到底好到什么程度？"方龄故意不把话说透，想试试对方的反应。

"算是好朋友吧。"前医疗代表淡然回应道，"我看过新闻报道，知道她被人害死了，你们今天来找我应该也是为了调查这个案子，但我恐怕真的帮不上什么忙，当年那段时间我正好出差去外地开会，回来的时候听说她已经失踪好几天了。那次出差，我们公司加上我去了四个人，如果你们需要我的时间证人的话，我可以把他们的联系方式都给你们。"

前医疗代表如此坦然，方龄便不再纠结他的问题，转而问道："既然你们关系不错，那她有没有和你聊过情感方面的话题，或者据你所知，她身边还有没有别的男人出现？"

前医疗代表凝神思索片刻，斟酌着话语说道："她没跟我提过，但我倒是能感觉得到有人在帮她，至于具体是什么人，我不太清楚。"

"你感觉？"郑翔插话道，"说说看，怎么感觉到的？"

"有段时间，郑文惠手头特别紧，欠了我几万块钱的药钱，我了解她的难处，便没好意思催她要。不过突然有一天，她一下子把欠账如数归还，我问她钱是从哪儿来的，她说找朋友周转的，她说这话时，表情特别不自然，好像做了什么亏心事似的。"前医疗代表回应道，"后来时隔几天的一个傍晚，我到中心医院办完事出来，远远地看到她在医院门口坐上一辆黑色轿车走了。再后来我碰到她，提到那晚她坐车的事，没想到她矢口否认，还一个劲说我看错了，但我明明没看错。"

"黑色轿车？"方龄相信前医疗代表没有说谎，因为先前她询问中心医院那个保洁员时，她也提到有关黑色轿车的线索，便追问道，"那车是什么牌子的？"

"天黑，没太看清。"前医疗代表缓缓摇头道。

"那好吧，谢谢你的配合。"方龄起身道别。

"郑文惠是个很不错的女人，身处当时那种环境她也挺不容易，真心希望你们能帮她伸张正义，早日抓到凶手。"前医疗代表起身送两人到门口，真诚地说道。

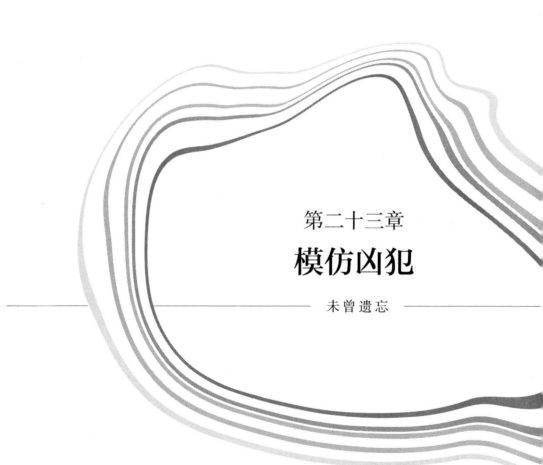

第二十三章

模仿凶犯

未曾遗忘

"春和街连环杀人案"确认凶手为刘明，但自从1994年他带着妹妹离开台山村之后，两人便像是从这个世界上消失了一样，没留下任何蛛丝马迹。搜索身份证档案数据库，相同名字的倒是有很多，但是从中并未筛选出完全匹配两人籍贯、年龄、亲属关系的人选，估计刘明是做贼心虚，在申领第一代身份证时，使用了虚假信息，将自己和妹妹的名字、出生地，甚至年龄等信息都做了更改。（第一代身份证，受当年技术所限，存在一定缺陷，相对来说比较容易造假。）

　　至于抓捕刘明，则完全是盛阳市那边的工作，目前办案思路主要有两个：一个是依托DNA数据库深入展开查对，比对的样本为刘明在台山村老家的亲属，但国内的犯罪数据库是从20世纪90年代中后期才开始逐步建立起来的，更早之前一些案子的数据并不一定能够覆盖到；另一个是梳理近三十年的积案，全面核查无名尸体档案，从中寻找有可能与刘明和刘湘相关的信息，不排除两人已经死亡的可能性。

　　如果1994年的案子和"冯佳佳案"均是模仿作案，并且这两个案子是同一个凶手所为，那也就是说，凶手曾经在盛阳市生活过，但目前人很可能身在金海，所以骆辛和叶小秋与何兵商量过后，决定两人暂时留在金海这边查找线索，何兵留在盛阳随时等候指令，配合做那边的走访。为此，何兵特意差人把"春和街连环杀人案"和"94·01·03"专案的卷宗档案和物证资料，连夜驱车送到金海。见识了故人之子在"春和街连环杀人案"上的表现，何兵真心觉得后生可畏，也甘愿听从他的指挥。

卷宗档案和物证资料几乎将骆辛的小隔断房摆满，叶小秋也终于有幸搬进隔断房里办公，这里成为她和骆辛临时的专案办公室，两个人窝在里面看了好几天的资料，基本上将调查模仿案件的办案思路捋顺了，总体大致分为这么几步：

破解模仿犯之谜，首先要搞清楚的是：他为什么要模仿杀人？很直观的一个行为反映，就是他想掩盖与被害人之间的关系。当时由于苏芸站出来为刘万江喊冤，针对"春和街连环杀人案"的结论，媒体和老百姓质疑声四起，或许正是这样一个社会大背景，给了凶手灵感，于是凶手想到通过模仿杀人，来掩盖他和被害人彼此认识，彼此存在利益关系的事实。

接着，当然要搞清楚的是：他为什么杀人？他真正的杀人动机是什么？分析这一问题，必然要搞清楚被害人是一个什么样的人，也就是所谓被害人研究。从背景信息看，被害人陈瑶终年 24 岁，来自北方偏远农村，人长得很漂亮，自 1991 年开始在盛阳市蓝豪演艺歌舞厅做陪酒小姐，其间勾搭上场子里专门负责管理陪酒小姐的绰号为二肥的马仔，两人关系一度如胶似漆，二肥还在外面单独给她租了个房子。到 1993 年 11 月底，因二肥另寻新欢，两人闹掰，陈瑶不仅自己跳槽到曼琳歌舞厅，还帮着新东家从老东家场子里挖走两名当红的陪酒小姐，惹得二肥勃然大怒，四处扬言要教训她、弄死她。除了二肥，作为陪酒小姐的陈瑶，社会面的接触自然相当复杂，办案人员通过多方调查，发现她与几名熟客长期保持着不正当的性交易，其中不乏三教九流和社会上有头有脸的人物。如此看来，陈瑶可以说是一个贪财、胆大、性格刚烈的女人，居然敢跟二肥那种在当时算是有些名号的黑社会马仔对着干。当然，也有可能是因为她熟悉二肥的底细，对他干过的脏事一清二楚，知道二肥轻易不敢招惹她，又或者她背后有比二肥更硬的靠山，只是警方当时并未发现而已。总之，从卷宗资料上看，专案组当年对上述这些嫌疑人反复筛查过多次，但最终一一排除在案件之外。

如今重新审视这个案子，骆辛觉得很明显专案组对被害人的背景信息挖掘得还不够深入，再一个，太轻易就放过二肥了。二肥有很急迫的作案动机，并且"春和街连环杀人案"中第二个被害人，曾经也是他场子里的陪酒小姐，为此他还接受过警方的盘问，两个案子中都有他的身影，应该予以格外关注。当年他所谓不在犯罪现场的人证，一个是他的新情人，还有两个是他手下的陪酒小姐。三个女人共同表示案发当晚，舞厅下班后，她们和二肥组了个麻将局，四个人一直打到次日天明。三个时间证人，看似很多，但也有可能她们是在二肥的威逼利诱下，集体给了警方假的口供。所以，骆辛让叶小秋通知何兵，在盛阳那边了解一下二肥的近况，尽可能把他找出来接受一次问话。

最后就要来分析，什么样的人能把案件精髓模仿得这么到位。他是如何获悉案件中的隐秘信息的？这一点其实对凶手来说是一把双刃剑，他可能因此干扰到警方的办案视线，将办案方向引向歧途，事实上他成功了，但也很有可能因此暴露出自己的身份特征，从而给警方顺藤摸瓜找出他的机会，只可惜这一点并没有引起当年专案组足够的重视。

叶小秋从纸箱中拿出一个证物袋，打量几眼，满面狐疑道："还别说，这凶手真挺神的，包括1994年的案子，还有眼下冯佳佳的案子，他留在现场的明信片，竟然跟前面三起连环杀人案中出现的明信片没重样过，他是怎么做到的？"

"蒙的。"骆辛埋头阅卷，淡淡地说。

"你这解释太随意，没啥说服力。"叶小秋哼下鼻子道。

"他可不是闭着眼睛瞎蒙，是有根据的。"骆辛把视线从卷宗中拔出，抬手指指叶小秋手中的证物袋，"你看看那明信片上的编号。"

"1987（0801-0010-04）。"叶小秋一边打量，一边随口念道。

"'冯佳佳案'中出现的明信片，编号为1987（0801-0010-05）。"骆辛跟着提示道。

"所以……怎么了？"叶小秋还是没明白骆辛的意思。

"这一套皇陵公园的明信片共十张，编号自然是从01到10，1994年的凶手显然注意到这一点，所以猜测前面三起连环杀人案，凶手是按照编号顺序从01到03发明信片的。"骆辛解释道，"事实上他蒙对了，于是1994年作案时顺次发出编号为04的明信片，'冯佳佳案'中再顺次发出编号为05的明信片。"

"哦，原来是这样，看来凶手的逻辑分析能力还挺强大的。"叶小秋恍然大悟道，"从这一点上，也再次印证1994年的案子与'冯佳佳案'是同一个凶手做的，对不对？"

"小聪明幸运得逞罢了。"骆辛不屑道，"不过这个细节不重要，关键要搞清楚的是案件中那两个重要的隐秘情节，凶手是从什么渠道获知的？"

"也许就是从当年的办案人员口中得知的呢？"叶小秋凝神想了想，然后说道，"不管你承不承认，从成功猜测出明信片发放顺序这一点来看，凶手的确头脑灵活，思维敏锐，他完全可以靠着碎片化的信息，自己揣摩出那两点信息，对不对？"

"那也就是说，1994年案子的凶手，不仅和被害人陈瑶有关联，而且曾经是'春和街连环杀人案'的当事人或者嫌疑人，因此接受过办案人员的问话……"骆辛自言自语道。

"那不就是二肥吗？"叶小秋提示道，"只有他在两个案子中都出现过。"

"问题是我看了对他的问话记录，当时并未提及疤痕图案和明信片的话题。"骆辛应声道。

"那会是谁？"叶小秋单手托腮，蹙眉冥思，须臾突然站起身来，开始在堆在桌上的几个纸箱中间翻找起来，"那个'春和街连环杀人案'中第二个被害人谢春燕的室友，叫什么来着？我记得资料中说她当时在案发现场围观来着，后来那个何兵叔叔还把她叫过去问话，有没有可能当时她看到了尸体腹部的疤痕和留在现场的那张皇陵公园的明信片呢？"叶小秋一边叨叨，一边从纸箱中抽出一个蓝色封皮的卷宗夹，随即便急不可耐地翻看起来，"找到了，那女孩叫张迎春，和谢春燕不仅是室友，还是老乡，而且她也在二肥手下当陪酒小姐，有没有可能是她跟二肥提到那两点信息的？"

骆辛闻言，抬起头注视着叶小秋，显然她的话引起了他的注意。

叶小秋继续翻看卷宗，翻到中间位置，看到里面夹着一沓照片，便把照片拿在手上，逐一过目。照片是一群女孩共同出游的留影纪念，上面记录的风景基本涵盖了皇陵公园、清朝宫殿、民国大帅官邸等盛阳市几个著名景点。关键是照片中的人，几乎每张照片中都有谢春燕、张迎春……对了，还有1994年的案子的被害人陈瑶的身影。

一瞬间，叶小秋心头一跳，赶紧将照片递向骆辛，兴奋道："你看看，这照片中三个人的关系看起来很不错，是不是可疑？"

骆辛一脸疑惑地接过照片，扫了两眼，猝然道："疏忽了，这么重要的线索先前怎么没注意到？看来真正与两个案子都有交集的人是谢春燕，她既是连环杀人案中的被害人，同时与1994年案子的被害人陈瑶还是朋友，对了，她们还是同乡吧？"

"是，谢春燕和张迎春是一个村的，陈瑶和她们是一个镇上的，但不同村。"叶小秋答完，又补充说，"对了，我在乡下派出所待过，通常一个镇上只有一所中学，这三个女孩很可能是中学同学，陈瑶比她俩大1岁，应该是她俩的学姐，所以她们当年去盛阳打工前肯定就认识。"

"搞不好，是陈瑶把两人带出来当陪酒小姐的。"骆辛指指桌上的纸箱，"那个谢春燕有个未婚夫，叫梁丰，当年他亲自到过盛阳认尸，把他的问话记录找出来。"

叶小秋闻言，话不多说，立即开找，不多时便将一份卷宗单独挑出，交到骆辛手中。

骆辛接过，快速翻看，发现当年陪同梁丰去认尸，以及给梁丰做问话笔录的，正是他爸骆浩东。从问话记录来看，骆浩东确实提及过皇陵公园明信片的细节，由此看，他们把调查视线放到梁丰身上的思路有可能是对的，于是他吩咐叶小秋给何兵打电话，想详细问问当年他们和梁丰接触的整个过程。

电话很快接通，叶小秋打开免提将手机放到骆辛身前。何兵在电话那端主动开口道："二肥的事我查了，他出狱后开了一阵子出租车，两年前出车祸死了。"

"知道了，何叔，我们还有别的事要问您。"叶小秋凑近话筒说。

"行，孩子们，有啥要问的？"何兵痛快道。

"当年梁丰接受问话时你在不在场？"骆辛问。

"在啊，怎么了？"何兵答。

"当时你们有向梁丰展示过皇陵公园的明信片吗？"骆辛问。

"给他看了，我记得他还拿在手上仔细端详了一阵，有什么问题吗？"何兵反问道。

"他对明信片背后的寄语有什么反应？"骆辛问。

"哦，当时给他看的不是原始物证，是我到皇陵公园走访时，另外买的那一套。"何兵道。

"所以梁丰只记得明信片的样式，却并不知道连环杀手真正留在犯罪现场的明信片上，是带有一段从犯罪小说中摘抄的语录的。"叶小秋忍不住搭话道。

"什么意思？孩子们，你们怀疑梁丰是模仿犯？"何兵疑惑地问道，蓦然间收声，似乎在那一瞬间想到了什么，片刻之后语带惊喜道，"等等，我想起来了，当日你爸带梁丰去认尸，据说那小子看到尸体当场晕倒了，后来我碰到法医聊起这事，法医说梁丰起初看到尸体时特别激动，抱着尸体一通哭叫，结果把裹尸布扯掉了，尸体小腹上的疤痕便暴露在他眼前，顿时把他吓晕了。而且，我记得当年你爸在结案后，还特意给梁丰邮寄过一份报纸，那报纸上详详细细报道了'春和街连环杀人案'的侦破过程。"

"尸体腹部的疤痕，不带语录的皇陵公园的明信片，全都是梁丰亲眼所见，再加上他从报纸上了解到案子的整个脉络，所以才能把案子的精髓大致模仿出来。"叶小秋笃定地总结道，"1994 年的案子不出意外应该是梁丰干的。"

"孩子们，你们太棒了，行，我得赶紧把情况跟领导汇报一下，那我就先挂了。"何兵由衷夸赞道，随后收线。

"那咱也赶紧把结论跟周叔汇报汇报吧。"叶小秋提示道。

骆辛无声地点点头，表示赞同。

得知骆辛和叶小秋在小隔断屋里憋了几天，竟然真的把模仿犯给梳理出来了，周时好自然是大为惊喜，身上的压力陡然间减轻了许多，因为这意味着"冯佳佳案"的凶手终于也有了着落。

当然，办案子不能全靠推理，还需要寻找确凿的证据，才能真正将凶手绳之以法。梁丰当年为什么要杀陈瑶？而在沉寂了近三十年后，他为什么又再次作案杀死冯佳佳？这么多年他到底经历了什么？他与老家的亲人还有没有联系？他的背景信息，他的成长经历到底是怎样的？这种种疑问，目前通通没有答案，并且他本人的照片在卷宗资料中也未有留存，所以眼下虽然梁丰极有可能身在金海，但骆辛还是决定去他老家走一趟，实地亲身对梁丰进行一次全面的起底调查。

梁丰老家在龙江省齐河市双沟镇永成村，距离金海市差不多1300千米，开车走高速一路顺畅的话，也得十四五个小时。叶小秋这丫头从小就爱摆弄车，念初中时便敢偷开她爸的警车满城转悠，驾驶技术这块周时好没什么不放心的，主要担心她一个人开车太疲劳，容易出事故，骆辛又是急性子，肯定不会允许半路住店休息的。所以周时好特地安排一个驾驶技术好为人又靠谱的民警随两人一同前往，来回他跟叶小秋可以轮换着开车，对两个孩子来说也多个照应。

三个人都简单收拾点行李，又对车辆做了些跑长途前必要的检查，接着给油箱加满油，之后便出发上路。出发前，趁着周时好嘱咐骆辛的工夫，叶小秋把郑翔拉到一边轻声交代了几句，鬼鬼祟祟的样子，成功引起周时好的注意。等他们三人上了路，周时好回到办公室，便开始盘问郑翔："刚刚和小秋在偷偷摸摸嘀咕啥呢？"

郑翔愣了下，含含糊糊应道："小秋……小秋让我帮个小忙。"

"帮啥忙，还得瞒着我？"周时好没好气地说，"赶紧，痛快说。"

郑翔抬手搔了搔头道："那什么，就是她和骆辛砸陈卓的车被举报那事，小秋心里一直很憋屈，想查查到底是谁使的坏，不过这阵子她实在太忙，一直没腾出工夫，所以让我帮忙去查查看。"

确实，最近案子是一个接着一个，周时好天天忙得焦头烂额，很多事情都顾不上想，郑翔今天不提，他都忘了这茬。先前他倒是跟晚报社一个朋友私下打探过，说那视频是通过快递匿名邮寄到报社的，问题是这个匿名者到底是怎么知道砸车真相的？他把视频捅到媒体上目的又是什么？周时好略微沉吟一下，未置可否道："有追查方向吗？"

"有，小秋仔细回忆了下，那晚骆辛下车扔砖头的地方，是在机场附近一个居民区旁边的街道上，她记得街边有个便利店，应该是便利店门口那个探头拍到了骆辛。"郑翔应声道。

"行，去查查吧，注意低调，态度要好点。"周时好叮嘱道。

"好。"郑翔微微点下头，想了一下，又说道，"还有个事，也跟您汇报下，骆辛这几天给我打了好几个电话，追问咱们调查'陈卓迷奸案'的进展，还特意强调让咱们利用好姜黎黎和程爽这两个女孩的资源，说通过她们是有可能找到陈卓切实的犯罪证据的。"

"那你怎么回应他的？"周时好皱着眉头问。

"我全说了。"郑翔直爽地道。

"你傻啊，你不怕他直不棱登地去找程爽，然后再把程爽惹恼了？"周时好瞪着眼睛说。

"不能，他跟我说这个案子他得回避，一丝一毫都不能参与，否则将来上法庭是个麻烦事。"郑翔道。

"还算懂点事。"周时好叹口气，缓和口吻道，"你和程爽最近交往得怎么样？"

"挺好的，每天都发微信，我妈还让我喊她去家里吃饭。"郑翔道。

"这么快就见家长了？"周时好笑着道。

"就我妈着急。"郑翔苦笑着说，"那天我在家和程爽聊微信，中途去了趟厕所，手机扔在桌上，结果我姐看到聊天记录，就开始和我妈一起审我，没办法，我只好说出实情。"

"也是，你这都二十七八岁了，还没谈过女朋友，老太太心里着急可以理解，不过你说没说你和程爽认识的经过？"周时好担忧地问。

"说了，我妈和我姐听完都特心疼程爽，所以非让我找一天把她带回家吃饭。"郑翔说。

"行，老太太有这种姿态，我就放心了。"周时好语重心长道。

"案子的事，您也放心，找到合适机会，我再问问程爽。"郑翔主动提到案子，他知道周时好其实心里很关心案子的进展，只是不太好意思问他而已。

"还是原先说的，要掌握好分寸。"周时好话音刚落，桌上的座机突然响了起来，他拿起电话放到耳边，随即表情立马严肃起来，"前关镇派出所来电话，说撞崔教授的车找到了。"

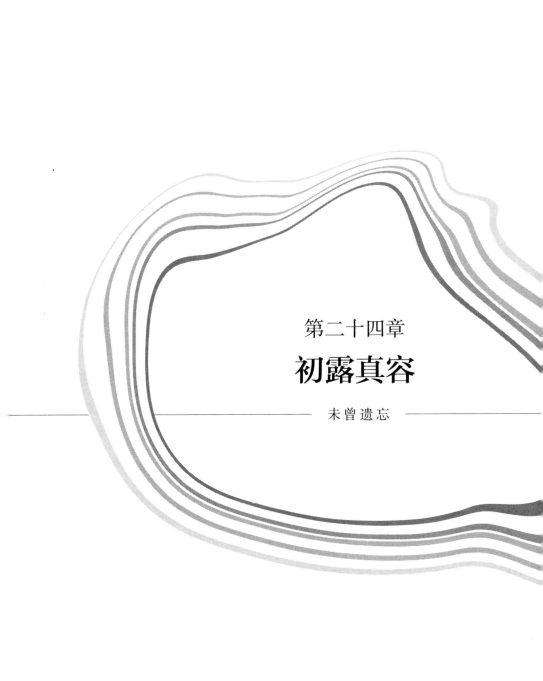

第二十四章

初露真容

未曾遗忘

星夜兼程，一刻未停，骆辛等一行三人，终于在次日上午9时许，安全抵达目的地齐河市双沟镇。三人先去了镇上的派出所，大概说明此行的目的，派出所方面便指派永成村的管片民警陪同三人一起前往村里。

永成村是一个靠山的村子，道路两边都是郁郁葱葱的山林，正赶上深秋时节，天高云淡，百花芬芳，青草混杂着泥土的清香不时吹进车里，让人觉得分外神清气爽。据管片民警介绍，村子本身并不大，只有两百来户居民，原来比较穷，这几年利用周边森林景观资源丰富的优势大搞旅游开发和土特产买卖，老百姓的日子过得大都很不错了。

管片民警自我介绍和永成村打交道的年头，说长也不长，说短也不短，有十一二年了，但对梁丰这个名字，他表示并无印象，不过村子里倒是有几户姓梁的人家，而且村部原先的老支书也姓梁。叶小秋试着提起"张迎春"的名字，没料到管片民警立即表示自己和她很熟，还说如今她在村里开了家饭馆，饭馆的名头就是以她的名字命名的，叫"迎春饭馆"。

张迎春便是当年与"春和街连环杀人案"第二个被害人谢春燕一同背井离乡到盛阳做陪酒小姐的那个女孩。通常类似这种女孩，在见惯了大都市的繁华景象，经历过灯红酒绿的奢靡生活后，往往心就变野了，可能变得既虚荣又物质，像张迎春这种能回到老家踏踏实实干买卖的还比较少见。不过此张迎春是不是彼张迎春还有待确定，所以几个人进到村里的第一站便是迎春饭馆。

到了饭馆，在管片民警的引见下，骆辛等三人见到了饭馆的女老板。打眼一看，女老板四五十岁的样子，毕竟过去那么多年了，岁月沧桑，容颜变老，已经很难将之与当年存证照片上的女孩相比较。叶小秋只能试探着问她早年间是不是去盛阳市工作过，结果老板娘闻言面色大变，本来盈着笑意的脸上，陡然间泛起一阵青白。见老板娘如此慌张无措，众人心里便都有数了，毕竟做过陪酒小姐不是啥光彩的事，叶小秋提议说能不能找个安静地方说话，老板娘心领神会，赶紧将几个人领进一个相对僻静的包间里。

老板娘确实就是骆辛他们要找的那个张迎春，据她自己讲述，她和谢春燕以及陈瑶是在镇里上中学时认识的，陈瑶比她们大一届，但三个人那会儿都是学校跳绳队里的成员，彼此关系还不错。大约在1992年春节期间，她和谢春燕到镇上赶集，恰巧遇到多年未见的老同学陈瑶。陈瑶彼时穿金戴银，打扮新潮时尚，看起来混得相当不错。而当陈瑶听说两人还没有正经工作时，便鼓动两人跟她一起去盛阳市打工，说她可以负责介绍工作，当餐厅或者酒店服务员，一个月工资至少两千块。当年的永成村属于极度贫困村，老百姓都是靠种地卖粮食过日子，大多数人家一年也才能赚个两三千块，而到盛阳一个月就能赚到这么多钱，这对两人的诱惑力自然是极大的。

两人立刻回去和家人商量，征得家人的同意，那时谢春燕已经订婚，未婚夫很舍不得她外出打工，但碍于两家老人身体都有病，家里开销很大，谢春燕又执意要去，只能勉强答应。后来，过完年两人便随陈瑶一同奔赴盛阳，同行的除了陈瑶和她俩，还有陈瑶老家村子里的两个女孩。等到了盛阳之后，四个人才发现陈瑶给她们介绍的工作根本不是当服务员，而是让她做舞厅里的陪酒小姐。四个人起初死活不同意，陈瑶的男朋友便带着几个黑社会马仔把她们关在一个小黑屋里，不让她们出来，也不给她们饭吃，还把她们的衣服扒光照相，以此要挟，生生折磨了她们三天，直到她们屈服答应上班为止。

"这段惨痛的受骗经历，你后来对梁丰提过吗？"叶小秋问。

张迎春嗯了一声，继续道："那年春燕被杀，我吓坏了，天天失眠，也吃不下饭，人干瘦干瘦的，整个人都有点神经了。陈瑶的男朋友，就是舞厅里管事的那个二肥，当时见我那种状态，像个神经病似的，便不敢让我上班，也不怎么太在乎我，我便趁机脱离他们回到老家。我回来不长时间，梁丰来看我，告诉我案子破了，还说坏人被警察当场枪毙，这下春燕总算可以瞑目了。听他这么说，我有些伤感，脱口说出其实还有比杀人犯更坏的人没有受到惩罚。梁丰听出话味不对，追问我到底什么意思。我就把我和春燕被陈瑶等人威逼利诱做陪酒小姐的过程和盘托出。梁丰一听，顿时火冒三丈，质问我为什么先前在盛阳时不告诉他这些，还说他一直以为我们是因为看到陪酒小姐挣钱多才做的，要是他早知道真相，在盛阳时一定不会放过陈瑶。再后来，到了年底，他来找我道别，说他母亲前阵子去世了，他也没什么可牵挂的了，他准备去盛阳，把伤害过春燕的那些人全都杀掉。我当时以为他说的只是气话，便象征性地劝了几句，没承想几天之后，他真的离开了村子，自此音信全无，再也没有回过村子。"

另据张迎春提供的信息显示：谢春燕父母现今已经去世，她有个弟弟在远洋船上做海员，每隔两三年能回村里一趟。还有，村部原来的老支书，其实就是梁丰的亲叔叔，梁丰父亲去世得早，全靠这个叔叔帮衬，梁丰和母亲的日子才勉强过得下去。

提到这位老支书，管片民警表示先前因为工作上的事两人经常打交道，对他的家自然熟门熟路，于是带着骆辛等人很快找上门去。老支书慈眉善目，下巴留着一撮山羊胡，看着就很长寿的模样。听闻众人为打探梁丰消息而来，老支书神色瞬间黯淡下来，语气中是满满的牵挂："小丰那孩子，走了这么多年，始终也没给家里来个信，也不知道在外面过得好不好，成没成家。照他那岁数，若是成家了，孩子应该也很大了吧？"

"准确点说，梁丰离开村子应该是 1993 年底吧？此后，他真的就一次没跟家里联系过？"叶小秋不甘心地确认道，"他当时说要去什么地方发展了吗？"

老支书缓缓摇头，感叹道："咱这村子，当年属于穷乡僻壤，但凡有点能耐的孩子，都想出去闯闯，咱想拦也拦不住。不过那孩子走的那会儿，对我又是下跪，又是作揖的，搞得跟生离死别似的，我心里就不大得劲，没想到还真是一去不回。"老支书说着话，轻咳两声，接着道："或许他去找他妹妹了吧。"

"他妹妹？"叶小秋追问道，"什么情况？"

"小丰其实还有个妹妹，叫梁香，比小丰小 3 岁，1985 年冬天，被人贩子拐跑了，至今也是杳无音信。"老支书回应道。

"这里面有梁丰吗？"趁着叶小秋对老支书问话的当口，骆辛四下打量起屋子，眼见在一个衣柜上方，靠墙立着一个老式的大相框，就是早年间家家户户常见的大玻璃相框，里面可以同时摆放多张家人照片的那种。在众多照片中，有一张是一个女孩和男孩的合影，女孩是谢春燕，骆辛在卷宗资料中看到过，那么站在她旁边的便有可能是梁丰。骆辛自顾自把大相框取下，双手捧到老支书身前问道："站在谢春燕旁边那个胖胖的男孩就是梁丰吧？"

"对，对，那是俩孩子订婚那天照的。"可能是看到照片勾起回忆的缘故，老支书红着眼眶道。

叶小秋闻言凑近端详，看到骆辛所说的那张照片中，谢春燕和一个身材胖胖的高个男孩站在一起，虽然是订婚照，但两个孩子脸上稚气未脱，依然充满纯真。多么美好的一对小情侣，叶小秋瞬间理解了老支书的伤感，不过话题终归还是要与案子有关，便试着问道："这是梁丰离开村子前，最后一次拍的照片吗？"

"对，那时候两个孩子都只有21岁，本来想着过个半年或者一年，再给他俩正式办婚礼的，但因为春燕要出去打工，所以耽搁了。"老支书解释道。

"照片我们需要带走。"骆辛直不棱登地说。

"那个……那个……"老支书支吾着，样子很不情愿。

叶小秋看出老人家的不舍，掏出手机打圆场说："没事，不用，大爷，照片还给您留着，让我翻拍几张就可以了。"

既然照片就一张，大爷想留个念想，那翻拍倒是个很好的解决办法。尤其如今手机拍照功能都很强大，即使翻拍画面也不会失真多少，更不会影响拿出去辨认。

方龄和张川跟前医疗代表问过话后，更加坚定了他们先前的办案思路，那就是郑文惠很可能是在胸外科病房照顾母亲时，与某个男人产生了情愫。那以郑文惠的品行来说，她不可能随随便便喜欢上某个男人，肯定是彼此接触很长时间，才逐渐产生感情的。所以，下一步方龄和张川将调查方向锁定在当年和郑文惠母亲同期住在胸外科病房区的病号和家属身上，试着从这样一个范围里筛查出能让郑文惠产生好感或者说和她比较相配的男人。当然，这个男人是不是凶手还不好说，但是想必郑文惠的死与他有关。

从先前调查的资料上看，郑文惠母亲在2006年11月查出身患肺癌晚期，其间多次入院治疗，最终在 2008 年 1 月于市中心医院去世。那也就是说，方龄和张川只需查阅这一年多在胸外科住院的病号档案。不过这事说起来简单，真正查找起来就没那么容易了。

市中心医院胸外科，在全市三甲医院中，排名一直很靠前，每年接诊数量有两三万人次，住院病人有一两百。如此多的病人档案，方龄和张川两人就算 24 小时不眠不休，整体翻阅完一遍恐怕也得用上十天半月，不过既然认准了这一方向，两人只能全力以赴拼一拼了。

或许是两人的诚心感动了老天爷，这一次两人的运气可以说是超好，只在档案室里待了小半天，便从一份病例档案中发现端倪。档案是张川翻到的，病例本身是位女性，名叫陈洁，终年 32 岁，国籍栏中填的是外籍，身份证明栏中填入的也是一串护照号码，该病例同样是肺癌晚期，于 2007 年 7 月至 2008 年 6 月去世前多次入院治疗，每次均入住单人病房。从这一系列病例信息上看，这个病号应该不是一般人，而且陈洁这个名字，张川也觉得好像有点印象，不免对该病例重视起来。

随后，好一阵子，张川用尽全部气力冥思苦想，试图在大脑中搜寻到相关记忆，但最终并未想起在什么地方看过陈洁这个名字，于是拿出手机上网搜索。他把搜索条件设置为"金海市 + 陈洁"，紧接着一系列带有陈洁名头的网页链接便跃入其视线当中，他试着逐一点开链接查验，很快便在一篇对天尚集团董事长陈学满的专访中捕捉到陈洁的名字。在这篇专访中，记者问起事业成功带给陈学满最大的心灵感受是什么的时候，陈学满颇为感触地表示：其女儿陈洁身世坎坷，早前因车祸造成高位截瘫，后在 2008 年身患肺癌去世。当时恰逢集团资金链出现严重问题，处境岌岌可危，陈学满只能把全部精力放在拯救集团的业务上，无暇顾及女儿的病情，原本想送女儿出国治疗的计划也未能如期成行，以致女儿过早地离开人世。虽然此后天尚集团在他的带领下重获新生，并不断发展壮大，但他内心始终怀着对女儿的一份愧疚，因此感受不到事业成功带给他的任何喜悦……

陈家很多年前便举家入籍加拿大，陈学满在专访中所提到的女儿的病症以及去世的时间，均与病例档案记载的资料对得上，那想必张川手上的这份病例档案，就是陈学满女儿陈洁的。当然，陈洁本身可能跟案子没什么关联，但值得注意的是，她的丈夫便是天尚温泉山庄的总经理迈克·陈。据医院的医护人员回忆，当年陈家除了雇用两名护工照顾陈洁，陈洁丈夫迈克·陈也是24小时贴心守护，并且实质上这个迈克·陈与郑文惠在当年确实有过交集。那时郑文惠在胸外科病房中会照顾病人是出了名的，有人曾看到迈克·陈向她请教这方面的心得，两人很可能因此结下一定的交情。

陈洁因车祸造成高位截瘫，可能事实上她和迈克·陈两人也过着无性婚姻，想必这一点会令郑文惠感同身受。加之迈克·陈长得高高大大、一表人才，举手投足极具绅士风度，事业方面也算有所成就，这样的人如果在郑文惠内心最脆弱和最需要人帮助的情况下，积极主动地与她接触，是极有可能让郑文惠产生好感的。所以，迈克·陈无论身份、地位和婚姻经历，都与郑文惠能够形成很好的匹配，并且有医护人员指出，当年他进出医院时，确实总开着一辆黑色轿车，这也与先前医院保洁和前医疗代表提供的信息能对应上。如此来看，迈克·陈是一个很值得深入追查的对象。

骆辛等人结束了在梁丰老家永成村的走访，立即马不停蹄地踏上返程之路。来的时候一路都是叶小秋开的车，返程自然便是随行的那位民警开车，车行在半路上，叶小秋接到郑翔的电话。郑翔在电话那端，让她转告骆辛说撞崔教授的肇事车辆找到了，是在前关镇海边的一个小树林里找到的，但在车内并未发现犯罪人的线索。随后，郑翔在电话中有意识地压低声音道："小秋，你让我查的那个爆料的人，我应该知道是谁了，但是你听我说完，千万别激动，我想他一定有他的理由。"

"你说。"叶小秋坐在副驾驶座位上，冷静应道。

"是骆辛。"郑翔沉声说，"我去了你说的那家便利店，老板说先前有个男人，给了他两百块钱，声称自己家狗丢了，想调取监控录像找找线索。老板收了钱，便任他摆弄，之后男人用 U 盘拷贝了一小段视频后离开。我在便利店调取监控，发现那男的戴着运动帽和口罩，无法辨认相貌，但从身形上看有点像骆辛，并且在那男的走出便利店大门的瞬间，我看到他的手指在大腿边快速弹动着，那显然是骆辛的标志性动作。"

叶小秋无声挂掉电话，整个人简直要疯掉了，是你骆辛主动策划砸车计划，结果你又屁颠屁颠地给媒体爆料，你他妈的是不是脑子有病？叶小秋心里火气腾腾，抑制不住撕扯了几下自己的头发，又使劲抿了抿嘴唇，猛然回头狠狠瞪向坐在后排座位的骆辛，吼道："是你把砸陈卓车的视频爆料给媒体的对吗？为什么是你？你脑袋里到底怎么想的？你为什么要害我？你知不知道因为你我差点做不成警察了？告诉你，你可以不在乎，但我在乎！"

负责开车的民警，被叶小秋陡然间毫无征兆的火气搞蒙了，双手死死扶着方向盘，大气也不敢出。

"你这不好好的？"骆辛不疼不痒地回应道。

"你……"叶小秋被气得牙根痒痒，但又无可奈何，只好强忍着火气道，"好吧，你给我个理由，到底为什么要这样做？"

"陈卓。"骆辛轻描淡写地说出一个名字。

"你是说……"叶小秋闻言，稍微有点回过神来，"你是说，你是为了让陈卓安心回国，才故意让咱们成为众矢之的的？"

"是完败。"骆辛冷笑道，"办案人员遭到处分，案子被撤销，'孙雅洁案'彻底了结，媒体和老百姓痛斥警务人员办案时不讲法制，可以说在这场与陈卓家族的较量中，咱们警察以完败收场。"

"所以陈卓才敢大摇大摆、毫无顾忌地回到金海。"叶小秋彻底明白了骆辛的用意，"所以从一开始策划砸车事件时，你就想到了这种结局，那晚你是故意暴露在监控探头底下的？还有孙雅洁父亲主动申请撤案，也是你怂恿的，对不对？"

骆辛未置可否，扭头看向车窗外，不再搭理叶小秋。

"现在陈卓如你所愿回来了，可你又能拿他怎样？"叶小秋不服气地说道。

"那个，队里其实一直在跟进调查，周队亲自负责，而且是打着调查'冯佳佳案'的幌子，队里真正了解内情的人不多。"负责开车的民警，也是周时好的心腹，适时插话进来替骆辛解围道。

"行吧，事已至此，希望最终真能找到陈卓的把柄，把他送上法庭。"叶小秋听民警如此说，心里最后一丝怨气也消了，随即转过头看向骆辛，换上轻松的语气说，"不过我没想到你也有同情心泛滥的时候，你愿意为那么多遭受欺辱的女性不计代价地挺身而出，倒是有点令我刮目相看。"

"别自作多情，我没想过那么多，我只是想抓住罪犯而已，无论他是谁。"骆辛淡淡地说道。

支队这边，周时好听完郑翔的相关汇报，简直被气笑了，但转瞬便明白了骆辛的心迹。先前他还很纳闷，骆辛虽然个性古怪，甚至有时候让人觉得过于偏执狭隘，但其实他在办案时一直很守规矩，这次怎么就会越界了呢？而且还把事情搞得那么大。现在周时好终于明白了骆辛的苦心。确实，陈卓如果不回国，针对他所做的一切调查，几乎毫无意义，那现在陈卓回来了，骆辛等于把接力棒交到周时好手上，这让周时好身上的压力陡然间变得更重了。

听完周时好对骆辛的解读，郑翔也颇感意外，略微沉吟一下，挠挠头道："其实这事也有一个显而易见的副作用，会让陈卓的那些受害者更加觉得他背景强大，更加不敢站出来指证他。"

周时好听出这话似有所指，抬眼看向郑翔，想了想，故作轻松道："不是说周末要带程爽回家吃饭吗，她怎么说？"

"我昨天抽空去了趟幼儿园，亲口跟她说了这事，她答应了。"郑翔道。

"挺好，说明她心里有你。"周时好用饶有意味的眼神打量着郑翔，斟酌着说道，"她没再提点别的事情？"

"她……她有点感动，所以晚些时候，她突然给我发了条微信，问我，其实是问咱们，是不是有足够的决心，是不是有足够强大的力量，可以扳倒陈卓。"郑翔迟疑道。

"这么说这姑娘手里真有证据？"周时好一点就透。

郑翔微微点下头，表情开始变得复杂，看得出他内心很矛盾。周时好其实很能理解他此刻的心情，有些事情嘴上说着容易，但真的降临到自己身上，面对艰难抉择时，便不是那么容易的事情啦。就如姜黎黎的男朋友说的那样，人总要活在现实中，谁也不希望自己心爱的女人再遭受二次伤害。

沉默半晌，郑翔似乎想明白了，终于开腔说道："程爽说她手里保留了当时和冯佳佳的聊天记录，而且她被迷奸时，陈卓没有戴保险套，所以有些脏东西弄到了她的丝袜上，那丝袜她至今也还留着。"

"太好了，我就说这姑娘聪明，有正经精神头。"周时好猛地一拍桌子，兴奋道，"那她愿意把证据交给咱们吗？"

"她说还想再考虑考虑。"郑翔道。

"这样，找一天，她方便的时候，你把她请到队里来，我和她再好好沟通一次。"周时好语气诚恳道，"这次一定要让人家女孩充分感受到，在法律允许的范围内，咱们愿意穷尽一切方法，不惜任何代价，为她讨回公道。"

"行，我试试看。"郑翔轻声应承道。

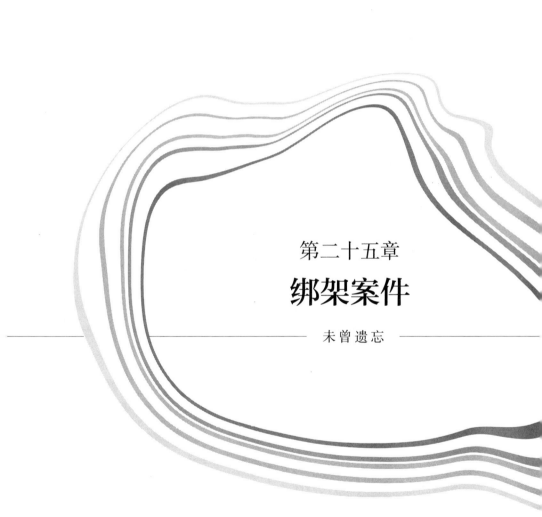

第二十五章

绑架案件

未曾遗忘

骆辛等人回到金海后，立即赶到支队向周时好做汇报，几个人又经过一番研究论证，更加明确了梁丰的作案嫌疑，周时好遂立即将情况上报到市局。紧接着，市局经统一部署，迅速将与梁丰相关的协查通报下发到各分局以及派出所等基层单位，并调集大批警力在全市范围内展开集中追逃。

目前警方掌握的只有梁丰20岁出头时的照片，可能与他现今实际样貌有一定出入，但协查通报上暂时只能先用这张照片。鉴于犯罪嫌疑人有可能已更改户籍信息，同时市局也向省厅相关技术部门请求支援，利用人像比对技术，筛查容貌相像的可疑人员。再有，骆辛等人此行还带回了梁丰的DNA检测样本，以此放入DNA数据库进行查对，如果梁丰先前有过犯罪经历，即使他改了姓名和容貌，也一样可以把他筛查出来。

另外，还有一个侦查方向。梁丰现今也是50岁左右的人了，假如他有女儿，年龄上有可能符合陈卓侵犯对象的标准，有没有可能梁丰的女儿也是通过冯佳佳的介绍，最终不幸成为陈卓床上的猎物，所以他才因恨杀死冯佳佳的呢？这就又回到对陈卓在本地的粉丝群的排查问题，但据先前的调查显示，这个社交粉丝群有多达千人在其中，并且粉丝群早前已经被解散，如何找到更多陈卓的粉丝进行排查，是个令警方颇为头疼的问题。

方龄和张川实际着手对迈克·陈进行调查时，却发现这个人身份颇为神秘。据天尚集团网站上的公开信息表明：迈克·陈，现年 48 岁，加拿大国籍，现任天尚集团副总裁兼天尚温泉山庄总经理。仅此而已，这就是他全部的对外信息。

张川试着通过熟人找到在集团内部工作的人员帮忙进行打探，却发现大多数人知道的讯息跟两人掌握的差不多，后来又辗转几道关系，找到一位集团老将，其曾经在集团中担任人事经理一职。

是位女士，姓邹，已经从集团退休多年，面对登门拜访的方龄和张川，邹女士介绍道："迈克·陈，原本叫王双强，最早只是个小货车司机。1996 年他偶遇一场车祸，便冒着生命危险从火光四起的车里救出四个人来，其中陈学满和小儿子陈卓伤势轻微，陈学满妻子当场没了生命体征，陈家大女儿则因腿伤过于严重，最后被高位截肢。

"那时，陈学满已经开了好几家服装厂，出于感激，他让王双强做了他的小货车司机，后来又升任他为贴身助理，再后来把他招为上门女婿。而王双强对陈家也算忠心耿耿、死心塌地，甚至后来趁着更换国籍的契机连姓氏都随了陈家，也就成为后来的迈克·陈。"

"这个王双强老家是哪里的？"方龄问。

"记不清了，反正肯定不是金海本地的。"邹女士回应道，"陈家是在 2005 年举家移民变更了国籍，那之后王双强的人事档案也随之更新，当时我还在集团工作，我记得很清楚，最初的那份人事档案，是被王双强本人亲自到人事部抽走的。"

"那他家里是什么情况？"张川跟着问。

"最早听陈董事长提过一嘴，好像是跟他妹妹一起生活，不过王双强本人很少提起，也没见他带出来过，可能只有陈家人才完全清楚。"邹女士道。

"我们了解到他妻子在 2008 年 6 月因病去世，您还记得当时他的精神状态如何吗？"方龄问。

"记得，记得，完全出乎我们所有人的意料，所以印象挺深的。"邹女士稍微回忆了下，说，"其实董事长女儿的身体状况大家都清楚，我们都以为他们只是名义上的夫妻而已，不会有太深的感情，可没承想自从董事长女儿去世之后，王双强整个人备受打击，差不多大半年的时间都没来公司上班，据说那段时间他通过四处旅游疗伤来着。"

"据您所知，他之后有没有再和别的女人交往？"张川问。

"没听说，他在私生活方面非常自律，这一点在集团里是公认的。"邹女士说着话抬腕看下表，有些歉意地说，"不好意思，孙子放学时间到了，我得去接，不能陪你们再聊了。"

方龄和张川闻言，赶忙从椅子上站起身来，实质上他们也没什么可再问的了，紧接着方龄和邹女士握了下手，表达了对她配合问话的谢意，随即和张川离开。

出了邹女士的家，坐上车，张川忍不住开起玩笑道："没想到迈克·陈还是一把痴心情长剑。"

方龄轻摇两下头，怅然道："他的痴情跟他妻子无关，那段时间他神游四方，应该是在四处打探郑文惠的消息。"

"这么说他对郑文惠是真心喜欢的。"张川恢复正色。

"这里面或许有孩子的因素，他肯定知道郑文惠怀了他的孩子，但不知道孩子已经被打掉了。"方龄推测道。

"总之，即便迈克·陈果真跟郑文惠有染，但案子的凶手并不是他，否则他也不会满世界疯找郑文惠的下落。"张川试着总结。

"对。"方龄点头赞同。

"那迈克·陈对咱们来说，岂不是没什么价值了？"张川泄气道。

"他对郑文惠如此痴情、如此疯狂，说明他人格上有偏执的一面，你觉得他会轻易放过郑文惠的丈夫骆浩东？"方龄显然想得更深入。

"噢，对，骆浩东很有可能是他杀的啊。"张川领会意思道，"他应该知道郑文惠和骆浩东夫妻关系并不好，而且当时社会上有很多猜忌骆浩东的流言，他肯定也会有所怀疑，甚至去找骆浩东对质，因此两人起了冲突，他用事先准备好的凶器刺死了骆浩东。"

"我觉得他应该有这个胆量。"方龄蹙眉道，"刚刚听完邹女士的介绍，你有没有种感觉，不知道是不是虚荣心作祟，还是想要掩盖什么东西，这个迈克·陈似乎极力想要把自己成为迈克·陈之前的身份信息完全消除掉。"

"对，而且做得很明显。"张川开动车子，使劲踩了脚油门，"那咱们就好好查查，当迈克·陈还是王双强的时候，到底做过什么见不得光的事情。"

郑翔给周时好传话，说程爽同意明日下午到队里与周时好再好好聊一次，周时好有预感对陈卓的调查可能会迎来突破性的进展。结果，不必等到明日，在陈卓身上又出现了新案子——陈卓被绑架了。

陈卓这次回国之后，父亲陈学满狠狠教训了他一顿，并特别警告他，以后各方面行事都要低调一些，如果再惹出事端，就切断他所有的经济来源。虽然陈卓平时嚣张跋扈，天不怕，地不怕，但对自己的老子还是很惧惮的，所以这段时间他收敛了许多，每日基本两点一线，往返于家和公司之间，准备专心搞搞事业。

近两年，网络带货在资本的大力推动下，迎来了蓬勃的发展，从草根到演艺明星、社会名流、商业大佬等纷纷下场，各路人马使出浑身解数，不惜装疯扮丑、哗众取宠、编写剧本、炒作人设，甚至暴露个人隐私，来吸引粉丝关注和流量加持，从而最大限度地将手中货物变现，也共同将整个带货行业推到宇宙最强职业的高度。尤其是像陈卓这种坐拥千万粉丝的大网红，只要定位准确，宣传得当，很容易从带货行业中脱颖而出，所以陈卓和他的团队，最近一直在忙于选择产品与合作方，积极筹备着他的第一场网络直播带货。

傍晚 7 时许，陈卓驾驶豪车从位于市中心 CBD 的时代大厦的地下停车场驶出，车里除了他，还有他的经纪人邵武和两名保镖。时代大厦也是陈家的产业，陈卓的传媒公司就设在该大厦二十二层的写字间中。

车子刚拐上主道不久，一辆闪着警灯、鸣着警笛的警用摩托车，突然从斜刺里杀出挡在车头前，陈卓赶紧一脚刹车将车停下。车里几个人正纳闷，便见一名头戴钢盔、身着黄黑相间制服的骑警麻利地从摩托车上跳下，迅速奔着陈卓的豪车而来。骑警快速做着手势示意陈卓把车窗放下，然后用急促而又严厉的语气询问车内哪个是陈卓。在明确了坐在驾驶座位的便是陈卓后，这位骑警用不容置疑的口吻指着陈卓命令道："所有人立刻关掉手机，你，赶紧下车，跟我去市局，局里刚刚接到线报，有一伙亡命之徒正准备在你回家的半路上劫车绑架你！"

陈卓闻言，慌忙推门下车，一边哆嗦着把手机电源关掉，一边颤声问道："他……他们是什么人？"

"没时间解释，你先坐我摩托车走，我保证你的安全，到局里领导会跟你详细说明的。"骑警拽着陈卓，大步流星走回摩托车前，从后备箱中拿出一个头盔交到陈卓手上，示意陈卓赶紧坐到后座上，随即自己也跳上摩托车。

待陈卓坐好，骑警发动起摩托车，原地做了个漂亮的掉头动作，随后将摩托车行驶到陈卓的豪车旁，冲着坐在车里的人交代一句："你们正常开车回去，半路上会有我的同事接应你们，特别多加点小心，那伙人手里有枪。"随即，骑警加大油门，摩托车如箭一般蹿出去，很快便没了踪影。

突如其来的变故，把车里余下三人惊得目瞪口呆，等几个人从蒙圈中稍微缓过神来，他们的老板已经被骑警带走了。经纪人邵武赶紧从副驾驶座位挪到驾驶座位上，随即开动起车子，按照骑警嘱咐的路线，向陈家位于海滨别墅区的方向驶去。一路上，三人战战兢兢，左顾右盼，生怕遇到如警匪电影中演的那样，突然冒出几辆车将他们截住，然后有匪徒端着枪从车上下来，冲着他们的车一通扫射。好在有惊无险，大约40 分钟后，他们的车子终于安全驶入陈卓家的别墅大院中。

随后，邵武将事情经过向陈学满做了禀报，后者当即把电话打到市公安局局长赵亮那里，两人在金海市都是有身份有地位的人物，多多少少还是有些交情，结果赵亮打了一圈电话了解情况之后，回复他局里并没有接到任何相关线报。人生阅历丰富的陈学满，开始意识到事情有些不对劲，又接连拨了几次儿子的电话，电话那端始终显示为关机状态，陈学满基本断定儿子陷入某种圈套之中，便赶紧又给赵亮打电话，表示自己儿子可能被绑架了。

陈卓突然莫名其妙遭到绑架，而且犯罪嫌疑人是一名骑警，一时之间把周时好也搞得有些茫茫然，感觉很不真实。但市局方面已经下达指令，局长坐镇市局指挥中心进行部署，要求迅速调动全市所有警力，针对陈卓展开全城搜救行动。

刑侦支队自然也要加入行动当中，并且扮演重要的侦查角色，周时好集结各大队人马统一听取指令，调取案发现场以及周边监控录像，寻找目击证人，追踪涉案车辆，核实涉案骑警身份，并紧密配合各分局以及交警支队、特警支队、派出所等单位，在市区内各主要道路出入口设卡拦截，盘查过往车辆，争取在最短的时间内获取有效线索。

周时好亲自对陈卓经纪人邵武进行问话，对方如实讲述案发经过后，又含含糊糊表示这事先前其实就有一些征兆。周时好催促他详细说来听听，邵武便进一步介绍道："差不多半年前，有个女人三番五次打我手机，说让我提醒陈卓出门小心点，还说有人在策划绑架陈卓。"

"她怎么会有你手机号码？"周时好问。

"我是陈卓的经纪人，很多推广活动留的都是我的名片，而且在陈卓社交账号主页上，商务联系电话一栏，标注的也是我的手机号码。"邵武回应道，然后拿出手机摆弄一番，放出一段通话录音，"喏，就是这个女的。"

周时好认真听完录音，问道："先前你们怎么回应的？"

"最开始我们报过警，然后分局调查一阵子之后，告诉我们那手机号码是个黑号，还表示除此他们也做不了别的什么，只能让我们自己平时出行多注意点，如果发现苗头不对，立刻和警方联系。"邵武一脸懊悔的表情道，"起初我们也觉得只是个恶作剧，我便把那个来电号码拉黑了，谁知道过了十来天那女的换了个号码又给我打过来，还是同样的说辞，我再拉黑，她就隔半个月再换个号码打过来。只是这样反复在电话中拉扯，现实中却没有任何事情发生，一段时间过后，我们基本认准了是恶作剧，便没怎么太重视，但出于谨慎考量，还是加雇了一个保镖，从原来一个，变成两个。"

"你最后一次接到这女人电话是什么时候？"周时好问。

邵武查了下手机通话记录，道："三天前的夜里。"

这案子真是越来越蹊跷，竟然几个月前就有人预告了绑架，而且还锲而不舍不断向陈卓方发出警告，这套路以前还真没见过，周时好心里很是费解。不过眼下情况紧急，没有更多的时间让他思索，周时好先把邵武电话中的录音拷贝下来交给技术队进行鉴定，然后打发郑翔带着邵武去电信公司调取其所有手机通话记录，并让邵武圈出发出绑架警告的电话号码，交给电信公司方面进行定位追踪。

随着时间的推移，各路信息陆续呈报上来。据技术队视频分析小组汇报，通过调取案发现场周边的监控探头以及陈卓座驾的行车记录仪拍下的视频进行研判，绑匪所驾驶的摩托车虽然外表有明显的警用标志，但与目前警方正在使用的制式摩托车型号并不相同，意味着案件中出现的警用摩托车和骑警的身份都是假冒的，但因案发当时犯罪嫌疑人戴着摩托车头盔，所以无法辨清其相貌。同时，技术队还指出，打给邵武的警告电话，声音是经过变声软件处理过的，来电本尊应该是个男的。还有，从电信公司给出的信息看，打给邵武的警告电话，大多是在夜里，定位分布在市区内几个不同的区域，没有固定的规律可循。另外，刚刚有搜索小队上报消息，在距离案发现场约5千米远的一处僻静的小巷中发现了涉案摩托车，但并未发现绑匪和陈卓的踪迹，小巷周边没有任何监控设备，估计绑匪事先早已踩好点要在此处更换作案车辆。

综合上述信息，不难发现，这是一起预谋性很强的绑架案件，绑匪事先做过周密的计划，作案时间点选取得也颇费心思——晚间7点，通常已经过了晚高峰车辆拥堵时段，路上行车相对顺畅，但来往的车辆仍不在少数，作案车辆混迹其中则很难在短时间内被识别出来。如此看来，从案发到警方接到报案，中间相隔一个多小时，周时好分析绑匪应该已经安然抵达其事先选好的藏匿地点了。接下来，恐怕只能被动等待绑匪与陈卓的家人联系，不过周时好内心有种很强烈的预感，这个绑匪绝不只是为了索要赎金那么简单。

果不其然，晚间11时许，周时好接到市局通知让他立即拿出手机打开短视频分享软件，绑匪竟然胆大妄为地利用陈卓的软件账号开启直播。

最初是软件平台方报的警，因为绑匪在开启直播的同时，将直播间标题写为"不准切断直播，否则立即杀死陈卓"。平台方不敢轻举妄动，只能报警，由警方来做决断。警方当然也不能轻易下指令，否则陈卓真的因直播中断而被杀死，这个责任谁也负不起，便只能任由直播继续，所有人也都拭目以待，想看看绑匪的真实意图到底是什么。

大约半小时前，陈卓从昏迷中渐渐苏醒过来，胸口隐隐作痛，有一股被灼伤的感觉，他想试着揉揉胸口，却发现自己的双臂乃至上半身被绳索牢牢地捆绑住。他只能勉强坐起身子，还未及向四周打量，突然一束强光照在他的脸上，紧跟着从光束背后传出一个冰冷的声音："你醒了，电棍的滋味好受吗？"

"你……你是谁，要……要干什么？"陈卓躲避着光束，眯着眼睛颤声问。

"醒了，那我们就准备开始吧。"伴随着阴沉的声调，一个身着黑衣黑裤、面戴黑色面具的男人，犹如地狱使者般出现在陈卓眼前。黑衣人缓缓绕着陈卓走了一圈，随即在陈卓身子的左右两边又亮起两盏强光灯，三盏灯的光束齐齐照向陈卓，令他有种似曾相识的感觉，就好像他每次做网络直播时都要打上几盏补光灯一样。

陈卓的感觉没错，很快他就发现，黑衣人在他身前放置了一个手机三脚支架，而他的手机此刻正放置在支架上，并且手机已经是开机状态，想必黑衣人是趁着自己昏厥，按着自己的指头将密码解锁了。陈卓有些搞不清楚眼前的状况，大惑不解地问："你……你要我现在做直播？"

"哼，不行吗？"

"直播什么？你……你想让我说什么？"

"说说你这么多年到底祸害了多少女孩！"黑衣人恨恨地说，"说说你都是用什么手段欺骗和威胁那些女孩的！"

"我……我不懂你在说什么。"陈卓装模作样道。

"不懂，我看你懂不懂，懂不懂，懂不懂……"黑衣人似乎失去耐性，霍地冲到陈卓身前，迎面一脚将他踹倒，紧接着冲着他的面颊和胸口一顿猛踹，嘴里喋喋不休地嚷着，"我要让全世界看看你这个畜生的真面目，你不是愿意在网络上肆意引导舆论吗？你不是最擅长在网络上威慑那些被你欺辱过的女孩吗？我现在就让你也尝尝被网络审判的滋味，你觉得行不行，行不行……"

"别……别踹了，我播，我播，我说，我全说……"养尊处优惯了的陈卓，显然经不住黑衣人这一通踩蹭，忙不迭地告饶认尿。

黑衣人终于停下脚踹的动作，喘了几口粗气，厉声喝道："给我对着手机跪下！"

满脸是血的陈卓，已毫无招架之力，摇晃着身子缓缓站起，随即又按照指令老老实实地跪倒在地。

黑衣人适才拿起手机点开短视频分享软件，摆弄一阵后，开启了直播模式，随即将手机放回支架上……

"大……大家好，我……我是陈卓……"此刻，许许多多网民的手机屏幕中都出现了陈卓。

"我承认，我有罪……我把那些女孩骗到天尚温泉山庄的包房里……在她们的饮料里下药……然后……然后趁她们人事不省时……强……强奸了她们……事后，我又花言巧语，威逼利诱，不让她们把事情说出去……实在摆不平，我就买通网络营销号，引导舆论，编造流言，四处诋毁她们……利用舆论和网暴逼迫她们知难而退……被我强奸过的女孩……有十几个，哦，不，有二十几个……有的是通过我的经纪人从各种网络平台上筛选的……有的是通过我的'粉头'帮忙牵线的……但是……但是那个'粉头'的死真的与我无关……我也不知道她是怎么死的……"陈卓断断续续，支支吾吾，讲述着自己龌龊的行径，"第一次，大概……大概在三年前……那女孩来参加我的粉丝见面会……我……我一眼就看上了她……"

随着陈卓声泪俱下的自我控诉，无数网民在其直播间的公屏上刷起评论，大多都是批判和痛斥他的无耻行径：有的表示希望他将来受到法律严惩被判处死刑；有的诅咒他下十八层地狱，永世不得翻身；有的则夸张地表示希望他将来坐牢，被无数恶汉强奸；更有网民甚至请愿绑匪执行私刑，当即把他打死……不过，也有很多陈卓的粉丝不甘人后，纷纷跳出来表达对偶像的忠诚和支持：哥哥，你受苦了；哥哥，你坚持住；哥哥，我们好心疼你；哥哥，我们知道你是被胁迫的；哥哥，我们相信你是清白的；哥哥，无论你做过什么，我们都永远支持你……

"哼，或许这个陈卓本来可以不死，但现在看来必死无疑。"和叶小秋一同关注直播的骆辛，看着那些无脑评论，不禁冷声嗤笑道。

"是啊，瞅这架势，估计绑匪是某个受害女孩的家人。"叶小秋跟着叹息道，"人家肯定早就恨死这群被陈卓洗脑，帮着他一起网暴受害女孩的无脑粉丝了，他们这么一闹，简直是求锤得锤，等于直接把陈卓架上断头台。"

似乎应了两人的想法，叶小秋话音刚落，直播画面突然中断，陈卓的生死存亡瞬间成疑。市局指挥部那边大为光火，紧急与平台方取得联系，但平台方表示跟他们无关，是用户主动掐断了直播。市局指挥部获悉，深感无奈，只能催促网警支队方面加快工作进度。

其实，在绑匪直播的时间段里，网警支队在市局指挥中心的指示下，正全力破解其所使用的网络 IP 地址，从而对其进行精准定位。但网警一上手，发现绑匪使用了高隐藏级别的 VPN（虚拟专用网络）代理软件，而且是跨越多层级服务器的，想要破解需要花费一定的时间。而绑匪似乎很清楚这一点，所以整个直播仅持续了 10 多分钟，当然，这并不影响警方继续追踪，但问题是即使警方最终能够找到绑匪直播的地方，可能那时人家早已经逃得无影无踪了。因此，在直播被切断的那一刹那，警方这边几乎所有人的心都悬了起来，大体都预估到陈卓这条小命恐怕难保了。

实际上，在绑匪直播下线半个多小时后，网警才追踪到其所使用的真实网络 IP 地址，由此圈定出直播当时绑匪身处西城区郊外东沟村地带一个废弃已久的工厂里。市局指挥中心通知东沟村所属乡镇派出所即刻出警，同时对沿途乡镇街道派出所发出指令，在各主要道路出口对绑匪进行封堵拦截，而市区内的大批警力也立即被集中调派到西城区郊区地带予以支援。

东沟村隶属辛集镇，距离市区只有不到 10 千米，现场在村中一个大马路边上，是一个木材加工厂，原本是外资经营的，早几年干不下去倒闭了，厂区便一直荒废着。陈卓的尸体是在靠近厂区中央的一个大厂房里发现的，他是被绳索勒死的，现场甚至还保留着直播时的模样，三盏带有蓄电功能的补光灯仍然亮着，三脚架和陈卓的手机也都在，唯独少了绑匪的身影。

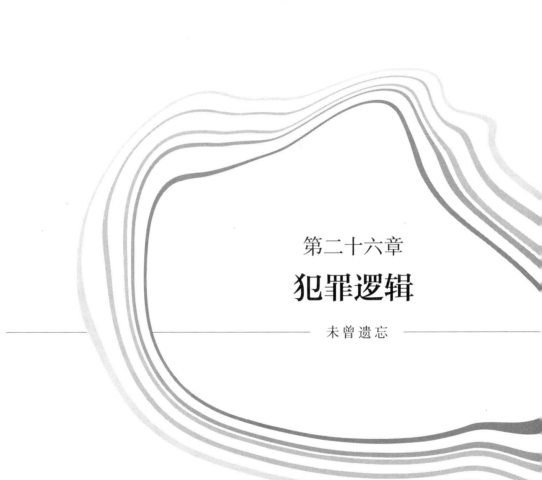

第二十六章

犯罪逻辑

—— 未曾遗忘 ——

"陈卓被绑架撕票案"由于其中掺杂了迷奸和直播忏悔情节，而迅速引起全社会广泛关注和热议。尤其对绑匪的情况，至今仍是毫无头绪，这导致金海市公安局上上下下都承受着巨大的压力和非议，因此局长赵亮当着市里领导的面，对刑侦支队下了死命令，限期一个月必须破案。

　　现场勘查，除了发现几枚足迹，并未找到其他有价值的线索。虽然案发当晚绑匪用了陈卓的手机进行直播，但手机卡早被其拔出丢掉，不出意外的话，当时现场应该还有另外一部手机，绑匪利用该手机通过VPN代理服务器连接网络，并将之作为网络热点应用，再通过陈卓手机上的 WLAN（无线局域网）功能连接上该网络热点，由此便可开启网络直播，而警方在短时间内又无法追踪定位到。至于涉案摩托车，经追查为二手车黑市购买，车贩子早已想不起购车者的模样，而绑匪逃离时驾驶的车辆，目前仍在全力筛查当中。嫌疑人方面，先前接触过的那几个受害人以及亲属，如孙雅洁父亲孙松那种的，需要重新排查一遍。再有便是陈卓本地粉丝群中的成员需要全部捋一遍，寻找遭到陈卓迷奸的潜在受害者，并在其中进一步挖掘绑架案的嫌疑人，为此市局方面通过正规手续与社交平台方进行了沟通，获取到近千名粉丝的注册信息。当然，这不仅是因为"陈卓绑架案"，同样地，这里面或许也存在杀害冯佳佳的嫌疑人。

午夜时分，召集几个骨干民警开完碰头会，交代好明日的走访任务，周时好决定回家洗个澡，换身干净衣服再回来。身上这身衣服已经连着穿了三四天，他自己都能闻到馊味了。

开车从队里出来，外面正下着雨，天空黑压压的，不时有闪电划过。周时好打开雨刷器，雨刷器来回摆动，刮着车窗玻璃，发出特有的旋律，竟让他开始有些犯困。他从放在一旁的手包中摸出一支香烟点上，深吸了几口，觉得稍微精神些，便深踩一脚油门，想尽可能快地把车开回家里。

周时好住在北城区，房子是两居室的，赶上局里最后一批集资建房政策，那房子他也就花了几万块钱而已。只不过位置稍微有点偏，而且小区上空是飞机航道，平时噪声比较大，但对周时好几乎没啥影响，因为他能踏实待在家里的时间并不多。

汽车在雨夜中疾速前行，毕竟雨天路滑，上了高架桥后，周时好双手握紧方向盘，不敢大意。他用余光瞥了眼车内后视镜，注意到一对闪烁的车灯在镜中越来越近，似乎后车的速度也不慢。周时好轻轻向右打了把方向盘，有意识将中间车道让给后车，没料到后车竟突然加速，以迅雷不及掩耳之势，冲着他的左侧车尾猛地撞击过来。跟随"砰"的一声巨响，汽车陡然失控，狠狠撞向右侧道路围栏，又在惯性的作用下，擦着围栏继续冲行，一时间火花四溅，车身噼啪作响。周时好强忍着头晕目眩，极力控制方向盘，试图将车身扶正，但后车并不想就此罢休，接连又冲着他的车尾猛撞两下。汽车便犹如脱缰的野马，扭着车身冲向对面车道，一头撞到围栏上，车头瞬间瘪了进去。而就在这一刹那，车身右侧突然冒出一对闪烁的车灯，显然对面车道有车辆反向开来，周时好用大脑中残存的最后一丝意识，想到了两个字——"完了"。

周时好没玩完，用马局评价他的话说是"好人不长命，祸害遗千年"，如此惨烈的车祸，这哥们儿除了面部和胳膊腿受点小伤，便只有些脑震荡的症状而已，医生说观察个三两天应该就可以出院了。当然，他应该感谢当时对面反向车道驶来的那辆出租车，出租车司机和车里的乘客不仅及时把他拽出车外，而且把当时欲置他于死地的肇事车辆吓跑了。

肇事车辆是辆挂着假牌照的黑色皮卡，郑翔从支队开始沿路调取监控录像，发现这辆皮卡基本跟着周时好的车开了一路，而且该车辆至少在支队附近徘徊了两个夜晚，说明他就是专门奔着周时好来的，目前这辆皮卡已经被肇事者遗弃在郊区地带一处农田旁的河沟里。听了郑翔的汇报，周时好表示很纳闷，他实在想不出什么人会这么大胆，处心积虑要杀一个警察。

"那人应该是冲着我来的。"周时好和郑翔正瞎合计的时候，骆辛推门走进病房，叶小秋跟在他身后，手里拎着一个果篮，显然是来探望周时好的。

"周叔，您没事吧？"叶小秋放下手中的果篮，围着病床一边打量，一边关切地问。

周时好笑笑，抻了几下筋骨："没事，你看我这不好好的吗？"

"'大明白'，你刚刚说啥来着？"郑翔想着骆辛刚进门时说的话，喊着他的绰号问道。

骆辛面色凝重，盯着周时好道："我以前说过，亲近我的人都不会有好下场，先是崔教授，现在轮到你。"

骆辛此言一出，病房里立马安静下来，周时好沉思片刻，抬眼饶有意味地看了骆辛一眼，打破沉默道："如果真是冲着你来的，便能解释先前我们为什么找不到崔教授被撞的动机，同样，我也想不出我最近得罪过什么人，但新问题是这个人跟你又有什么过节？"

骆辛缓缓摇头，病房里又沉寂下来，就在这时病房的门再度被推开，方龄手捧一束鲜花，和张川一前一后走进来。周时好看到方龄，便又开始犯贫："哟，领导来了，你看人这品位就是不一样，拿着花来多喜庆。"

方龄笑笑，把花放到床头柜上，打趣道："行，看着挺全乎，身上零件啥也没少，而且领导特批了高间，住得挺舒服吧？"

"周队，你这命真硬，我看到你那车了，吓死我了，我寻思人肯定没了。"张川跟着开玩笑说。

"臭小子，你不能盼我点好。"周时好呵呵笑着说道。

虽然一屋子人说说笑笑，看似关系很和谐，但氛围的尴尬也是显而易见的。方龄和骆辛互相看不上，在支队里是人所共知的，除了开会讨论案情，两人几乎很少在同一个场合中同时出现，所以方龄来，骆辛必然要离开。

眼见骆辛迈步要走，方龄赶紧冲张川使了个眼色，张川便及时喊住骆辛："那什么，骆辛，你先别急着走，关于你母亲的案子，我们查到一些线索，觉得应该跟你交代一下，而且这屋子都是自己人，咱也一块议议线索。"

骆辛停住脚步，转头默默盯着张川，等着他继续说下去。

张川搓搓手，一脸为难的表情，试探着说道："那什么，接下来我说的消息，可能会让你不舒服，但我希望你冷静，可以吗？"

骆辛眨眨眼睛，未置可否，一副拭目以待的表情。

张川斟酌一下，才继续说道："我们最近查到你母亲当年有个情人，而且怀了他的孩子，不过这孩子后来被你母亲做人流手术给打掉了……"张川顿了顿，想看看骆辛有何反应，再决定要不要继续说下去，没承想骆辛面上竟毫无波澜，似乎这消息对他来说并不新鲜。

方龄下意识认为是周时好泄的密，幽怨地瞪了他一眼，周时好读懂她的心思，忙不迭摇头，表示跟自己无关。叶小秋看出气氛微妙，跟骆辛对了下眼神，主动跳出来解围道："这个我们早就知道了，是沈法医跟我们说的，那什么张哥，你继续往下说吧。"

张川苦笑着摇摇头，整理了下思路，再接着说道："是这样，我们经过多方调查，汇总相关线索，认为你母亲的情人，很可能就是天尚温泉山庄的总经理迈克·陈。"

"怎么可能是他？"叶小秋忍不住惊呼道。

不仅是叶小秋，整个屋子，除了方龄和张川，都是一副惊掉下巴的表情。

"没搞错吧？"周时好双眉紧皱道。

"应该就是他，当年迈克·陈的老婆，也就是陈学满的女儿陈洁……"方龄接下话，先将迈克·陈与陈家的渊源原原本本讲述一遍，然后又说道，"陈洁当年同样患有肺癌，和郑文惠的母亲住在同一个病区，因此郑文惠和迈克·陈有很多接触的就会，并且有人看到过，迈克·陈曾多次用自己的黑色轿车载过郑文惠。"

"还有呢？"骆辛终于打破沉默道，目前提到的信息显然说服不了他。

"最近我们关注到迈克·陈多次出入'明光希望星星之家'，并且与管事的周姐接触频繁，于是我们找到周姐问话，才知道一直以来这所学校最大的慈善捐资方原来是天尚集团，甚至学校租用的场地都是陈家的产业，而迈克·陈就是负责集团与学校对接的人。"张川回应骆辛道，"那个周姐说，因为崔教授被车撞成植物人，学校恐怕无法再继续办下去，所以近段时间她一直找迈克·陈商议，如何处理学校后续的事情。"

方龄接着介绍道："至于陈家与崔教授之间的渊源，则始于陈学满的女儿陈洁。早年间那场车祸之后，陈洁患上创伤后应激障碍症，看了很多心理医生都没用，最终是崔教授接手把她治疗好了。那段时间，迈克·陈始终陪伴在陈洁身边，因此与崔教授也建立了良好的关系……"

"可你们说的这些跟骆辛的妈妈又有什么关联？"叶小秋觉得方龄越扯越远，忍不住打断她的话。

"跟她没关系，但跟骆辛有关系。"方龄抬眼看了眼骆辛，解释道，"据周姐说，骆辛之所以有幸能够接受崔教授的心理治疗，其实跟宁雪毫无关系，完全是因为迈克·陈极力拜托和请求崔教授帮忙。"

"他……他为什么要帮我？"骆辛惊讶道。

"我们……我们分析是这样的……"方龄迟疑一下，似乎有些难以启齿，但最终还是选择直言不讳道，"当年你母亲失踪后，迈克·陈深受打击，很长一段时间里，都在四处打探你母亲的消息，当然其中应该也有你母亲怀了他的孩子的缘故，也就是说，你母亲当时并没有告诉他或者说还没来得及告诉他孩子已经被打掉了。总之，迈克·陈对你母亲用情极深，他爱你母亲，当然也爱她的孩子，尤其是在找不到你母亲的状况下，便把这种爱放到你身上，就是所谓爱屋及乌吧。"

方龄话音落下，病房里所有人都把目光看向骆辛，方龄这套说辞，在场的很多人都难以接受，更别提骆辛了。周时好试图缓和尴尬的气氛，讪讪道："那什么，这会不会有些想当然了？"

"不会，分析得入情入理。"骆辛出人意料地赞同道，不知道是因为受了刺激，还是受到某种启发，他标志性的"钢琴手"动作再度出现，"这样看，迈克·陈并没有杀死我妈妈。"

"我们也是这样认为的。"方龄附和道，紧跟着话锋一转，"并且，我们怀疑迈克·陈才是杀死你父亲的真凶。是这样的，我们走访第一监狱时，关于你父亲的案子，发现了新的疑点……"

听完方龄讲述"骆浩东案"出现变故的经过，病房里的众人错愕不已，视线又都聚焦到骆辛身上。骆辛怔了怔，手指弹动的频率更快了，沉默半晌道："这就解释得通了。先前媒体曝光了我妈妈的尸骨在海边山崖下被发现的消息，让迈克·陈自认为坐实了他当年的怀疑，在他的意识里，他认为是我爸爸杀死了他的爱人和孩子，所以他要报复我爸爸的孩子，也就是我。他不仅要杀死我，还要在精神上折磨我，凡是跟我亲近的人，都是他伤害的对象。"

"难道撞伤崔教授和我的人，也是这个迈克·陈？"周时好听懂了骆辛推理出来的逻辑，难以置信地问道。

"这个迈克·陈到底是什么人？"许久没插上话的郑翔，接连问道，"怎么会这么凶狠？"

"我们摸了下他的底细，这家伙绝对有问题。"张川从单肩包里拿出一个卷宗夹，从里面抽出一张 A4 大小的纸张，递给周时好，跟着解释道，"这是我们复印的他的户籍记录，上面显示他原本叫王双强，在2000 年被陈家招为上门女婿后，便把户口迁入陈家，但是我们查了他登记的原籍地，发现原籍地根本没有他这个人的信息，也就是说，他当时迁户口时所使用的户口簿和身份证都是伪造的。"

"这怎么可能，派出所怎么会这么大意？"叶小秋撇嘴吐槽道。

"2000 年，身份证和户籍系统都还没有联网，而且陈家当时在金海市的生意已经做得风生水起、名声在外，谁能想到陈家女婿的户籍记录是假的？所以经办民警肯定不会去深入调查他的原籍地信息。"周时好打量着复印纸，替张川解释道。

"据天尚集团的老员工说，迈克·陈原先是跟他妹妹一起生活的，但户籍记录上没有显示，也没有外人真正见过他妹妹，说是只有陈家人见过她。"张川接话说，"本来我们想找陈学满了解来着，但是他因为陈卓的事心脏病复发住院，至今还不能见人。"

"那也就是说，这个迈克·陈既不姓陈，也不是真的王双强，那他会是谁呢？"骆辛凝着神说。

"是啊，我们来就是想把线索跟大家分享下，然后讨论讨论下一步怎么做最稳妥。"方龄道。

"不用讨论了，正式传唤，直接交锋。"周时好果断地说，"先拿户籍说事，趁着有些证据他可能还没来得及销毁，申请对他的住所进行搜索，同时采集他的 DNA 入库比对，这小子先前肯定犯过事。"周时好说着话，翻身下床，嘴里嚷嚷着说："你们先出去，我换下衣服，回队里召集人马开会，具体研究下行动细节。"

"你这身体能行吗？"方龄拦着他说，"医院不会让你走的，你好好休息，只管发号施令，具体我来带人执行。"

"管他呢，就这么定了。"周时好不由分说道，"不单单是这个迈克·陈的案子，还有'陈卓绑架案'，还有冯佳佳的案子，都火烧眉毛等着我呢。再说马局和赵局那边，这回也是动真格的了，搞不好真把我身上这身警服扒了，你说这院我住得起吗？"

方龄见周时好执意要出院，便也只能由着他。而这之后，出了个有意思的小插曲，在他们这些人离开医院没多久，林悦便提着大包小卷的行李赶到。里面除了装着一些吃的，还有她自己换洗的衣服，她是准备好了要来陪床，直到周时好康复为止。没承想扑了空，一打听是方龄把周时好接走了，这把她气得够呛。

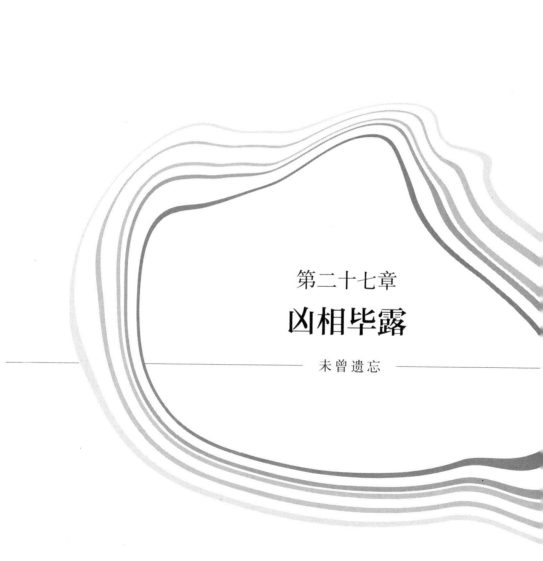

第二十七章

凶相毕露

未曾遗忘

尽管周时好的决断已经足够雷厉风行了，但还是迟了一步，迈克·陈突然间失联了。加之他的护照、私人物品、保险箱中的现金等也一同消失，说明他可能预感到自己露出了破绽，所以仓皇出逃了。

　　迈克·陈在天尚集团总部有一个办公室，但是他很少去，大多时候都在天尚温泉山庄的办公室里办公，平时经常去陈家别墅吃饭，陈家别墅也有他的房间，但他在市中心一高档公寓里另有一套三居室的住所。几个他日常落脚的地方，里里外外都已经被彻底搜查过，并未找到有价值的线索，不过从一些日常用品中采集到了他的DNA，目前已经置入数据库中进行比对。同时，对迈克·陈的全城通缉行动，也全面展开。

　　入夜，金海市医科大学附属医院，特护病房中。

　　崔教授沉睡在病床上，鼻腔插着一支长长的鼻饲管，胸脯均匀地起伏着，经过这一段时间的治疗，她的生命体征基本稳定下来，开始进入正常的"植物生存"状态。骆辛默默坐在病床前，凝视着崔教授苍白的面容，神色黯然而又沉重。

　　短短几天时间，一个又一个令人难以置信的消息接连被揭露出来，每一个都与骆辛的隐私有关，每一个都直插他的内心，挑动着他内心中最脆弱的那根神经。虽然他表面上依然泰然自若，但内心的焦灼和彷徨实则已达到顶点，他很想找人倾诉，然而这个全世界最懂他的老人，竟如十年前的自己一样，昏睡于病床上，不知何年何月才是终点。

骆辛口中念念有词，崔教授可能听不到，但不耽误他倾诉，说了心里会舒服些，而且对植物人也能起到一种唤醒作用。这并不是想当然的说法，骆辛自己亲身经历过，实质上当年在他奇迹般苏醒之前，很长一段时间里，病房里的人说的话他都能听见，这也是激励他最终能够睁开双眼的动力之一。

不知过了多久，病房的门被推开，从脚步声骆辛就能听出是周姐来了。他觉得自己是时候回去了，便起身和周姐道别。周姐拍拍他的肩膀，嘱咐他路上小心，还说让他没事多过来和崔教授说说话。

出了病房的门，路过护士站，值班护士冲他礼貌笑笑，骆辛不自觉地点头回应，显然跟崔教授的一番独白，好像对他的心理真的起到一种按摩效应，不然以他一贯的性格，根本不会搭理小护士。

一路步履轻松地走到电梯口，骆辛按开电梯门，走进电梯。一瞬间，一个戴着长舌帽的高大身影，不知道从什么地方冒出来，闪身紧随他走进电梯。骆辛没太在意，抬手想按下一楼的数字键，蓦然间听到耳边传来一声低语"上天台"，紧跟着感觉到一把利器抵在自己的腰间，立马意识到自己被挟持了。

医院大楼共有九层，电梯坐到九层，还要走一段安全通道才能上到天台。天台之上，漫天星光，把四周照得宛如白昼。骆辛想回头辨清身后匪徒，不料脸上却狠狠挨了一记重拳，随即跟跄倒地，头晕目眩，迷迷糊糊地便被胶带捆住手脚。

骆辛想要挣扎，但无济于事，眼见他已毫无反击能力，匪徒蹲下身子，凑到他的眼前，将帽檐向上推了推，接着摘下罩在脸上的黑色口罩，露出"庐山真面目"。"是你，迈克·陈！"骆辛用力晃着脑袋，极力想让自己清醒一点。

"很抱歉用这种方式和你道别。"迈克·陈一脸狞笑，语气阴沉，"下去给你妈妈带个话，说我很想她。还有你爸爸，告诉他我和他扯平了，他杀了我的孩子，我也杀了他的孩子。"

"果然是你！你是我妈妈的情人，你还杀了我爸爸，对吗？"骆辛接连诘问道，"还有，你为了报复我，还想要杀死崔教授和周队，对吗？"

"No，No，No……"迈克·陈晃晃手指，一脸轻蔑道，"远远不止呢，还有冯佳佳，我不杀她，你怎么会知道你爸爸干了多少蠢事？你爸爸当年办错案子，开枪射死一个无辜的人，我就是要让你亲自把这个案子破了，亲自去羞辱你自己的爸爸，这种感觉怎么样？呵呵，哦，对了，也不全是因为这一点，冯佳佳那个臭婊子，竟然趁着陈卓远走加拿大之后，跟我索要一笔封口费，所以杀了她，一举两得喽。那天，我还往那外卖衣服里塞了好多泡沫，让我看起来很臃肿，呵呵，你说我是不是个天才？"

"所以，你是梁丰？"骆辛努力睁大眼睛，打量着迈克·陈的面庞，"盛阳市1994年的那起案子也是你做的？"

"当然，那臭婊子那么坑害春燕，我怎么可能饶了她？"迈克·陈耸耸肩膀，颇为自得道，"我知道你去了我的老家，我跟照片上是不是截然不同了？我杀了那些狗东西，替春燕报了仇，我知道这辈子我再也不是梁丰了。我离开盛阳，来到金海，拼命让自己瘦下来，还开了眼角，割了双眼皮，把鼻梁和下巴都垫高了，你知道在那个年代，这些有多危险吗？不过幸运的是，我成功脱胎换骨了。"

"哼。"骆辛轻蔑笑笑，怔了下，又追问道，"对了，你怎么会知道刘万江不是连环杀手的？"

"是他儿子刘明对不对？因为我追到了他的老家，把他也杀了。呵呵，意不意外，惊不惊喜？"迈克·陈嗤笑道，"当然，我不在乎他们父子俩到底谁是凶手，反正害了我的春燕，他们一家子都得死。"迈克·陈顿了顿，深深叹了口气，站起身活动活动筋骨道："他妈的，腿都蹲麻了，行了，你准备上路吧，也算给我在金海的这段人生经历做个了结。过了今晚，我又要展开新的人生了……"

"啊——"迈克·陈说着话，整个人突然僵住，他猛然用手护住后背，缓缓向后转身……是周姐，她手持一把利器，先是冲着迈克·陈的背部猛刺一下，待迈克·陈转过身来，又接连冲着他的胸口连刺两下……

迈克·陈缓缓倒地，双手捂着胸口，气若游丝，断断续续道："刘湘，你……你做什么？你……你忘了是谁把你从那个万恶的家中解救出来的？谁把你……把你带到金海来的？谁……谁让崔教授治好了你的失语症？我……我当初就不该一时心软，真的应该把你们一家子全都杀了……"

"刘湘？周姐，你竟然就是刘湘？"原本卷宗中存证照片上那个瘦弱的小女孩，竟然蜕变成眼前 200 来斤重的庞然大物，如果梁丰不说，骆辛无论如何也不敢相信周姐就是刘湘。

"哼哈哈哈……"周姐，不，是刘湘，刘万江的女儿，刘明的妹妹，她蹲下身子，把手上的利器举到迈克·陈眼前，戏谑道，"好好看看，你这个蠢货，这才是杀死你未婚妻的那把修鞋锥。呵呵，我说是哥哥杀的人，不过是为了博取你的同情而已。"

"你才是真正的连环杀手？"骆辛和迈克·陈几乎不约而同惊呼道。

"不然呢？你知道一个母亲天天指着自己的肚皮数落女儿是一种什么感受吗？你知道我有多崩溃吗？我时常都恨不得扒开那条疤痕，钻回她肚子里。"刘湘说着话，冲迈克·陈胸口又是一锥，邪魅地笑道，"不要怪我，怪就怪你自己惹了一身骚，原本我不想再沾血了，想让警察帮忙除掉你，那样你可能还能多活一阵子，不过谁让你昨夜告诉我骆辛的父亲正是杀死我父亲的那个警察的？你知道的，我一定会亲手为我父亲报仇的，现在先送你上路，为我哥哥也报了仇，这个夜晚简直太美妙了。"刘湘笑着，转头看向骆辛，语气阴森道："别着急，很快轮到你，我会让你死得……"

"当"的一声，言犹在口，刘湘猛地仆倒在地，手中的修鞋锥也脱手摔出去很远。情势突然反转，把骆辛看蒙了，只见叶小秋手里捧着一个大号灭火器，大义凛然地站在刘湘背后，那气势就跟董存瑞抱着炸药包似的，无比英勇。不过这一下子，确实力道很足，刘湘一动不动地趴在地上，显然被她砸晕了。

叶小秋赶紧把灭火器扔到一边，蹲下身子帮骆辛撕开绑在双手和双脚上的胶带，嘴里跟着解释说："我刚刚在车里等你，翔哥给我打电话，说是经过 DNA 查对，发现迈克·陈和梁丰是亲属关系。我一想这迈克·陈搞不好就是梁丰，寻思赶紧到病房里告诉你一声，结果护士说你早走了，我立马觉得不大对劲，寻思来天台找找看……"

"小心！"骆辛突然跃起身子，奋力推了叶小秋一把。

原来，就在叶小秋专心帮骆辛撕扯胶带的时候，刘湘慢慢苏醒过来，然后悄悄站起身来，拾起地上的灭火器，冲着叶小秋的后脑也准备砸那么一下子。好在骆辛及时发现，奋力把叶小秋推到一边，结果刘湘手上一抢空，巨大的身躯便刹不住车，像一堵墙一样轰然倒地。骆辛和叶小秋见此情景，顿时来了精神，两个人同时扑向刘湘，一个按住上身，一个按住双腿，天真地以为能把人家锁住。结果人家像拎小鸡崽似的，几下就把两人从身上甩出老远。这刘湘晃晃悠悠站起身来，四下寻摸几眼，向前几步，拾起修鞋锥，恶狠狠地逼向还没来得及爬起来的骆辛。骆辛坐起身子挪着屁股狼狈后退，直到退到天台围栏边，无路可退。刘湘跨步向前，一手拽着骆辛的头发，另一只手挥舞着修鞋锥，冲着骆辛的喉头作势刺出……骆辛只能绝望地闭上了双眼……

"砰"的一声枪响，天台上多出两个身影，周时好和郑翔及时赶到。周时好一枪射穿了刘湘的后脑，刘湘身子悚然定住，呆立了几秒钟，缓缓瘫倒在骆辛身上。骆辛被吓傻了，没来得及躲闪，精瘦的小身板差点被压成肉饼。

周时好和郑翔及时出现，将穷凶极恶的刘湘击毙，不仅从死神手中夺回了骆辛，也拯救了迈克·陈，不，准确点说是救了梁丰。

刘湘作为崔教授的干女儿，住在崔教授家多年，搜查她的房间，找到一套皇陵公园的明信片，外封标明整套由十张明信片组成，但警方只找到七张，缺的三张不用说便是当年留在三个案发现场的那三张。另外，警方还找到一本日记本，从里面的内容大致可以窥探出刘湘整个犯罪的心路历程。总体跟骆辛先前套用在刘明身上的分析差不多，三起案件其实都出现在刘湘放暑假期间；三个被害人去鞋铺修鞋的时候，刘湘恰巧也都在；作案的刺激性诱因，是三个被害人对她父亲的不敬和挑衅；但初始刺激源就像骆辛先前分析的那样，是她的母亲。当然，其中还有个刺激性因素，那就是学业不顺。刘湘自认为那年她可以考上重点高中，结果发挥失常，成绩刚刚够上普通高中，她将这一点挫折也归咎到母亲身上，认为是母亲的出轨，造成家庭生活的不稳定，最终令她考试发挥失常。还有前面提到的明信片，其实是母亲买给哥哥的，而当时刘湘也想要一套，结果母亲不仅没给她买，还狠狠数落了她一通，最后还是哥哥心疼她，偷偷把那套明信片送给了她。

至于梁丰，抢救及时，保住一条小命，对自己的犯罪事实供认不讳。据他说，当年他先杀了逼迫谢春燕做陪酒小姐的陈瑶，接着根据报纸上的报道找到了台山村，于半夜潜入刘明的房间将其勒死，以此报复刘万江的杀妻之仇。之后，等到他到西侧房间想杀刘万江女儿的时候，却发现刘湘瞪着大眼睛坐在炕边。他从怀里抽出事先准备好的匕首，对刘湘说："对不住了，你父亲杀了我的未婚妻，这个债只能用你和你哥哥抵了。"听他这么说，刘湘似乎知道他是谁了，立马双膝跪倒在地，先对着梁丰拜了几拜，随后找出纸和笔，写了一堆话交给梁丰。大意是说，梁丰杀她哥哥杀得好，她哥哥才是真的杀人凶手，她父亲只不过是在她哥哥的威胁下，给她哥哥顶罪的。还说哥哥天天折磨她，害她得了失语症，并央求梁丰带她离开盛阳。面对身世坎坷的刘湘，梁丰想到了自己早年被拐走的妹妹，一时生出恻隐之心，便答应了刘湘的哀求。两人由此逃窜到金海，各自买了假身份证，以表兄妹相称，开始共同生活……

根据梁丰的口供，盛阳警方翻出发生在 1994 年 1 月 20 日的一桩积案，案发地点在临近盛阳到金海高速公路口旁的山林里，一名男性在一辆面包车中惨遭焚烧。后经调查发现面包车是一辆失窃车辆，被害人则因尸体烧毁严重，始终无法确定身源，与失踪有关的报案也对不上号。而随着时间的流逝，线索逐一中断，又没有新的线索涌现，案件最后便成为一桩积案。但这个案子的相关 DNA 证据一直保存良好，有了梁丰的招供，盛阳警方便将之与刘明姑姑的 DNA 进行比对，结果匹配亲属关系，基本断定被害人就是刘明。

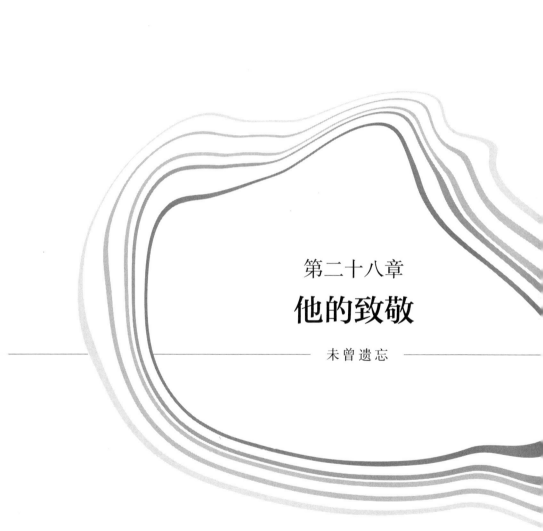

第二十八章

他的致敬

未曾遗忘

虽然医院天台上那一场惊心动魄的较量，结果是有惊无险，但骆辛和叶小秋身上多多少少都受了点伤，稳妥起见，局里特别安排两人住几天院，把身上的零部件全都仔细检查一遍。

具体就安排在全市最好的医院，医科大学附属医院，这样骆辛每天还可以去陪崔教授说说话。当然，周时好不可能轻易让他闲着，眼瞅着破案期限一天天逼近，"陈卓绑架案"仍然没有太多眉目，车辆追踪和嫌疑人排查都没有达到预期效果，所以周时好只能把卷宗一堆堆地往骆辛病房里送，说是让他没事翻翻看，找找灵感，看能不能拓展出一条新思路来。

其实这个案子骆辛还是很感兴趣的，绑匪犯案手段相当高明，不出意外的话应该是一个高智商罪犯。在骆辛看来，一直以来给陈卓经纪人打电话预警的其实就是绑匪本人，他很清楚自己势单力薄，想接近陈卓不是那么容易的事情，更别说避开陈卓经纪人和保镖去绑架陈卓。所以，他先连续不断给陈卓等人营造出一种氛围和心理预期，然后再堂而皇之地以"骑警"的身份出场，有了前面的铺垫和暗示，在万分紧急的状况下，陈卓必然对他的身份和措辞深信不疑，从而心甘情愿地被他带走。

实质上，这个案子的调查方向，应该很容易认定。从案情来看，很显然绑匪就是陈卓强奸过的受害者身边的人，所以支队先前锁定的嫌疑人范围并无问题，但总体来说范围还是过于庞大。陈卓那么多粉丝，每个粉丝都要捋一遍，而且肯定有人是不愿意承认被陈卓强奸过的，甚至有的甘愿为绑匪打掩护，那是不是应该给嫌疑人再多设置一些条件，这样针对性会更强一些呢？骆辛也确实有种感觉，好像之前漏掉了某种因素，至于到底是哪方面出了问题，一时之间还想不明白。

"是不是应该把网络因素加进去？"叶小秋合上卷宗，试着建议说，"绑匪冒着巨大风险搞直播，就是为了让陈卓在网络上接受审判，这是不是有种以其人之道还治其人之身的意味？如果说这个人是受害者的家人，那他是不是曾经也因为替受害者在网络上讨回公道而遭到过网暴，是不是也遭到过陈卓的威胁，以及营销号的污蔑加围剿？就像那个关晓芝的父亲关海祥那种的，甚至跟营销号打过官司，我觉得我们应该在类似这种嫌疑人中找寻绑匪要更贴近案情些。"

"对，对，这就是我想要补充的。"骆辛使劲点头赞许道，随即怔了怔，手上又开始重复"钢琴手"的弹动，似乎在刚刚那一瞬间，突然醒悟到什么，"你刚刚提到关海祥，让我想起来了，他母亲是不是原先就在这家医院当医生？"

"对啊，叫张秀珍，好像是什么中西医结合科的。"叶小秋附和道。

"这就有些说不通了。"骆辛自言自语道。

"有啥说不通的，说来听听？"叶小秋催促道。

"这医科大学附属医院是全市最好的医院，医疗设施和医疗水平都是全市最高的，尤其张秀珍本身就在这家医院工作多年，熟门熟路，还有人脉，那她为什么要让自己的儿子到市肿瘤医院看病住院？她是不是有意要回避什么？"骆辛疑惑道。

"是有点不合常理，但是跟案子有关系吗？"叶小秋迟疑道，"她儿子关海祥已经死了，她一个老太太能弄出那么大动静吗？"

"反正那老太太给我的感觉有点惊悚。"骆辛缓缓摇头，从卷宗中翻找出一张调查报告，看了一阵道，"陈卓的经纪人第一次收到绑架预警电话的日期是本年度 4 月 15 号，而先前看到的关海祥的病例，显示他确诊病症的日期为 4 月 9 号，这两个日期这么接近，会不会有什么说道？"

"不好意思，我没听明白你到底要说啥。"叶小秋苦笑着说。

"这么多不合常理之处，一定暗含着某种合理的逻辑。"骆辛轻轻敲着脑袋说，"到底是一种什么逻辑，才能把这一切解释通呢？"

"我是真没听懂你的意思，不过关海祥写的那两本小说我倒是看了。"叶小秋撇撇嘴道，"写得特别烂，内容处处都是模仿日本推理小说的影子，封面宣传语还说他是什么中国版的东野圭吾，要是都照他那水平，中国得有几百个东野圭吾。"

"日本推理小说？东野圭吾？"骆辛心头一跳，目光飞快闪动几下，似乎受到某种启发，顿了许久，起身抬步道，"走，去那个中西医结合科问问，看看张秀珍是人缘有问题，还是出于什么别的原因，才没安排她儿子在这里住院。"

叶小秋表情很是无奈，慢吞吞地跟在骆辛身后，她实在不明白骆辛为什么总要纠结这个问题，根本跟案子八竿子打不着，纯属浪费时间。

中西医结合科在医院二楼，两人在科室走廊里徘徊时被一个年纪稍大的护士叫住，两人亮出证件，一打听，眼前的这位是科室的护士长，估计会认识张秀珍。

"张主任，我当然认识，怎么了？她出什么问题了吗？"护士长关切地问。

"她儿子去世的消息你知道吗？"骆辛问。

"我们是后来听说的，我还给她打电话，问她怎么没知会我们一声，她说白发人送黑发人，不是什么好事，不想大肆声张，而且不想麻烦这些老同事，说大家都挺忙的。"护士长说。

"这么说你们关系处得不错？"骆辛问。

"是啊，张主任人很好，她退休后，自己开了个中医诊所，我们偶尔去她那里讨点偏方啥的，她从来都不收费。"护士长说。

"那你们是不是也会给她介绍病人？"叶小秋插话问。

护士长笑着点点头，然后颇为实在地说："实话实说，有些癌症病人到了后期，住院也没什么用处，尤其经济状况不好的，还有那些外地来打工的，占着床位，花费又不少，甚至有的还交不起费用，所以有时候我们就把病人介绍到张主任那边。花不了多少钱，而且张主任有偏方，确实能帮助病人减轻病痛。"

"最近一次是什么时候？"骆辛问。

"记不清了，其实也只是偶尔，并不是经常性的。"护士长强调说。

"那也就是说你们这儿也有癌症病房？"骆辛问。

"对啊。"护士长说。

"那从你们的电脑中能不能查到住院患者的病历档案？"骆辛问。

"只能查近几年的，早年间的不行。"护士长回应说。

"这样，时间从年初到 4 月份，男性，肝癌患者，年龄 40 岁到 50 岁，看看有多少这样的住院病历，你调出来我们看看。"骆辛道。

"行，你们跟我来吧。"护士长招呼两人来到医护人员的办公间，坐到一台电脑前，滑动鼠标，开始进行查询。

半晌之后，护士长停下手，表示按照骆辛给出的条件，共查到二十名相关住院患者，并主动起身，把座位让给骆辛，稍微介绍了下操作方法，示意骆辛可以自己翻看。叶小秋知道骆辛向来不愿意摆弄电脑这类东西，便主动请缨坐在电脑前操作起来。

直到此时，叶小秋仍不知道骆辛到底要找什么，只是机械地滑动手上的鼠标，逐一点开病历档案，骆辛喊停，她就停手等着，骆辛喊下一个，她就继续滑动鼠标。每一份档案中，都有患者的身份证复印件，也就是说，大体能看到患者长啥样。当叶小秋点到第九位患者的病历档案时，自己主动停止了操作，因为从患者身份证照片上看，这个人跟关海祥竟有几分相似，尤其是眉眼嘴唇部分。"这人是不是跟关海祥长得很像？"叶小秋禁不住指着电脑屏幕说。

"何止像，血型是 AB 型的，也跟关海祥的一样。"骆辛有超强记忆，过目不忘，早前看到的关海祥病历，每个细节都在他大脑里。

"噢，我想起来了……"护士长拍拍脑袋说，"这个人长得确实有几分像张主任的儿子，是个外地务工人员，肝癌晚期，时日不多，也没什么钱，我就把他介绍到张主任的诊所去了。"

"什么时候的事？"骆辛问。

"过完年吧，2 月底，3 月初？"护士长说。

"行了，把这个人的病历档案全部打出来。"骆辛拍拍叶小秋的椅背道。

傍晚 6 点多，林悦高跟鞋"噔噔噔"的声响又在刑侦支队的走廊里响起，这回的响声格外清脆，显然步子迈得比较急，周时好知道她这是兴师问罪来了。

事情要从昨天傍晚说起，当时林悦又来磨叽，让周时好陪她吃晚饭，周时好正被"陈卓绑架案"折腾得焦头烂额，根本没心情出去吃饭。结果林悦又说自己先前投了个项目，赔了几百万，心情特别不好，想找人说说话。周时好听完，一时心软，便答应跟她出去。没承想，他坐上车，林悦竟然把他直接拉家里去了，说是要亲自给他做顿饭吃。

林悦这房子是前几年买的，是那种叠层别墅的户型，周时好之前从没来过，便趁着林悦在厨房里忙活的工夫，满屋子溜达参观起来。参观了一圈，回到客厅，他被沙发后面的背景墙所吸引。那背景墙上挂着的全是林悦的照片，从出生到现今各个时期的都有，甚至里面还有几张和周时好的合影，惹得周时好好生感慨。而就在这时，他接到队里的电话，说是有紧急情况，让他立即回队里一趟，于是他只能说声抱歉，不容林悦挽留，便拍拍屁股走人了。

果然，林悦进来办公室，拉长个脸，一屁股坐到沙发上，双眼气鼓鼓地瞪着周时好不说话。周时好赶紧赔着笑解释："是这样的，昨晚是方队给我打电话，说'郑文惠案'有了新线索，说有人表示见过那枚樱花扣。"

"什么樱花扣？"林悦皱眉问。

"喏，就是这种的。"周时好把存证照片递给林悦看，"这枚扣子是在郑文惠抛尸的旅行箱中发现的，估计跟凶手有关。"

趁林悦打量照片，周时好想了下，说："昨天晚上真对不起，又临时放你鸽子，要不这样，今晚给你补上？还去你家，尝尝你的手艺行不？"周时好顿了下，话锋又一转道："不过你得等我一会儿，我还得开个碰头会，大概 1 小时，你看行吗？"

林悦略微沉吟一下，将照片还给周时好，说："要不这样，我先回家做饭，你开完会过去，直接就能吃上，行吗？"

"那更好了，你先回去，咱一会儿见。"周时好一脸欢喜道。

送林悦出门后，周时好小跑着去会议室，方龄等人都在等着他。眼见方龄已经满脸不耐烦了，周时好赔着笑赶紧进入会议主题。会议持续的时间比想象中的短，周时好长舒一口气，觉得今晚真的不会再爽约了。

开完会，周时好急不可耐地跳上车，立马开车出了支队。猴急猴急的模样，被方龄从走廊边的窗户中看个正着。方龄不觉拧紧双眉，思索片刻，回到自己的办公室，拿起放在桌上的车钥匙，又快步出了办公室。

周时好如约赶到，林悦满心欢喜，催促周时好赶紧去卫生间洗手，自己则开始往餐桌上摆盘，有牛排、龙虾、蔬菜沙拉、红酒……事情就这么巧，周时好刚洗完手出来，放在沙发上外套里的手机便响了，周时好接听之后没言语，很快挂了电话。随即，周时好支支吾吾表示要出去买包烟，林悦说家里就有，周时好说女士烟他抽不惯，说小区门口就有超市，他去去就回。林悦只能先任由他去。

周时好出了林悦的家门，快步来到小区门口，便见方龄的车停在对面街边。周时好走过去，不耐烦地敲敲车窗，方龄推开车门走下车，指着小区门口的一个小花园，表示要和周时好过去谈谈。

花园是小区物业修的，不是很大，里面除了一些绿化，还有运动器械、休闲长椅什么的。方龄找了张看着干净的椅子坐下，指指旁边让周时好也坐，此时的周时好终于失去耐性，压低嗓音道："你到底想干吗？"

"你和林悦现在什么关系？"

"我和她什么关系，跟你有什么关系？"

"你和她之间的关系，关系着我们之间的关系，你说有没有关系？"

"你有病吧，从队里追过来，跟我玩绕口令？"

"我离婚了，已经一年多了，我来金海挂职其实是奔着你来的。"

"奔着我来的，你什么意思？为什么要现在跟我说这些？"

"我怕这个晚上再不说，我会后悔的。"方龄从椅子上站起，深情地看向周时好，"时好，我对你的感情其实一直都没变过。"

"狗屁，我跟你说，方龄，你别太过分，当年我千里迢迢坐着硬板车到学校看你，我看到了什么，看到那小子拿着花当着全学校师生的面跟你求爱！"周时好愤怒至极，又不得不压低声音，指着方龄颤声道，"行，那小子北京人，家里有背景，能帮着你留校，能帮着你办北京户口，能给你北京的大房子住，能给你荣华富贵，哥们儿输了认了，但今天你跟我说这番话，那真是对咱们当年那段感情，对我，是一种极大的侮辱，知道吗？"

"我留校，那是我成绩过硬；我调到公安部，那是我的业务能力他们能用得上；我穿名牌开豪车，那是用我给出版社写了几部心理学方面的书挣的版税买的；还有当年我对那个人好，是因为我父亲重病从老家到北京住院，我们在北京举目无亲，是他帮了我好多，我感恩他而已。"方龄柳眉倒竖，显然也生气了，低声嘶吼道，"那天你看到的求爱，我也很意外，当年我就跟你解释过了，你听了吗？从某种程度上说，是你把我推给了那个人，在我都分不清是感激还是爱的时候便嫁给了他，所以这些年我过得很辛苦。可我过得越辛苦，就越怀念咱们当初的那段感情，就越想你。"方龄说到最后，嘤嘤低泣道："时好，你也想我对不对？"

"嗯，我……"周时好不想再掩饰自己，一把拥住方龄，脸颊在她的耳边轻轻摩挲着，"我也想你。"

方龄热烈地回应，两个人紧紧拥抱在一起，至于林悦，周时好早抛到脑后了。

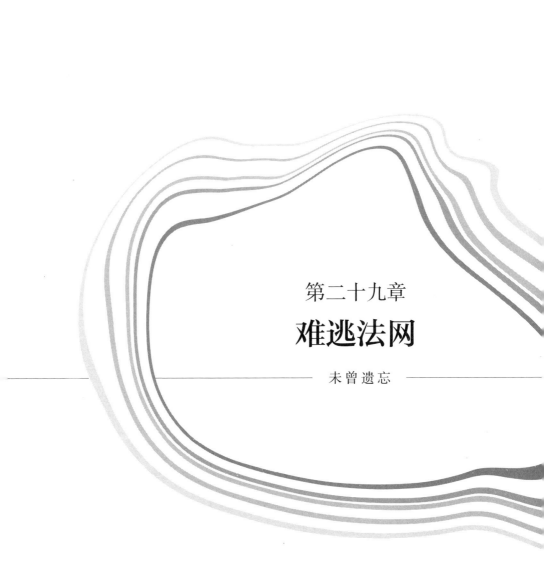

第二十九章

难逃法网

未曾遗忘

那位与关海祥外表神似的患者叫江韬，现年 45 岁，比关海祥略大，外省人，来金海务工多年，据他自己跟医院里的人讲，先前在建筑工地干了几年，主要负责刮大白，后来就自己出来单干，天天蹲在装修市场外面揽活。

骆辛让叶小秋拿到他的病历档案，两人随即就出了医院，摸黑直奔关海祥家，想做个试探。结果敲门敲了好一阵子没人回应，倒是把旁边邻居的门给敲开了。据这位邻居说，关海祥的母亲带着他的疯老婆去乡下住了，前天傍晚走的，至于到底去了什么地方，邻居也不清楚。

"不出所料，看来她们是去跟关海祥会合了。"骆辛坐上车后说道。

"到底什么情况，你跟我具体说说呗？"虽然江韬的出现，让叶小秋感觉到事情的蹊跷，但其中的逻辑她还是没完全搞懂。

骆辛示意叶小秋先发动车子，去刑侦支队，随后开始解释道："先前你提到东野圭吾，我一下子就想通了。东野圭吾有部小说你肯定看过，叫《嫌疑人 X 的献身》，内容精髓是先杀人，再找替死鬼，制造假的死亡时间，从而帮凶手给出不在犯罪现场的证据。而关海祥完全是反着来的，先找替身，再去杀人，就更没人会怀疑到他身上，而且他可以用替身的身份继续生活下去，继续照顾他的母亲和疯老婆。"

"江韬去诊所看病，因为长相神似关海祥，被选为替身。由于江韬是被护士长介绍过去的，关海祥娘儿俩就不能再让他顶替关海祥的身份回医科大学附属医院去住院，所以才安排他去了肿瘤医院，由此给外人制造出一种住在肿瘤医院里的是关海祥的假象。"叶小秋顺着骆辛说。

"假的关海祥住进医院，真的关海祥便开始预热行动，从那时起他开始给陈卓的经纪人打电话预警。"骆辛接着道，"之后假的关海祥在等死，真的关海祥正好可以利用这段时间为绑架陈卓和后续的生活做准备，包括购买和改装摩托车以及其他作案车辆，购买骑警服装，选择换车地点，寻找拘押陈卓和直播的地点，选择逃跑路线，购买日后落脚的房子等一系列操作。"

"这么一分析，逻辑果然全打通了，这应该就是事实真相。"叶小秋追问道，"后续怎么把他找出来？"

"关海祥计划得这么周全，他本身又是犯罪小说作者，对警察办案的路数，肯定也大致了解一些，估计只能从你们经常提到的所谓大数据方面入手了。"骆辛详解道，"包括全家人的手机定位，查阅身份证使用信息，以及银行卡和资金账户的使用信息，等等。"

骆辛说的这几点，周时好很快便落实下去，但正如骆辛预见的那样，关家全家三口加上江韬身份证以及身份证下登记的手机号码，全都没有使用记录，不过骆辛分析这只是短暂的情况，关海祥只是为了更谨慎一些而已。尤其对警方有利的是，如今敌方在明，我方在暗，关海祥并不知道他的偷天换日之计已经被识破，早晚他一定会用江韬的身份证办理银行卡和资金业务。还有，目前尚不清楚，他先前在没有动用家庭储蓄的情形下，是如何弄到资金用于绑架案中的，但后续他一定有用到家庭储蓄金的时候，所以监控其家庭资金账号一定会有所突破。

周时好将情况向局领导做了汇报，由此明确了绑匪的身份，虽然办案期限已过，但领导也没太较真，还一个劲地嘱咐他要耐心，不要漏掉任何办案细节。如此，约莫一周后，骆辛的判断果然应验，警方通过银行方面监视到，注册在关海祥母亲张秀珍名下的一张银行卡，通过网银系统转出多笔资金，接收方则为一年前以江韬身份证办理的一张银行卡，也就是说，关海祥使用江韬的旧银行卡进行了资金操作。

这一次关海祥没有使用 VPN 代理软件，所以警方很容易追踪到他上网使用网银系统时的 IP 地址，显示他当时身处庄江市莲花镇区域。随后不久，警方又监视到关海祥通过江韬那张旧银行卡进行了多笔网购，物流地址为庄江市莲花镇南洋村 6 组 38 号，想必这就是关海祥新的栖身地址。由此，周时好立即召集人马，赴庄江市实施抓捕。

庄江市距金海市约 170 千米，县级市，由金海市代管。莲花镇地处庄江市西北部，因建于清代中期的莲花山庙院中一莲花池而得名。南洋村则在莲花镇南部，是一个小渔村，相对偏远，村里老百姓大多靠捕捞海产为生，村里还有大片大片的原始山林和绿油油的千亩良田，依山傍海，宁静清幽，真的好似世外桃源般的存在。看得出，关海祥选择在这样一个小村庄过自己的下半辈子，也是煞费苦心。

周时好用自己带的一部分人手，加上庄江市支援的警力，先在南洋村外围形成一个包围圈，随后才进到村里抓人。毕竟关海祥一家人并不是那种真正的凶狠残暴之徒，所以当大批荷枪实弹的警察犹如神兵天降，突然闯进他们家的农舍小院中时，关海祥和他母亲张秀珍顿时瘫倒在地，未做任何抵抗，便束手就擒。

到案后，关海祥对自己绑架和杀害陈卓的罪行供认不讳，整个作案过程和心路历程，与骆辛先前分析的大差不差。关于南洋村的农家小院，是关海祥最近从村民手里买的，资金来源于他将父亲生前积攒的一些古董变现了，因为他知道先前警方有可能会调查他们一家人的银行账户，所以采取这种筹措资金的方式最稳妥。关于江韬，关海祥表示他不仅外形和自己很像，而且血型也是相同的，更为契合的是，他在老家已经没什么亲人，无牵无挂，可以说是一个完美的替身人选。对如何说服江韬作为替身的提问，关海祥直言江韬是个心地善良纯朴的人，当他坦诚地讲出自家的遭遇和请求，并承诺在江韬人生最后的几个月里给予他最好的照顾后，江韬欣然表示同意，并积极做出配合……

先前去往庄江市的半路上，周时好给方龄打电话，说执行完抓捕行动之后，两人晚上一起出去吃饭庆祝一下。但是到了傍晚，周时好又打来电话，说抓捕任务结束后，后续还有一些问题需要他出面协调，所以晚上回不去金海了，吃饭只能改期。方龄大度地表示没关系，还嘱咐他多加点小心，好好照顾自己。

晚上 7 点多，方龄开车出了支队大院，没走多远，听见包里的手机响了。她把车停到路边，拿出手机看到是一个陌生的号码，稍微犹豫了一下，但还是按下接听键。没想到电话那头是林悦，林悦说自己的手机下午不小心弄丢了，这是临时又买了个号码，还问方龄有没有空，说想请方龄喝杯咖啡，一块坐坐，聊聊天。

方龄表示没问题，林悦便发来咖啡馆的位置坐标，方龄知道那是一家很出名的咖啡店，就是稍微有点远，在海洋公园附近的一处海岸线旁。不过天气很好，月朗风清，喝完咖啡在海边散散步，也很惬意。想到此，方龄也来了兴致，加快车速，向海边方向驶去。

大约半小时后，方龄满心欢喜来到咖啡馆附近，却并没有看到霓虹闪烁、流光溢彩的景象，整个咖啡馆没有一丝光亮，周遭也是黑漆一片，唯有咖啡馆前的小停车场中，白晃晃地亮着一对车灯，显得极为刺眼。

方龄把车开进停车场，停好车，从车上下来，看到林悦站在围栏边，入神地望向大海深处。听到方龄的脚步声，林悦转回头，歉意地笑笑道：

"不好意思，我也刚到，这咖啡馆不知道啥时候歇业了。"

"没事。"方龄也走到围栏边，笑着问道，"你这是看啥呢？"

"涨潮了。"林悦叹口气，幽幽道，"对面有个山头，现在夜黑看不到，那个山头的下面，就是你们发现郑文惠尸体的地方。"

"你怎么会这么清楚？"方龄满脸迷惑地问。

"哼，因为是我抛的尸啊！"林悦阴森笑道。

"是你，是你杀的郑文惠？"方龄一脸惊愕，随即不自觉地退后几步，因为她看到林悦手中不知何时多了把枪。

"那个不要脸的女人，勾搭时好，还弄大了肚子，你说她该不该死？"林悦把玩着手里的枪说道。

"你怎么知道的？"方龄颤声问。

"那天我去妇产医院看望一个大学同学，恰巧看到时好带着那个不要脸的女人去做人流。"林悦瞪下眼睛，不忿道，"咳，之前时好还找来那个菜鸟法医帮忙糊弄我，想想还真够伤自尊的。"

"那……那郑文惠是怎么死的？"方龄吞了吞口水问。

"那天傍晚我路过医院，看到她站在街边打车，我招手让她上车，把她送回了家。到她家楼下，她问我有没有时间，说想让我帮忙从家里拉些行李到她母亲家。我顿时反应过来，她应该是考虑好了，想和骆浩东离婚，然后彻底跟周时好在一起。"林悦回应方龄道，"我假意迎合她，跟她上楼回家，看着她在衣柜前收拾衣服，心里越想越恼，便随手抄起放在床边的一支警棍，冲着她的后脑狠狠砸了几下，没承想她很快就没气了。随后，我在她背包里发现一封写给骆浩东的道别信，灵机一动，便想到把现场清理干净，再抛尸灭迹，制造出她跟别人私奔了的假象……"

"那你现在叫我来是为了？"方龄面色尤为紧张地问。

"你说呢？"林悦将黑洞洞的枪口对准方龄，"那晚你和时好在小花园里说的话我都听见了，从那一刻就注定了你今天的结局，既然你想插在我和时好中间，那你就必须得死！"

方龄再跨后一步，用手指捏住衣领，冲着别在内里衬衫口袋上的小对讲机，轻声说道："行了，证据可以了，出来吧！"瞬即，方龄从后腰间拔出一把配枪，双手握枪，与林悦对峙起来。

随着方龄一声令下，周时好和张川从方龄的车中走出，紧跟着警笛声四起，数辆警车从多个方向出现……此番场景，让林悦霎时明白自己中了警方的圈套，尤其周时好的现身，让她意识到周时好一直在配合方龄演戏给她看，她不由得心碎不已，而又恼怒万分，挥舞手中的枪，气急败坏地嚷道："周时好，你个浑蛋，枉我这么多年对你的感情，你知道我在你车里放了窃听器，竟然就和这个女人联手设计我？"

"林悦，你冷静些，把枪放下，听我说。"周时好举着双手，示意自己并没有带武器，走近林悦道，"当年很多事情你都误会了，我并没有和文惠姐好过，她肚子里的孩子也跟我无关，至于孩子的父亲，我们刚刚抓到，只是还没对外发布公告而已。"

"所以那天你第一次到我家，其实就从墙上的照片中看到了我穿着戴有类似樱花扣的衣服，所以隔天晚上故意把证物照片拿给我看，就是想试探我会不会把那张照片取下来对吗？"林悦眼中噙着泪水，握紧手枪挡在身前说，"取下来就证明郑文惠是我杀的对吗？"

"你知道我是多么多么不愿意看到你真的把那张照片换下来吗？那一瞬间我和你现在一样痛苦，我宁愿案子永远不破，也不希望是你，你明不明白？"周时好眼中也含着泪道。

"很抱歉，让你看了这么长时间的戏，案发这么多年，我们实在无法找到你直接的犯罪证据，只能故意刺激你，用这种抓你现行的方式，让你自己说出来，对不住了。"方龄规劝道，"把枪放下吧，跟我们走。"

林悦浑身颤抖，泪水夺眶而出，慢慢张开握着枪的那只手，随着手枪"当啷"一声落地，林悦返身翻过围栏，纵身一跃，跳入深海……

一瞬间，周时好未做丝毫犹豫，飞身向前，紧随着跃入大海之中……

尾　声

　　林悦被抓了个现行，审讯当中对自己的罪行供认不讳，由此"郑文惠案"正式宣告破案，萦绕在许多人心中的疑惑，也终于有了定论。

　　林悦跳海被周时好成功救起，身体上并无大碍，但心灵上的打击，对这个痴情而又偏执的女人来说，可谓生不如死。周时好很清楚，林悦走到今天这个地步，他自己要负很大的责任。如果当年他勇敢一些，不理会那些世俗上的压力，坚持和林悦走到一起的话，她根本不会沦为阶下囚。所以虽然案子破了，但周时好内心没有一丝一毫的喜悦，反而不断感受到来自良心的谴责。而林悦的案子正在审理当中，她需要负起什么样的法律责任，相信法院会做出公正的判决。接下来，周时好能做的，只是陪伴，哪怕是无止境的。

　　方龄对周时好的决定表示尊重，一个是法律的囚徒，一个是思想的囚徒，这种双输的局面，颇让人感到无奈。从私人友情上说，方龄不希望周时好这么执拗，她希望他能过得更好。而对她自己的情感归宿，方龄倒觉得无所谓，那天夜里在小花园里和周时好上演的那一幕激情戏，完完全全是在演戏。她确实离婚了，但对与周时好重归旧好并无兴趣。正如周时好先前说的那样，错过了就是错过了，强行复合反而是对彼此的不尊重。

　　关于陈卓迷奸案，尽管程爽最终表示愿意指证陈卓，并将其偷偷保留的"证物"提交给警方，但随着犯罪嫌疑人陈卓的死亡，依照法律只能免除追究其刑事责任，并正式撤销案件。至于他的经纪人邵武，除了在迷奸案中犯有包庇罪，同时他还是雇用"网络水军"抹黑受害女生、造谣生事、制造矛盾、煽动社会舆论、为陈卓洗白的主要责任人之一。在他提供的线索下，警方成功捣毁了一个拥有犯罪成员达百人的特大型"网络水军"犯罪团伙。该团伙披着娱乐传媒的外衣，在各种网络平台疯狂进行炒作和引流，并利用流氓软件，非法获取他人信息，以此对受害人进行现实攻击以及网络暴力，以最终达到敛财的目的。截至目前，警方已经对该公司多人依法实施行政拘留，相关案件正在进一步侦办中。

　　夜里狠狠下了场雨，差不多是近几年最猛烈的一次暴雨，就感觉好像老天爷誓要把这个世界摧毁似的。不过一大早，便雨过天晴，似乎也把人世间的种种劫难和不堪抛给了昨天，新的一天，开启新的生活，也开启了新的人生。

　　"早。"骆辛背着双肩包，走进档案科，爽朗地冲叶小秋打着招呼。

　　叶小秋受宠若惊，瞪大眼睛，视线在他脸上停留片刻，有些不敢置信。

　　骆辛粲然一笑，迎着叶小秋的目光道："以后不用接我了，我可以坐地铁，很方便的。"

　　"你真的好了，不用再'弹钢琴'了？"叶小秋模仿着骆辛先前的"钢琴手"动作，喜出望外道，"原来崔教授说的是真的，你只要冲破心理上的某种瓶颈，就可以完全恢复为正常人了。"

　　叶小秋没有明说，但骆辛知道她的意思。骆辛心灵上的桎梏，来自潜意识里对父亲的惧惮，在潜意识中他一直将父亲看作杀死母亲的凶手，但现实中他又拒绝承认这样一种认知，由此大脑中的保护机制与潜意识不断产生矛盾和抗争，便造成了他心灵上的抑制，令他出现后天性学者症候群的症状。如今，母亲的案子终于有了定论，几乎就在那一瞬间，他身体上的一些特质，突然就神奇般地消失了。

二人相视而笑，叶小秋打趣地说："你真的完完全全恢复正常了，那你的超能力是不是就消失了呀？"

骆辛把手举到叶小秋眼前，弹动着手指回应道："试试看喽！"

全文完

图书在版编目（CIP）数据

未曾遗忘 / 刚雪印著 . -- 长沙：湖南文艺出版社，2023.11

ISBN 978-7-5726-1477-4

Ⅰ . ①未⋯ Ⅱ . ①刚⋯ Ⅲ . ①推理小说－中国－当代 Ⅳ . ① I247.5

中国国家版本馆 CIP 数据核字（2023）第 196922 号

上架建议：悬疑·推理

WEICENG YIWANG
未曾遗忘

著　　者：刚雪印
出 版 人：陈新文
责任编辑：匡杨乐
监　　制：董晓磊
策划编辑：张婉希
特约编辑：张晓虹
营销编辑：木七七七＿
版式设计：李　洁
封面设计：梁秋晨
内文排版：百朗文化
出　　版：湖南文艺出版社
　　　　　（长沙市雨花区东二环一段 508 号　邮编：410014）
网　　址：www.hnwy.net
印　　刷：三河市鑫金马印装有限公司
经　　销：新华书店
开　　本：680 mm × 955 mm　1/16
字　　数：288 千字
印　　张：21.5
版　　次：2023 年 11 月第 1 版
印　　次：2023 年 11 月第 1 次印刷
书　　号：ISBN 978-7-5726-1477-4
定　　价：56.00 元

若有质量问题，请致电质量监督电话：010-59096394
团购电话：010-59320018